Elizabeth Cleghorn Gaskell

Cranford

크랜포드

크랜포드

초판 1쇄 발행 2025년 12월 15일

지 은 이	엘리자베스 클레그혼 개스켈
옮 긴 이	마이너스
펴 낸 이	송누리
편 집	해밀누리 편집부
디 자 인	강영은
마 케 팅	김경래, 최승윤
펴 낸 곳	해밀누리
등록번호	제2024-000196호
등록일자	2024년 8월 16일
주 소	서울, 마포구 성지길 25-11, 지층 1190호 (합정동)
메 일	haemilnuli@gmail.com
I S B N	979-11-7505-212-3 03840

엘리자베스 클레그혼 개스켈

Elizabeth Cleghorn Gaskell

Cranford

크랜포드

● 마이너스 옮김 ●

해밀누리

차례

1장. 우리의 사교계

우선, 크랜포드는 아마존 여인들[1]의 수중에 있다. 일정 임대료 이상의 집에 사는 이들은 모두 여성이다. 만약 결혼한 부부가 이 마을에 정착하러 오면, 어찌 된 일인지 신사는 자취를 감춘다. 크랜포드의 저녁 파티에서 유일한 남자라는 사실에 겁을 먹고 죽을 지경이 되거나, 아니면 연대나 배에 소속되어 있거나, 혹은 기찻길로 불과 20마일 떨어진 이웃의 거대한 상업 도시 드럼블에서 주 내내 사업에 바쁘다는 식으로 설명된다. 요컨대 신사들이 어떻게 되든 간에, 그들은 크랜포드에 없다. 설령 그들이 이곳에 있다 한들 무엇을 할 수 있겠는가? 외과 의사는 30마

---

1 '아마존 여인들'은 고대 그리스 신화 속 여성 전사 부족을 가리키는 말로, 여기서는 남성이 거의 없는 여성 중심 사회라는 뜻의 비유적 표현이다.

일의 왕진을 돌고 크랜포드에서 잠을 자지만, 모든 남자가 외과 의사가 될 수는 없는 노릇이다. 잘 다듬어진 정원을 잡초 하나 없이 엄선된 꽃들로 가득 채우는 일, 울타리 너머로 그 꽃들을 부러운 듯 쳐다보는 어린 사내아이들을 겁주어 쫓아내는 일, 대문이 열려 있을 때 정원으로 이따금 모험을 감행하는 거위들에게 달려나가 소리치는 일, 불필요한 이유나 논쟁으로 스스로를 괴롭히지 않고 문학과 정치의 모든 문제를 결정하는 일, 교구 내 모든 사람의 사정에 대해 명확하고 정확한 지식을 얻는 일, 단정한 하녀들을 훌륭한 질서 속에 두는 일, 가난한 이들에게 (다소 독단적인) 친절을 베푸는 일, 그리고 서로 곤경에 처했을 때마다 진정으로 다정한 호의를 베푸는 일에 있어서는 크랜포드의 숙녀들만으로도 아주 충분하다. 한번은 그들 중한 사람이 내게 말했듯이, "남자란, 집안에서 여간 거치적거리는 게 아니에요!" 크랜포드의 숙녀들은 서로의 일거수일투족을 모두 알지만, 서로의 의견에는 지극히 무관심하다. 실로 각자 자신만의 개성, 아니 괴팍함이라고 해야할까, 그것이 꽤 강하게 발달해 있어 말로 되갚아주는 것

8

만큼 쉬운 일도 없지만, 어찌 된 일인지 그들 사이에는 상당한 수준의 선의가 지배적이다.

크랜포드 숙녀들은 가끔씩 사소한 일로 다투기도 했지만, 이는 몇 마디의 날 선 말과 성난 머리짓으로 터져 나온다. 그것은 그들의 평탄한 삶의 흐름이 너무 단조로워지는 것을 막을 정도일 뿐이다. 그들의 옷차림은 유행에 휘둘리지 않았다. 그들이 말하듯이, "모두가 우리를 아는 여기 크랜포드에서 어떻게 옷을 입든 그게 무슨 상관이람?" 그리고 만약 집을 떠나 다른 곳에 간다면, 그들의 이유는 똑같이 설득력이 있었다. "아무도 우리를 모르는 여기서 어떻게 옷을 입든 그게 무슨 상관이람?"

그들 옷의 소재는 대체로 질 좋고 수수했으며, 대부분은 '깨끗함의 화신'이라 불릴 만한 타일러 양만큼이나 꼼꼼하다. 하지만 내가 장담하건대, 영국에서 이미 자취를 감춘 지 오래된 지고(gigot) 소매와, 한때 마지막으로 유행했던 꽉 끼고 폭이 좁은 페티코트는 크랜포드에서 볼 수 있었다. 그리고 놀랍게도, 아무도 그것을 비웃지 않았다.

나는 한때 가문에서 자랑하던 붉은 비단 우산에 대해 증언할 수 있다. 많은 형제자매 중 홀로 남은, 온화하고 조용한 노처녀가 있었는데, 그녀는 비 오는 날이면 그 우산을 들고 총총걸음으로 교회에 가곤 했다. 런던에도 그런 붉은 비단 우산이 있는가? 우리에게는 크랜포드에서 처음으로 목격된 그 우산에 대한 전설이 있었다. 어린 사내아이들이 떼를 지어 몰려들어 그것을 "페티코트 입은 막대기"라고 부르곤 했다는 것이다. 어쩌면 그것은 내가 묘사한 바로 그 붉은 비단 우산이었을지도 모른다. 건장한 아버지가 어린 자식들 무리 위로 펼쳐 들었던 그 우산 말이다. 불쌍한 작은 숙녀—그들 중 유일한 생존자인—는 이제 그것을 거의 들지 못할 정도였다.

그리고 방문과 내방에는 정해진 규칙과 규정이 있었다. 그것들은 마을에 머물고 있는 젊은이들에게, 마치 옛 맨섬[2]의 법률이 틴월드 언덕[3]에서 일 년에 한 번 낭독되던

---

2 영국과 아일랜드 사이의 아이리시 해(Irish Sea)에 위치한 섬.

3 맨섬에 있는 의례용 언덕으로, 세계에서 가장 오래된 의회 중 하나인 틴월드 (Tynwald)의 상징. 중세부터 법을 공포하는 의식을 하던 장소로 유명하다.

것과 같은 엄숙함을 다해 공표되었다.

"우리 친구들이 오늘 밤 네 여정에 대해 안부를 물어 왔단다, 애야." (신사의 마차로 15마일이나 되는 여정이었다). "내일은 좀 쉬게 해 주겠지만, 다음 날에는 틀림없이 찾아올 거야. 그러니 열두 시 이후에는 시간을 비워두렴. 열두 시부터 세 시까지가 우리의 방문 시간이란다."

그리고 그들이 방문한 후에는—

"사흘째구나. 네 어머니께서 말씀하셨으리라 믿는다, 애야. 방문을 받고 답방하기까지 사흘 이상이 지나서는 안 된다고 말이다. 그리고 또, 어느 집을 가더라도 15분 이상 머물러서도 안 된단다."

"그럼 시계를 봐야 하나요? 15분이 지난 걸 어떻게 알 수 있죠?"

"시간에 대해 계속 생각해야 한단다, 애야. 대화에 빠져 시간을 잊어버리도록 내버려 둬서는 안 돼."

모든 사람이 방문을 받든, 하든 간에 이 규칙을 마음속에 두고 있었기에, 몰두할 만한 주제는 결코 이야기되지 않았다. 우리는 짧은 문장으로 나누는 잡담에 충실했고,

시간을 엄수했다.

　나는 크랜포드의 상류층 인사들 중 몇몇은 가난해서 생계를 꾸려나가기 어려웠을 것이라고 짐작한다. 하지만 그들은 스파르타인들처럼 웃는 얼굴 뒤에 고통을 감추었다. 우리 중 누구도 돈에 대해 이야기하지 않았는데, 그 주제는 상업과 무역의 냄새를 풍겼기 때문이며, 비록 몇몇은 가난할지라도 우리는 모두 귀족적이었기 때문이다. 크랜포드 사람들은 그들 중 누군가가 자신의 궁핍을 감추려 할 때, 그 시도의 미숙함이나 결핍을 너그럽게 덮어주는, 일종의 다정한 동료의식이 있었다. 예를 들어, 포레스터 부인이 인형의 집처럼 작은 자기 집에서 파티를 열었을 때를 생각해보라. 어린 하녀가 소파 밑에서 차 쟁반을 꺼내야 하니 비켜달라고 요청하여 소파 위의 숙녀들을 방해했을 때, 모두가 세상에서 가장 자연스러운 일로 받아들였다. 그리고 마치 우리 모두가 주최 측에 정식 하인실과 두 번째 식탁, 그리고 가정부와 집사가 있다고 믿는 듯이, 가정의 형식과 예절에 관한 이야기를 태연히 이어갔다. 실제로는 작은 자선 학교 출신 하녀 한 명뿐이었지만

12

말이다. 그 하녀의 짧고 붉은 팔로는 쟁반을 혼자서 위층으로 옮길 힘이 없었을 것이다. 아마 안에서는 여주인이 직접 도와주었을 터였다. 여주인은 지금 위엄 있게 앉아 어떤 케이크가 올라왔는지 모르는 척하고 있었지만, 그녀는 알고 있었고, 우리도 알고 있었고, 그녀는 우리가 안다는 것을 알고 있었고, 우리 역시 그녀가 우리가 안다는 것을 안다는 것을 알고 있었다. 그녀가 아침 내내 티 브레드와 스펀지케이크를 만드느라 분주했다는 사실을.

이러한 전반적이지만 인정되지 않은 가난과, 매우 인정받는 고상함에서 비롯된 한두 가지 결과가 있었는데, 그것들은 나쁘지 않았고, 많은 사교계에 도입된다면 큰 개선을 가져올 수 있을 것이다. 예를 들어, 크랜포드의 주민들은 일찍 자고 일찍 일어났으며, 밤 아홉 시쯤 등불을 든 사람의 안내를 받으며 패튼을 신고 딸깍거리며 집으로 돌아왔다. 그리고 온 마을은 열 시 반이면 잠자리에 들어 잠이 들었다. 더욱이, 저녁 모임에서 먹거나 마실 만한 비싼 것을 내놓는 것은 "상스럽다"(크랜포드에서는 실로 무시무시한 단어)고 여겨졌다. 그래서 제이미슨 귀부인이

13

내놓은 것이라고는 종잇장처럼 얇게 저민 버터 바른 빵과 스펀지 비스킷이 전부였다. 그녀는 고(故) 글렌마이어 백작의 처제였음에도 불구하고, 그런 "우아한 절약"을 실천했다.

"우아한 절약!" 사람은 얼마나 자연스럽게 크랜포드 특유의 말씨로 되돌아가는지! 그곳에서 절약은 언제나 "우아한 것"이었고, 돈을 쓰는 일은 언제나 "상스럽고 과시적인 것"이었다. 일종의 신포도식 심보[4]였는데, 그 덕분에 우리는 오히려 매우 평화롭고 만족스러운 기분을 누리곤 했다. 나는 브라운 대위라는 어떤 사람이 크랜포드로 이사 와서, 자신이 가난하다고 공공연히 말했을 때 우리가 느꼈던 그 당혹감을 결코 잊지 못할 것이다. 그것도 미리 문과 창문을 꼭 걸어 잠그고 친한 친구에게만 속삭이는 식이 아니라, 한낮의 거리에서! 우렁찬 군인 특유의 목소리로! 어느 집을 얻지 않겠다는 이유로 자신의 가난을 내세우며 그렇게 말했던 것이다. 크랜포드의 숙녀들은 이

---

4 '신포도식 심보'는 이솝우화 〈여우와 신포도〉에서 유래한 표현으로, 얻지 못하는 것을 애초에 원하지 않았던 것처럼 스스로 위안하는 심리를 가리킨다.

미 한 남자, 한 신사에 의해 자신들의 영토가 침범당한 것에 대해 꽤나 불평을 늘어놓고 있던 참이었다. 그는 반급[5]을 받는 예비역 대위였고, 이 작은 마을 사람들이 격렬하게 반대 청원을 넣었던 인근 철도 회사에서 어떤 자리를 얻은 터였다. 그런데 만약 그가 남성이라는 성별을 지녔을 뿐만 아니라, 모두가 혐오하는 그 철도까지 연이 닿아 있는 데 더하여, 가난하다는 말까지 그렇게 뻔뻔스럽게 입에 올리다니―아, 그렇다면 정말이지 그는 응당 따돌림을 당해야 마땅했다. 죽음이란 것도 가난만큼이나 사실이고 흔한 일이었지만, 사람들은 그런 것조차 거리에서 큰 소리로 말하지 않았다. 그것은 점잖은 귀 앞에서는 입 밖으로 꺼내서는 안 될 단어였다. 우리는 서로 방문을 주고받는 평등한 사이에 있는 사람들 가운데 누구라도, 가난 때문에 자신이 하고자 하는 일을 하지 못하게 될 수도 있다는 사실을, 암묵적으로 인정하지 않기로 합의하고 있었

---

5 '반급(半給)'은 19세기 영국군 제도의 half-pay를 번역한 말로, 전시에 임용된 장교가 현역에서 물러난 뒤 정규 급여의 절반만 받으며 대기하는 예비역 신분을 가리킨다.

1장. 우리의 사교계

다. 만약 우리가 파티에 걸어서 가거나 걸어서 돌아왔다면, 그것은 밤이 너무도 좋고 공기가 너무 상쾌했기 때문이지, 세단 의자를 부르기가 비쌌기 때문은 아니었다. 만약 우리가 여름 비단 대신 무명 무늬옷을 입고 있었다면, 그것은 우리가 세탁하기 좋은 옷감을 더 선호했기 때문이었다. 이런 식으로 우리는 끝내, 우리 모두가 지극히 넉넉지 못한 형편의 사람들에 지나지 않는다는, 그 상스러운 사실에 스스로 눈이 멀어 버릴 때까지 이런 변명을 계속하였다. 물론, 그러니 그런 우리로서는, 가난을 마치 불명예가 아닌 듯 태연하게 말할 수 있는 남자를 어떻게 대해야 할지 알 수가 없었다. 그런데도 어찌 된 일인지, 브라운 대위는 크랜포드에서 존경을 받게 되었고, 모든 반대 결의에도 불구하고 마침내 방문을 받는 사람이 되었다. 내가 크랜포드를 떠난 뒤 그가 그 마을에 자리를 잡은 지 거의 일 년이 지나 다시 그곳을 찾았을 때, 사람들 사이에서 그의 의견이 하나의 권위 있는 말처럼 인용되는 것을 듣고 나는 적잖이 놀랐다. 나의 친구들 역시 불과 십이 개월 전만 해도, 대위와 그의 딸들을 방문하자는 어떤 제안에도 가장 격렬하게 반대하던 이들이었다. 그런데 이제 그는, 한때는 금기시되던 정오 이전의 시간에도 집 안으로 들어오는 것이 허용되고 있었다. 물론, 그것은 불을 지피기도 전에 연기를 내뿜는 굴뚝의 원인을 알아내기 위해서였지만, 그럼에도 브라운 대위는 조금도 기죽지 않고 위층으로 성큼성큼 올라가, 방에 비해 지나치게 큰 목소리로 이야기하고, 마치 집안에 길들여진 남자처럼 스스럼없이 농담을 주고받았다. 그는 자신이 처음 맞아들여질 때 사람들이 보였던 모든 사소한 냉대와, 하찮은 의례들을 슬그머니 생략하곤 하던 태도 따위에는 전혀 눈길을 주지 않았다. 크랜포드 숙녀들이 다소 쌀쌀맞게 굴었음에도 그는 줄곧 다정하고 붙임성 있게 대했고, 자잘하게 비꼬는 칭찬을 들었을 때도 그것을 그대로 선의의 말로 받아들이며 응대했다. 그리고 가난한 것을 부끄러워하지 않는 남자에게 본능적으로 움츠러들던 그들의 태도는, 그의 남자다운 솔직함에 차츰 압도되고 말았다. 마침내 그의 뛰어난 남성적 상식과, 집안에서 맞닥뜨리는 온갖 곤란을 해결할 궁여지책을 재치 있게 고안해 내는 솜씨 덕분에, 그는 크랜포드 숙녀들 사이에서 이례적인 권위를 지닌 인물로 자리 잡게 되었다. 정작 그는, 예전의 차가운 대우를 거의 깨닫지 못했던 것과 마찬가지로, 이제 자신이 얼마나 인기가 많아졌는지도 거의 의식하지 못한 채 그저 자기 방식대로 살아갈 뿐이었다. 그래서 어느 날, 자기가 무심코 농담 삼아 내놓았던 어떤 충고가 모두에게 너무나 귀중한 조언으로 여겨져, 진지하고 엄숙하게 받아들여지고 있다는 사실을 깨달았을 때, 그는 틀림없이 깜짝 놀랐을 것이다.

그 이야기가 바로 다음과 같은 일이었다. 한 노부인이 올더니 암소[6] 한 마리를 기르고 있었는데, 그 소를 거의 딸처럼 여겼다. 그녀에게 15분 남짓 잠깐 문안 인사를 들렀다 가려 해도, 그 동물이 얼마나 놀라운 우유를 내는지, 얼마나 영리한지를 듣지 않고서는 나올 수가 없었다. 온마을 사람들이 벳시 바커 양의 올더니 암소를 알고 있었고, 다들 그 동물에 대해 호의 어린 마음을 품고 있었다.

---

6 영국 해협 올더니 섬에서 유래한 소 품종. 소설에서는 주로 '말썽 많은 소'의 상징처럼 사용됨

그러니 어느 부주의한 순간, 그 불쌍한 소가 석회 구덩이에 굴러 떨어졌다는 소식이 전해졌을 때, 마을 사람들의 동정과 안타까움이 얼마나 컸을지 짐작할 수 있을 것이다. 소는 너무나 크게 신음을 해서 곧 사람들에게 발견되어 구조되었다. 그러나 그 사이에 가엾은 짐승은 털의 대부분을 잃어버렸고, 맨살만 드러난 채, 춥고 비참해 보이는 몰골로 구덩이에서 끌려 나왔다. 모두가 그 동물을 불쌍히 여겼지만, 몇몇은 그 우스꽝스러운 꼴을 보고 웃음을 참지 못했다. 벳시 바커 양은 슬픔과 경악에 북받쳐 정말로 울었다. 그리고 그녀가 기름 목욕을 한번 시도해 볼 생각까지 했었다고들 말했다. 아마도 그 치료법은 그녀에게 조언을 해 준 이들 가운데 누군가가 권한 것이었을 것이다. 그러나 그런 제안이 실제로 있었더라도, 그것은 브라운 대위의 단호한 한마디에 곧바로 묵살되고 말았다. "그 소를 살려 두고 싶으시다면, 플란넬 조끼하고 플란넬

19

1장. 우리의 사교계

속바지[7]를 입히십시오, 부인. 하지만 내 생각에는, 그 가엾은 짐승은 차라리 당장 잡는 편이 낫습니다."

벳시 바커 양은 눈물을 닦고 대위에게 정성껏 감사를 표했다. 그리고 곧장 일에 착수했다. 이윽고 온 마을 사람들이, 짙은 회색 플란넬 옷차림을 하고 얌전히 목초지로 향하는 그 올더니 암소를 구경하러 몰려 나왔다. 나 역시도 그 모습을 여러 번 지켜본 적이 있었다. 런던에서는 회색 플란넬을 입은 소를 본 일이 있는가?

브라운 대위는 마을 외곽에 작은 집을 얻어 두 딸과 함께 살고 있었다. 내가 크랜포드를 더 이상 거주지로 삼지 않고 떠난 뒤, 처음 다시 그곳을 찾았을 때 그는 예순은 훌쩍 넘었을 것이라고 생각되었다. 그러나 그는 강인하고 잘 단련된, 탄력이 느껴지는 몸매에, 군인답게 머리를 뻣뻣이 뒤로 젖히는 자세, 톡톡 튀는 걸음걸이를 지니고 있어서 실제 나이보다 훨씬 젊어 보였다. 맏딸은 거의 아버

---

7 플란넬 조끼와 속바지는 19세기 영국에서 병약하거나 추위를 많이 타는 사람이 입던 보온용 속옷이다. 여기서는 '그 소가 너무 허약하니 사람처럼 내복을 입혀야 할 정도'라는 과장된 농담이다.

지만큼이나 늙어 보였고, 그로 말미암아 그의 실제 나이가 겉보기보다 훨씬 많다는 사실이 드러나 보였다. 브라운 양은 마흔은 되었을 것이다. 그녀의 얼굴에는 병약하고 고통스러우며 근심에 짓눌린 표정이 어려 있었고, 젊음의 명랑함 따위는 이미 오래전에 시야에서 사라져 버린 듯한 인상이었다. 젊었을 때조차도 그녀는 수수하고, 굳은 선이 도드라진 투박한 얼굴이었음에 틀림없다. 제시 브라운 양은 언니보다 열 살이나 어렸고, 어림잡아 스무 겹은 더 곱고 사랑스러워 보였다. 그녀의 얼굴은 둥글고, 여기저기 보조개가 잡혔다. 한 번은 젠킨스 양이 브라운 대위에게 몹시 화가 난 김에(그 까닭은 곧 이야기하겠다) 이렇게 말한 적이 있었다. "이제 제시 양도 보조개 잡히는 표정은 그만둘 때가 되었고, 언제나 아이처럼 보이려고 애써서는 안 된다고 생각합니다." 분명 그녀의 얼굴에는 어디까지나 어린아이 같은 구석이 있었다. 그리고 내 생각에는, 설령 백 살까지 산다 하더라도 죽을 때까지 그 기색은 남아 있을 것이다. 그녀의 눈은 크고 파란, 놀람과 호기심이 어린 눈이었고, 사람을 똑바로 바라보았다.

1장. 우리의 사교계

코는 아직 형태가 완전히 잡히지 않은 듯한 납작한 코였고, 입술은 붉고 이슬 맺힌 듯 촉촉했다. 그녀는 머리카락도 잘게 말린 곱슬 타래들을 작은 줄지어 드리워, 이런 인상을 한층 돋보이게 하고 있었다. 나는 그녀가 객관적으로 예쁜 얼굴인지 어떤지는 잘 모르겠다. 그러나 나는 그녀의 얼굴이 마음에 들었고, 다른 이들도 모두 그랬다. 그리고 그녀가 그 보조개를 어찌해 볼 도리가 없었으리라고 생각한다. 그녀에게는 아버지에게서 물려받은 경쾌한 걸음걸이와 몸가짐이 어느 정도 배어 있었다. 그리고 여성이라면 누구든 두 자매의 옷차림 사이에 미묘한 차이가 있음을 눈치챌 수 있었을 것이다. 제시 양의 옷차림이 브라운 양보다 해마다 약 2파운드쯤 더 많은 비용이 들었다. 2파운드는 브라운 대위의 한 해 살림살이에서 보면 결코 적지 않은 액수였다.

이것이 내가 크랜포드 교회에서 브라운 가족을 처음으로 한자리에 다 모인 채로 보았을 때 받은 인상이었다. 브라운 대위는 전에 한 번 만난 일이 있었다. 연기를 내뿜는 굴뚝을, 연통을 조금 손보는 것만으로 말끔히 고쳐 주

22

었던 그 사건 때였다. 교회에서 그는 아침 찬송가가 울려 퍼지는 동안 두 렌즈가 달린 안경을 눈에 대고 있다가, 곧 머리를 꼿꼿이 쳐들고 크고도 즐겁게 노래를 불렀다. 그는 회중의 응답을 맡은 서기보다 더 우렁차게 응답했는데, 그 서기는 가느다랗고 힘없는 목소리를 가진 노인으로, 내 생각에는 대위의 낭랑한 저음이 못마땅하여, 그 탓에 자신의 목소리를 점점 더 높이 떨며 짜내는 듯하였다.

예배를 마치고 교회에서 나왔을 때, 그 쾌활한 대위는 두 딸에게 가장 다정하고도 기사도적인 배려를 아끼지 않았다. 그는 아는 이들에게 고개를 끄덕이고 미소를 지어 보였으나, 브라운 양이 우산을 펴도록 도와주고, 그녀의 기도책을 맡아 들어 주고, 그녀가 신경이 곤두서서 떨리는 손으로 젖은 길을 건너기 위해 치마자락을 들어 올릴 때까지 묵묵히 참고 기다린 다음에야 비로소 누구와도 악수를 나누었다.

나는 크랜포드 숙녀들이 파티에서 브라운 대위를 어떻게 대했을지 무척 궁금했다. 예전에는 카드 파티에서 돌보아야 할 신사도, 대화거리를 찾아주어야 할 신사도

23

없다는 사실을 두고 종종 기뻐하곤 했다. 우리는 그 아늑한 저녁들에 대해 서로 자축했다. 그리고 고상함에 대한 우리의 애착과 남성에 대한 반감 속에서, 우리는 거의 '남자라면 상스럽다'고까지 스스로를 설득했던 것이다. 그래서 내 친구이자 그날의 여주인이었던 젠킨스 양이 내 방문을 기념하여 파티를 열 예정이고, 브라운 대위와 그의 딸들까지 초대했다는 소식을 들었을 때, 나는 그날 저녁이 어떻게 흘러갈지 매우 궁금해졌다. 녹색 펠트가 깔린 카드 테이블은 예전처럼 대낮부터 미리 차려졌다. 11월 셋째 주였으므로, 저녁은 네 시 무렵이면 이미 어두워졌다. 각 테이블에는 양초와 말끔한 새 카드 꾸러미가 준비되었다. 난로에는 불이 채워지고, 단정한 하녀는 마지막 지시를 받았다. 그리고 우리는 가장 좋은 옷차림으로 나란히 서서, 손에는 촛불 점화기를 들고, 첫 번째 노크 소리가 들리면 곧장 양초에 불을 붙이려는 준비를 하고 있었다. 크랜포드의 파티란 숙녀들이 가장 좋은 드레스를 차려입고 단정히 앉아, 영문 모를 엄숙한 들뜸에 젖는 하나의 의식과도 같았다. 세 사람이 도착하자마자 우리는 '프

24

레퍼런스' 게임[8]에 자리를 잡았다. 그날의 불운한 네 번째는 나였다. 이어서 찾아온 네 명은 곧바로 다른 테이블로 인도되었다. 그리고 내가 아침에 식료품방을 지나칠 때 미리 차려져 있는 것을 보았던 찻상들이 각 카드 테이블 중앙에 올려졌다. 도자기는 섬세하고 달걀 껍질처럼 얇았으며, 오래된 은식기는 닦아놓아 반짝이고 있었다. 그러나 먹을거리는 아주 소박한 편이었다. 쟁반이 아직 테이블 위에 놓여 있을 때, 브라운 대위와 그의 딸들이 들어왔다. 그리고 곧바로, 어찌된 일인지 그가 그 자리에 있던 모든 숙녀들의 총애를 받고 있음이 보였다. 찌푸리던 이마는 펴지고, 날카롭던 목소리는 그의 등장과 함께 낮아졌다. 브라운 양은 병색이 완연했고, 거의 침울해 보일 정도로 기운이 가라앉아 있었다. 제시 양은 평소처럼 환하게 미소를 지었고, 아버지 못지않게 인기가 있어 보였다. 대위는 곧 조용하고 자연스레 방 안에서 '남자가 맡아야 할 자리'를 차지했다. 모든 이의 필요를 살피고, 빈 컵과 버

---

8 19세기 영국에서 유행한 사교용 카드놀이로, 브리지·휘스트와 비슷한 형태의 게임

1장. 우리의 사교계

터 없는 빵을 들고 있는 숙녀들을 살뜰히 챙기며, 예쁜 하녀의 수고를 덜어주었다. 그러면서도 그의 태도는 지나치게 나서지도 않고 자연스럽고 위엄이 있었으며, 마치 강한 자가 약한 자를 돌보는 것이 당연한 일이라는 듯했다. 그야말로 처음부터 끝까지 '진정한 신사'였다. 그리고 그는 3페니짜리 내기를 파운드 내기인 양 진지한 흥미로 참여했다. 그런데도 낯선 이들에 대한 배려를 멈추지 않으면서, 병을 앓고 있는 딸에게는 한순간도 시선을 떼지 않았다. 나는 그녀가 고통을 참고 있다고 확신했으나, 다른 이들 눈에는 단지 예민하고 까칠해 보였을지도 모른다. 제시 양은 카드를 칠 줄 몰랐다. 그러나 그녀는 게임에 끼지 못한 이들과 함께 이야기하며, 그녀가 오기 전에는 다소 신경질적으로 굴던 그들의 분위기를 금세 부드럽게 만들었다. 그리고 노래까지 불렀는데, 오래되어 금이 간 피아노—아마 젊었을 때는 스피넷[9]이었을 법한—에 맞추어

---

9 17~18세기 가정에서 사용하던 소형 하프시코드로, 피아노가 널리 보급되기 이전의 작은 건반악기이다.

26

"헤이즐딘의 조크"[10]를 약간 음이 흐트러지게 불렀다. 하지만 우리 중 누구도 음악에 조예가 깊지 않았고, 젠킨스 양은 마치 자신이 음악을 아는 사람인 듯, 박자를 틀리게 치며 흉내를 내었다.

젠킨스 양이 이렇게까지 해준 것은 매우 친절한 일이 었다. 왜냐하면 조금 전만 해도 그녀는 제시 브라운 양의 다소 무심한 발언—(셰틀랜드 울 이야기가 나오던 참이었다)—에 몹시 불쾌해하고 있었기 때문이다. 제시 양은 자기 외삼촌, 즉 어머니 쪽 오빠가 에든버러에서 상점을 운영하고 있다고 솔직하게 말해 버렸다. 젠킨스 양은 그 고백을 가리기 위해 끔찍할 만큼 큰 기침을 해댔다. 왜냐하면 명망 높은 제이미슨 부인이 제시 양 바로 옆 카드 테이블에 앉아 있었기 때문이다. 그녀가 상인 집안 조카라니! 하는 사실을 알아차린다면, 도대체 무어라 말하고 무어라 생각하겠는가! 하지만 제시 브라운 양은—우리 모두가 다음 날 아침 한 목소리로 인정했듯이—전혀 눈치가

10 월터 스콧이 가사를 쓴 스코틀랜드 민요풍 발라드로, 정략결혼을 거부하고 연인에게로 달아나는 여인의 이야기를 담은 노래이다.

1장. 우리의 사교계

없었다. 그녀는 그 사실을 다시금 반복했을 뿐 아니라, 풀 양에게 이렇게 큰소리로 장담했다. "필요하신 그 셰틀랜드 울이요? 제 외삼촌을 통해 아주 쉽게 구해드릴 수 있어요. 에든버러에서 셰틀랜드 제품을 가장 잘 갖춘 분이거든요." 그 난처한 말의 뒷맛을 입에서 지워내고, 그 찝찝한 소리가 귀에서 사라지게 하려는 듯, 젠킨스 양이 음악을 제안했던 것이다. 그래서 다시 말하지만, 그녀가 그 어설픈 노래에 맞춰 박자를 쳐 준 것은 정말이지 친절한 일이었다.

9시 15분 정각, 비스킷과 와인을 실은 쟁반이 다시 모습을 드러내자, 이내 이야기가 오가고, 카드 성적을 비교하고, 트릭을 이야기하는 소리가 이어졌다. 그런데 잠시후, 브라운 대위가 슬며시 문학 이야기를 꺼냈다.

"'피크윅 페이퍼스' 연재분 몇 호 보셨습니까?" 그가 말을 꺼냈다. (그 시절에는 지금처럼 분책으로 발행되고 있었다.) "아주 훌륭합니다!"

젠킨스 양은 이미 세상을 떠난 크랜포드 교구 목사의 딸이었고, 여러 편의 설교 원고와 제법 훌륭한 신학 서재를 기반으로 스스로를 문학적 소양이 있는 사람이라 여겼으며, 책 이야기가 나오면 곧 자신에 대한 도전으로 받아들이는 버릇이 있었다. 그래서 그녀는 이렇게 대답했다. "네, 봤습니다. 사실 읽었다고 해도 될 겁니다."

"그럼, 어떻게 보셨습니까?" 브라운 대위가 외쳤다. "아주 걸작이지 않습니까?"

이렇게 다그쳐 묻자, 젠킨스 양은 더는 입을 다물고 있을 수 없었다.

"제가 보기에는 존슨 박사님[11] 작품만큼 탁월하지는 않습니다. 하지만, 글쓴이가 아마 젊겠지요. 꾸준히 정진한다면, 위대한 박사님을 본보기로 삼아 얼마든지 성장할 수도 있을 겁니다."

이 말은 브라운 대위에게는 도저히 태연히 넘길 수 없는 모욕이었던 듯했다. 나는 젠킨스 양이 말을 다 마치기도 전에 대위의 혀끝까지 치밀어 오른 반박이 보였다.

---

11 18세기 영국의 문인 새뮤얼 존슨(Samuel Johnson)을 가리킨다. 《영어 사전》을 편찬하고 수많은 에세이와 비평을 남긴 실존 인물로, 당시 영국 지식인들이 가장 높이 평가하던 문학적 권위였다.

"아, 그건 전혀 성격이 다릅니다, 부인." 그가 시작했다.

"그것쯤은 알고 있습니다," 그녀가 되받아쳤다. "그래서 제가 감안한다고 말씀드리는 겁니다, 브라운 대위님."

"이번 달 호의 한 장면만 읽어드리게 해주십시오." 그가 거의 애원하듯 말했다. "오늘 아침에 막 받아서 말이지요. 아마 이 방에 계신 분들 중 누구도 아직 보지 못하셨을 겁니다."

"원하신다면 읽으세요." 그녀는 체념한 사람처럼 자세를 가다듬고 앉았다.

그는 샘 웰러가 배스에서 열었던 그 유명한 '스워리(swarry)'의 장면을 읽었다. 우리 중 몇몇은 배꼽이 빠지도록 웃었다. 나는 그 집에 묵는 처지라, 감히 소리 내 웃지 못했다. 젠킨스 양은 한결같이 참을성 있는 근엄함으로 앉아 있었다.

글이 끝나자 그녀는 나를 향해 돌며, 온화하지만 품위 있는 목소리로 말했다. "서재에서 '라셀라스'를 가져오너라, 애야."

내가 책을 가져다주자, 그녀는 대위를 향해 몸을 돌렸다.

"이제 제가 한 장면을 읽겠습니다. 그러면 이 자리에 계신 분들이 당신이 좋아하는 보즈 씨와 존슨 박사님 중 누구의 글이 더 우월한지 판단하시겠지요."

그녀는 라셀라스와 이믈락의 대화 중 한 부분을, 높고 장엄한 목소리로 읽었다. 다 읽고 난 뒤, 그녀는 이렇게 말했다. "이제 제가 소설가로서 존슨 박사님을 선호하는 이유가 정당화되었다고 생각합니다."

대위는 입술을 꽉 오므리며 테이블을 손가락으로 두드렸지만, 말은 하지 않았다. 그러자 젠킨스 양은 그에게 마지막 일격을 한두 번 더 날려야겠다고 생각한 듯했다.

"저는 분책으로 출판하는 일은 상스럽고, 문학의 품위에도 어울리지 않는다고 생각합니다."

"그렇다면, '램블러'는 어떻게 출판되었습니까, 부인?" 브라운 대위가 낮은 목소리로 물었다. 나는 젠킨스 양이 그 말을 듣지 못했으리라 생각한다.

"존슨 박사님의 문체는 젊은 초심자들이 본보기로 삼

아야 할 모델입니다. 제가 편지를 쓰기 시작했을 때 아버지께서도 그것을 권하셨지요. 저는 그 문체를 바탕으로 제 글쓰기 스타일을 형성했습니다. 당신이 좋아하시는 그 작가에게도 추천하고 싶군요."

"그가 자기 문체를 그런 과장되고 번드르르한 글로 바꿔버린다면 저는 매우 유감스럽겠습니다." 브라운 대위가 단호히 말했다.

젠킨스 양은 이 말을, 대위가 상상도 하지 못한 방식으로 개인적인 모욕으로 받아들였다. 그녀와 그녀의 친구들은 편지 글쓰기를 그녀의 장기라 여겼기 때문이다. 나는 그녀가 친구들에게 이런저런 소식을 "우편 마감 30분 전의 짧은 순간을 붙들어 확신시키기 위해" 서둘러 편지를 쓰기 전에, 석판에 적고 지우며 고쳐 쓴 편지 초고들을 수없이 보아 온 사람이다. 그녀가 스스로 말했듯, 이 편지문 작성에서 존슨 박사는 그녀의 진정한 모델이었다.

그녀는 몸을 곧게 세우고 위엄을 갖추더니, 브라운 대위의 말을 향해 각 음절마다 힘을 주어 이렇게 말했다. "저는 보즈 씨보다 존슨 박사님을 더 좋아합니다."

32

브라운 대위가 작은 목소리로 "젠장, 존슨 박사!"라고 중얼거렸다는 말이 전해진다―물론 나는 그 사실을 보증할 수 없다. 그러나 만약 그가 그 말을 했다면, 그는 후회한 것이 분명하다. 그는 젠킨스 양의 안락의자 곁으로 다가가, 좀 더 즐거운 화제로 그녀를 달래보려 애쓰는 태도로 이를 보여주었다. 하지만 그녀는 요지부동이었다. 그리고 바로 다음 날, 그녀는 제시 양의 보조개에 대해 내가 이미 언급했던 바로 그 말을 던진 것이다.

2장. 대위

크랜포드에서 한 달을 살아보면, 그곳 주민 한 사람 한 사람의 일상적 습관을 모르는 것이 오히려 불가능했다. 그리고 내가 머물던 기간이 채 끝나기도 전에 나는 브라운 집안 세 식구에 대해 무척 많은 것을 알게 되었다. 그들의 가난에 관해서는 새롭게 알아낼 만한 것이 전혀 없었다. 그들은 처음부터 그것을 솔직하고 담백하게 털어놓았고, 절약해야 할 필요를 숨기려 하지도 않았다. 남아 있는 것은 대위의 끝없는 선량함, 그리고 그가 자신도 모르는 사이에 그것을 드러내는 갖가지 방식들을 발견하는 일이었다. 몇 가지 작은 일화들이 일어난 뒤 한동안 마을 화제가 되었다. 우리는 책을 그다지 읽지 않았고, 모든 숙녀들은 하인들에 대체로 만족하고 있었기에, 이야기할 소재

34

가 늘 부족했다. 그래서 우리는 어느 유난히 조용하던 일요일, 대위가 어떤 가난한 노파의 저녁거리 바구니를 그녀의 손에서 덜어 들었던 사건에 대해 길게 이야기했다. 그날 그는 교회에서 돌아오는 길이었고, 빵집에서 구운 양고기와 감자를 받아 돌아오는 노파를 만났다. 그녀의 위태로운 걸음을 눈여겨본 그는, 무엇이든 할 때마다 그렇듯이 근엄하고도 진중한 태도로, 그녀의 짐을 들어주고는 노파 곁에서 길잡이처럼 걸으며 그 저녁거리를 안전하게 집까지 운반해 주었다. 이 일은 몹시 별난 행동으로 여겨졌다. 월요일 아침쯤이면 그가 일일이 집집마다 방문해, 크랜포드가 중시하는 체면과 예법에 대해 해명하며 사과할 것이라고들 예상했다. 하지만 그는 그런 일은 전혀 하지 않았다. 그러자 마을 사람들은, 그가 부끄러워서 모습을 감추고 있다고 결론 내렸다. 그를 향한 일종의 연민이 일면서 우리는 "어찌 되었든, 그 일요일 아침의 일은 그가 얼마나 마음씨 고운 사람인지 보여주는 증거였다"라고 말하며, 다음에 그가 우리 앞에 나타나면 위로의 말이라도 건네야 한다고 입을 모았다. 그런데, 보라! 그는 어

35

떠한 수치심의 기색도 없이, 여느 때처럼 큰 낮은 목소리로 떠들썩하게, 고개를 뒤로 젖힌 채 등장했다. 그의 가발은 언제나처럼 멋지고 잘 말려 있었고, 우리는 그가 그 일요일 사건을 몽땅 잊어버린 듯하다고 인정할 수밖에 없었다.

폴 양과 제시 브라운 양은 셰틀랜드 울과 새로운 뜨개질 기법을 매개로 어느 정도 친밀한 사이가 되어 있었다. 그래서 내가 폴 양을 방문하게 되었을 때, 이전에 젠킨스 양의 집에 머무를 때보다 브라운 가족을 훨씬 자주 보게 되었다. 젠킨스 양은 브라운 대위가 존슨 박사를 '가볍고 유쾌한 소설가'라 폄하했다고 생각하는 그 발언을 결코 용서하지 못했기 때문이다. 그리고 그때 나는 브라운 양이 오래 지속되는 불치의 병을 앓고 있으며, 그 병이 주는 고통 때문에 그녀의 얼굴에 늘 불안하고 굳은 표정이 자리했던 것임을 알게 되었다. 나는 그것을 오랫동안 순전한 심술로 오해했던 것이다. 물론 그녀는 병으로 인한 신경과민이 도저히 감당할 수 없을 만큼 심해질 때면 실제로 까칠해지기도 했다. 그러나 그 뒤에는 늘 자신을 혹독하

36

게 자책하는 시간이 뒤따랐고, 제시 양은 그런 때 오히려 더 큰 인내심으로 언니를 보살폈다. 브라운 양은 자신이 성급하고 까다로운 성격이라는 점뿐만 아니라, 자신의 병 때문에 아버지와 여동생이 경제적으로 더 많이 아껴야 한다는 사실까지도 스스로에게 죄로 돌렸다. 그녀는 오히려 자기 쪽에서 희생을 감수해 가족의 걱정을 덜어주고 싶어 했기에, 원래 남을 배려하던 그 기질이 오히려 그녀의 성미에 쓰디쓴 날을 더하고 있었다. 이런 모든 괴로움을 제시 양과 그녀의 아버지는 평온함을 넘어서는, 그야말로 절대적인 다정함으로 감당하고 있었다. 집에서의 모습을 보았을 때, 나는 제시 양이 음정도 맞지 않게 노래를 부르고 다소 어린아이 같은 옷차림을 하는 것을 기꺼이 용서하게 되었다. 또한 브라운 대위의 짙은 색 브루투스 가발과 솜을 댄 외투—아아, 너무나 자주 닳아 해지고 말았지만—가 젊은 시절 군인으로서의 말쑥함이 무의식적으로 남아 있는 흔적임을 이해하게 되었다. 그는 병영 생활에서 단련된 무궁무진한 생활 지혜를 지닌 사람이었다. 그가 솔직하게 말했듯, 자기 마음에 들게 구두를 닦을 사람은 자기 자신밖에 없었다. 그렇지만 그는 어린 하녀의 수고를 덜어주는 일을 절대로 마다하지 않았다. 어쩌면 딸의 병환 때문에 집안일이 그 아이에게 더욱 버거울 것임을 누구보다 잘 알고 있었기 때문일 것이다.

대위는 내가 앞서 말한 그 잊기 어려운 논쟁 직후, 젠킨스 양과의 화해를 시도했다. 그녀가 쇠 불삽이 저미는 소리를 몹시 성가셔 한다는 말을 들은 뒤, 직접 만든 나무 불삽을 선물한 것이다. 그녀는 그 선물을 차갑게, 그러나 격식 있게 받아들였다. 그가 떠나자마자 그녀는 나에게 그것을 잡동사니 방에 치워두라고 말했다. 아마도 보즈 씨를 존슨 박사보다 더 선호하는 남자에게서 온 선물이라면, 쇠 불삽보다 덜 거슬릴 수는 없을 것이라고 느꼈던 모양이었다.

내가 크랜포드를 떠나 드럼블로 갔을 때 상황은 그러했다. 그러나 나는 그 사랑스러운 작은 마을의 소식을 계속 알려주는 몇몇 서신 상대가 있었다. 폴 양은 한때 뜨개질에 빠져 있었듯이 이제는 크로셰[12]에 흠뻑 빠져 있었고, 그녀의 편지는 마치 옛 노래의 "하지만 플린트네[13]의 흰색 모직을 잊지 마십시오" 라는 후렴처럼 들리곤 했다. 왜냐 하면 그녀가 보내오는 모든 소식 한 줄 한 줄 끝마다, 내가 대신 처리해주어야 할 새로운 크로셰 심부름 지시가 덧붙 어 있었기 때문이다.

마틸다 젠킨스 양—젠킨스 양이 곁에 없을 때는 '매티 양'이라고 불리는 것을 개의치 않았던—은 다정하고 넉넉 한, 그러나 다소 산만한 편지를 써보냈다. 때로는 자기 의 견을 조심스럽게 내비치다가도, 갑자기 멈춰 세우며, "데 버러는 다르게 생각하시니까 제 의견은 말씀하지 말아주 세요, 저도 알고 있습니다"라고 덧붙이거나, 혹은 편지 말 미에 다음과 같은 추신을 붙이곤 했다. "위의 글을 쓴 뒤 데버러와 그 문제에 대해 함께 이야기해보았는데, 저는

---

12 코바늘을 사용해 실을 걸어 뜨개물을 만드는 기법을 말하며, 19세기 영국 여성 들이 즐기던 대표적 손뜨개 취미였다.

13 크랜포드 마을에서 가장 고급으로 여겨지는 모직 직물 가게를 가리킨다. '플린 트네의 흰색 모직'은 고가의 원단을 사용한다는 점에서 당시 여성들의 '품위 있는 소비'를 상징하는 표현이다.

전적으로 확신하게 되었습니다, …" —여기에는 대개 편지에서 밝힌 자신의 의견 전체를 철회하는 말이 따라왔다.

그리고 젠킨스 양, 즉 데버러—그녀는 매티 양이 자신을 그렇게 부르는 것을 좋아했는데, 그녀의 아버지가 '이 히브리 이름은 그렇게 발음해야 한다'고 말한 적이 있었기 때문이다. 나는 내심 그녀가 성격 면에서 히브리의 예언자를 자신의 본보기로 삼는다고 생각하곤 했다. 그리고 실제로도, 현대의 관습과 복장의 차이를 감안하면, 몇몇 면에서는 그 엄격한 예언자와 닮아 있었다. 젠킨스 양은 크라바트[14]를 매고, 마치 기수 모양의 작은 보닛을 쓰는 등, 전반적으로 강인한 정신을 지닌 여인의 모습을 하고 있었다. 물론 그녀는 여성이 남성과 동등하다는 현대적인 사상을 경멸했을 것이다. 동등하다니! 그녀는 여성이 우월하다는 사실을 알고 있었다. 하지만 다시 그녀의 편지로 돌아가면, 그 안의 모든 것은 그녀 자신처럼 엄숙하고

---

14 7~19세기 유럽 남성들이 착용하던 목에 두르는 장식용 천, 즉 넥타이의 초기 형태

장중했다. 나는 지금도 그 편지들을 들춰보고 있다. (사랑하는 젠킨스 양, 내가 그녀를 얼마나 존경했는지!) 그리고 그 중에서도 특히, 우리의 친구 브라운 대위와 관련한 대목을 하나 인용해 보겠다:—

"제이미슨 귀부인께서 방금 저를 떠나셨습니다. 대화 중에 그녀는, 어제 그녀의 고인이 된 남편의 옛 친구이신 몰레버러 경께서 자신을 방문하셨다는 소식을 전해주셨습니다. 경께서 무엇 때문에 우리 작은 마을의 경계 안까지 오셨는지, 여러분께서 쉽게 짐작하시기는 어려울 것입니다. 경께서는 브라운 대위를 뵈러 오신 것이었습니다. 대위와 경께서는 '깃털 장식의 전쟁터'에서 서로 아는 사이였던 듯하고, 잘못 명명된 희망봉 앞바다에서 어떤 중대한 위험이 경의 머리 위로 임박했을 때, 그 위기에서 경을 구해낼 특권을 대위가 지녔다고 합니다. 우리의 친구 제이미슨 귀부인이 순진한 호기심이라는 덕목이 몹시 부족하다는 사실을 알고 계시니, 그녀가 그 위험의 구체적 성격을 저에게 전혀 밝혀주지 못했다 하더라도 놀라실 일은 아닙니다. 저는 솔직히, 브라운 대위가 그처럼 저명한 손님을 그의 제한된 살림살이로 어떻게 맞아들였는지를 알고 싶었습니다. 제가 알아낸 바에 따르면, 경께서는 엔젤 호텔에서 휴식을 취하셨고—저는 그곳에서 상쾌한 숙면을 얻으셨기를 바랍니다—크랜포드에 그의 장엄한 방문으로 영광을 부여하신 이틀 동안, 브라운 집안의 식사를 함께하셨습니다. 우리의 친절한 정육점 주인의 아내 존슨 부인께서는 제시 양이 양다리 하나를 구매했다고 알려주었습니다만, 이 외에는 그렇게 고귀한 손님을 맞는 데 걸맞은 어떤 준비도 들을 수 없었습니다. 아마도 그들은 그를 '이성의 향연과 영혼의 흐름'으로 대접했을 것입니다. 그리고 '오염되지 않은 순수한 영어의 샘물'에 대한 브라운 대위의 안타까운 미각 부족을 잘 알고 있는 우리에게는, 그가 영국 귀족 사회의 우아하고 세련된 일원과 담소를 나누며 자신의 취향을 고양할 기회를 얻었다는 사실이 오히려 축하할 만한 일일지도 모릅니다. 하지만, 세속적 결함에서 완전히 자유로운 사람이 과연 누가 있겠습니까?"

폴 양과 매티 양은 같은 우편으로 나에게 편지를 보내

2장. 대위

왔다. 몰레버리 경의 방문 같은 소식은 크랜포드의 편지 작가들에게 결코 놓칠 수 없는 소재였다. 그들은 그 사건을 최대한 길게, 그리고 최대한 풍성하게 써 내려갔다. 매티 양은 크랜포드에 베풀어진 그러한 영광을 자신보다 훨씬 능숙하게 묘사할 언니와 동시에 편지를 쓰게 된 데 대해 공손히 사과했다. 그러나 약간의 철자 실수가 있음에도, 매티 양의 편지가야말로 경의 방문 이후 마을에 일어난 소동을 가장 생생하게 전해주었다. 왜냐하면 엔젤 호텔 사람들, 브라운 가족, 제이미슨 부인, 그리고 귀족의 다리에 더러운 굴렁쇠를 굴렸다고 경에게 호통을 들은 어린 소년 외에는, 그 방문 중 경이 실제로 대화를 나눈 이가 아무도 없었기 때문이다.

내가 다시 크랜포드를 찾은 것은 여름이었다. 그동안 출생도, 사망도, 혼인도 없었다. 모두가 같은 집에 머물렀고, 거의 똑같이 잘 보존된 구식 옷을 입고 있었다. 그 사이 일어난 가장 큰 사건이라고는 젠킨스 양이 응접실에 새 카펫을 들였다는 것이었다. 오, 매티 양과 내가 그 카펫 위로 블라인드 없는 창으로 쏟아지는 햇살을 좇느라 얼마나 바쁘게 움직였던지! 우리는 햇볕이 닿는 자리에 신문지를 펼쳐놓고 책이나 바느질을 하며 앉아 있었다. 그런데 보라! 십오 분쯤 지나면 해가 움직여 또 다른 곳을 뜨겁게 비추었고, 우리는 다시 무릎을 꿇고 신문지의 위치를 옮겨야 했다. 우리는 또 어느 아침을 몽땅 들여 젠킨스 양의 파티를 준비하는 데 바빴다. 그녀가 지시하는 대로 신문지를 자르고 꿰매어, 손님들이 의자까지 가는 길마다 작은 종이 길을 만들어 두어야 했다. 방문객들의 신발이 새로운 카펫의 순결함을 조금이라도 더럽히거나 손상할까 염려했기 때문이다. 런던에서는 손님마다 밟고 걸어갈 종이 길을 만드는가?

브라운 대위와 젠킨스 양은 서로 그다지 다정하지 않았다. 내가 그 시작을 직접 목격했던 그 '문학적 논쟁'은 마치 덧난 상처 같아서, 그 주제에 살짝만 손이 닿아도 둘 다 움찔했다. 그것이 그들 사이의 유일한 의견 차이였지만, 그 하나로도 충분했다. 젠킨스 양은 대위를 향해 말꼬투리를 잡지 않고는 견딜 수 없었고, 대위는 대답하지 않았지만 손가락으로 탁자를 두드리곤 했다. 그녀는 그 행동을 존슨 박사에 대한 모욕으로 느끼며 분개했다. 대위는 보즈 씨의 글에 대한 자신의 애호를 다소 과시하듯 드러냈다. 책에 너무 몰두한 나머지 거리에서 걷다 젠킨스 양과 거의 부딪칠 뻔하기도 했다. 그의 사과는 성실했고 진심이었으며, 실제로는 그저 그녀와 자신을 놀라게 했을 뿐이었지만, 젠킨스 양은 나에게 차라리 그가 자신을 넘어뜨렸다 해도—단, 더 고상한 문학을 읽고 있었다면—더 나았을 것이라고 고백했다. 가엾고도 용감한 대위! 그는 더 늙고, 더 지쳐 보였으며, 그의 옷은 유난히 해져 있었다. 그러나 딸의 병세에 대해 묻지 않는 한, 그는 여전히 예전처럼 밝고 명랑해 보였다.

"그녀는 큰 고통을 겪고 있고, 앞으로 더 겪어야 할 것입니다. 우리는 그녀의 고통을 덜어주기 위해 할 수 있는 것은 모두 하고 있습니다. …… 하느님의 뜻이 이루어지이다!" 그는 이 마지막 말을 하며 모자를 벗었다. 매티 양에게서 들은 바로는, 실제로 할 수 있는 모든 조치가 다 취해져 있었다. 그 지방에서 명망 높은 의사가 불려왔고, 그가 내린 모든 지시는 비용을 아끼지 않고 지켜졌다. 매티

45

양은 그들이 환자를 편안하게 해주기 위해 분명 많은 것을 스스로 절약하고 있을 것이라고 했다. 그러나 그들은 그런 희생을 입 밖에 낸 적이 없었다. 그리고 제시 양에 대해서는— "정말이지, 저는 그녀가 천사라고 생각해요." 불쌍한 매티 양은 완전히 감동한 듯 이렇게 말했다. "브라운 양의 심술을 견디는 그녀의 태도와, 밤새 간호하고 그 중 절반은 꾸지람을 들었을 텐데도, 그 뒤에 짓는 그 밝은 얼굴은 정말 아름다워요. 그런데도 아침 식사 때 대위를 맞을 때는, 마치 밤새 여왕의 침대에서 편히 잔 사람처럼 단정하고 준비가 되어 있어요. 애야, 네가 내가 본 것처럼 그녀를 본다면, 다시는 그녀의 단정한 작은 곱슬머리나 분홍 리본을 비웃을 수 없을 거야." 나는 그 말에 마음이 미어졌고, 다음 번에 제시 양을 만났을 때 두 배의 존경심으로 그녀를 대할 수밖에 없었다. 그녀는 창백하고 야위어 있었고, 언니 이야기를 할 때는 아주 약해 보이듯 입술이 떨리기 시작했다. 그러나 곧 표정이 밝아졌고, 예쁜 눈에 맺히던 눈물을 애써 되돌리며 말했다.

"하지만 정말이지, 크랜포드는 얼마나 친절한 마을인

지요! 누군가가 평소보다 더 훌륭한 저녁을 만들면, 그중 가장 좋은 부분은 꼭 작은 뚜껑 있는 그릇에 담겨 우리 언니에게 와요. 가난한 사람들조차 가장 먼저 딴 채소를 우리 문 앞에 두고 가요. 그들은 마치 부끄러운 듯 짧고 퉁명스럽게 말하지만…… 그들의 마음씀씀이를 보면 제 마음이 얼마나 뭉클한지 몰라요." 그녀의 눈물은 다시 넘쳐흘렀다. 그러나 잠시 뒤 그녀는 스스로를 꾸짖기 시작했고, 결국 늘 그렇듯 쾌활한 제시 양으로 돌아갔다.

"하지만, 왜 그 몰레버러 경이라는 분은 자신의 목숨을 구해준 사람을 위해 아무것도 하지 않는 거죠?" 내가 물었다.

"글쎄요. 브라운 대위는 특별한 이유가 없는 한, 가난하다는 말을 절대 하지 않아요. 그는 경의 옆을 왕자처럼 행복하고 쾌활하게 걸었어요. 그리고 저녁 식사에 대해 사과하며 괜히 주의를 끄는 법도 없었고, 그날은 브라운 양의 상태도 더 좋았고, 모든 것이 밝아 보였기 때문에…… 경께서는 뒤에 얼마나 많은 걱정이 있었는지 전혀 알지 못했을 거예요. 겨울에는 종종 사냥감을 보내오긴

47

2장. 대위

했지만, 지금은 외국으로 떠난 상태예요."

나는 크랜포드에서, 작은 조각들 또는 사소한 기회들이 어떻게 활용되는지를 종종 주목할 수 있었다. 정원이 없는 누군가를 위해 떨어지기 전에 미리 모아두는 장미꽃잎들—그것으로 포푸리를 만들기 위해서였고—또 어떤 도시 사람의 서랍에 뿌리도록 보내는 작은 라벤더 꽃다발들, 혹은 병자의 방에서 태워 향기를 피우기 위한 것도 있었다. 많은 이들이 하찮다고 여길 물건들, 그리고 해도 별로 가치가 없어 보이는 행동들까지도 크랜포드에서는 모두 정성껏 수행되었다. 젠킨스 양은 브라운 양의 방에 은은한 향을 채우기 위해 사과 하나에 정향을 빽빽이 꽂았다. 그리고 정향 하나를 꽂을 때마다 존슨 식의 위엄 있는 문장을 한 구절씩 읊조렸다. 사실 그녀는 브라운 가족을 떠올리지 않고는 존슨 박사를 말하지 않을 수 없었다. 그리고 요즘 그녀의 마음속에서 브라운 가족이 거의 떠나지 않았기 때문에, 나는 풍성하고 굴러가는 듯한 그녀의 삼중 구조 문장을 여러 차례 들을 수밖에 없었다.

어느 날 브라운 대위가 젠킨스 양을 찾아와, 그동안 그녀가 베풀었던 여러 작은 친절에 대해 감사의 인사를 전했다. 나는 그때까지 그녀가 그런 친절을 베풀었다는 사실을 전혀 모르고 있었다. 대위는 순식간에 늙은 사람처럼 변해 있었다. 깊은 저음의 목소리에는 떨림이 있었고, 눈빛은 흐려졌으며, 얼굴에는 깊은 주름이 새겨져 있었다. 그는 딸의 상태에 대해 쾌활하게—아니, 도무지 그렇게—말할 수 없었다. 그러나 그는 남자다운 경건한 체념으로, 그리고 간단한 몇 마디로 그 사정을 이야기했다. 그리고 두 번이나 이렇게 말했다.

"제시가 우리에게 어떤 존재였는지는…… 하느님만이 아십니다!"

두 번째로 그 말을 내뱉은 후, 그는 갑자기 자리에서 일어나 말없이 방 안의 사람들과 일일이 악수한 뒤 방을 떠났다.

그날 오후, 우리는 거리 곳곳에 작은 무리들이 모여, 모두 공포와 경악이 서린 얼굴로 어떤 이야기를 듣고 있는 모습을 보게 되었다. 젠킨스 양은 한동안 무슨 일인지 궁금해하다가, 마침내 품위에 어울리지 않는 일이라 생각

49

하면서도 제니를 보내 알아보게 했다.

제니는 핏기 하나 없는 얼굴로 돌아왔다. "오, 부인! 오, 젠킨스 양, 부인! 브라운 대위님이…… 그 끔찍하고 잔인한 기차에 치여 돌아가셨어요!" 그리고 그녀는 울음을 터뜨렸다. 그녀 역시, 그리고 마을의 많은 사람들 역시, 가엾은 대위의 친절을 여러 번 경험했던 이들이었다.

"어떻게 된 거지?—어디서—어디서? 오, 하느님! 제니, 울고 있을 시간이 없어. 어서 무슨 일이 있었는지 말해 줘."

매티 양은 그대로 거리로 내달려, 이야기를 하고 있던 남자의 옷깃을 붙잡았다.

"어서 들어오세요—당장 제 언니에게 가세요. 젠킨스 양, 교구 목사님의 따님이십니다. 오, 이보세요, 제발…… 사실이 아니라고 말해주세요!" 그녀는 겁에 질린 마부의 머리를 쓰다듬어 가라앉히며 응접실로 데려왔다. 그는 젖은 장화를 신고 새 카펫 위에 서 있었지만, 아무도 그것을 의식하지 않았다.

"부인, 사실입니다. 제가 직접 봤습니다." 그는 그 기

50

억만으로도 몸을 떨었다. "대위님은 하행 열차를 기다리시면서 새로 나온 책을 깊이 읽고 계셨어요. 그런데 어린 여자아이가 엄마에게 가고 싶다고 언니를 따돌리고 비틀비틀 선로를 건너왔습니다. 기차가 오는 소리에 대위님이 갑자기 고개를 들고 아이를 보시더니, 곧장 선로로 뛰어들어 아이를 들어 올리셨습니다. 그런데 발이 미끄러져서…… 그 순간 기차가 그대로 들이닥쳤습니다. 오, 주여…… 주여! 부인, 정말 사실입니다. 그래서 대위님의 두 따님께 알리러 온 겁니다. 아이는 어깨에 조금 부딪힌 것 말고는 무사합니다. 대위님이 아이를 엄마 쪽으로 던져 보내셨거든요. 불쌍한 대위님…… 그걸 알면 기뻐하셨을 겁니다, 그렇지 않겠습니까? 하느님, 그분을 축복하소서!" 거칠고 튼튼한 마부는 얼굴을 일그러뜨리며 돌아서 눈물을 감추었다. 나는 젠킨스 양을 바라보았다. 그녀는 금세 실신할 듯 창백해졌고, 창문을 열어 달라고 손짓했다.

"마틸다, 내 보닛을 가져와. 나는 저 아이들에게 가야만 해. 하느님… 만약 제가 대위에게 경멸적으로 말한 적이 있다면 저를 용서하소서!"

젠킨스 양은 급히 외출복 차림을 갖추며, 마틸다 양에게 마부에게 와인 한 잔을 대접하라고 말했다. 그녀가 없는 동안, 매티 양과 나는 불 옆에 옹기종기 모여 낮고 경외에 찬 목소리로 이야기했다. 우리는 내내 조용히 울고 있었다.

젠킨스 양이 돌아왔을 때, 그녀는 침묵에 잠겨 있었고, 우리는 감히 많은 질문을 하지 못했다. 그녀는 제시 양이 기절했고, 자신과 폴 양이 그녀를 깨우는 데 어려움을 있었다고 말했다. 하지만 그녀가 회복하자마자, 제시 양은 그들 중 한 명에게 가서 언니의 곁을 지켜달라고 부탁했다고 한다.

"호긴스 씨 말로는… 그녀가 며칠을 넘기지 못할 것이라고 합니다. 그러니 이 충격은 모면하게 해야 한다고…" 제시 양이 감히 드러낼 수 없는 감정으로 떨며 말했다.

"하지만 어떻게 감당하겠니, 얘야?" 젠킨스 양이 물었다. "네가 쓰러지면… 언니는 네 눈물을 보게 될 텐데"

"하느님께서 도와주실 거예요—저는 무너지지 않을 거예요—소식이 왔을 때 언니는 잠들어 있었어요. 아직 잠들어 있을지도 몰라요. 언니는 제 아버지의 죽음 때문만이 아니라, 제가 어떻게 될지 생각하면 너무나 비참해할 거예요. 언니는 저에게 너무나 잘해줘요." 그녀는 부드럽고 진실한 눈으로 그들의 얼굴을 진지하게 쳐다보았다. 그리고 폴 양은 나중에 젠킨스 양에게, 브라운 양이 그녀의 여동생을 어떻게 대하는지 알고 있었기 때문에 거의 견딜 수 없었다고 말했다.

하지만 결국 모든 것은 제시 양의 뜻대로 정해졌다. 브라운 양에게는 아버지가 철도 업무로 잠시 여행을 떠났다고 알리기로 한 것이다. 그들이 어떻게 그 말을 꾸몄는지는—젠킨스 양조차 정확히는 알지 못했다. 폴 양은 제시 양과 함께 머물기로 했고, 제이미슨 부인은 사람을 보내 안부를 전해왔다. 우리가 그날 밤 들은 것은 이 정도가 전부였고, 그 밤은 몹시도 침울했다.

다음 날, 치명적인 사고의 전말이 젠킨스 양이 구독하는 지방지에 실렸다. 그녀는 눈이 약하다며 기사 읽기를 나에게 부탁했다. 내가 "용감한 신사는 방금 받아든 『피크윅』의 한 권을 열중하여 읽고 있었다"는 대목을 읽어 내려

53

가자, 젠킨스 양은 길게, 엄숙하게 고개를 저었다. 그리고 한숨을 내쉬며 말했다. "불쌍한 사람, 사랑하는 사람, 그렇게도 미혹된 분이라니……."

시신은 역에서 교구 교회로 옮겨져 그곳에 매장될 예정이었다. 제시 양은 그 장례 행렬을 끝까지 따라가기로 굳게 마음먹었고, 어떤 설득도 그녀의 결심을 꺾지 못했다. 그녀는 상실의 충격을 억누르느라 오히려 더 완고해진 듯 보였다. 폴 양의 간청도, 젠킨스 양의 충고도 소용없었다. 마침내 젠킨스 양이 그만 포기한 듯 침묵하자, 나는 그녀가 제시 양에게 몹시 노한 것은 아닐까 걱정했다. 그러나 잠시 후 그녀는 굳은 목소리로 말했다. "내가 함께 가야겠어. 혼자 보내는 것은 옳지 않아. 예의에도, 사람됨에도 맞지 않는 일이야."

제시 양은 이 결정이 내심 탐탁지 않은 듯 보였지만, 이미 그녀의 고집은 '장례식에 가겠다'는 그 하나의 결심 속에서 모두 소진된 상태였다. 그녀는—의심할 여지없이—누구의 위로나 감시도 받지 않은 채, 단 30분이라도 사랑하는 아버지의 무덤 앞에서 혼자 울고 싶었을 것이다. 그러나 그 바람은 이루어질 수 없었다.

그날 오후, 젠킨스 양은 검은 크레이프 한 자를 사 오게 하고, 내가 이미 본 적 있는 작은 검은 비단 보닛에 손수 장식을 더하며 분주히 보냈다. 보닛이 완성되자 그녀는 그것을 써보고 우리의 '인정'을 구했다—감탄은 그녀가 오히려 싫어하는 것이었다. 나는 슬픔에 잠겨 있었지만, 가장 깊은 슬픔 속에서도 문득 들이치는 기이한 생각이라는 것이 있는 법인지, 그 보닛을 보는 순간 마치 투구를 떠올렸다. 그 반은 투구, 반은 기수 모자 같은 '잡종 보닛'을 쓰고 젠킨스 양은 브라운 대위의 장례식에 참석했고, 제시 양에게 귀중할 만큼 다정하고도 단단한 의지로 곁을 지켜주며, 떠나기 전까지 그녀가 마음껏 울 수 있도록 해주었다고 나는 믿는다.

한편, 폴 양과 매티 양, 그리고 나는 브라운 양을 돌봤다. 그리고 우리는 곧 그녀의 끝없는 불평과 날 선 투정을 달래는 일이 얼마나 지치는 것인지 알게 되었다. 우리가 그렇게 피곤하고 낙담했는데, 제시 양은 오죽했을까! 그럼에도 그녀는, 마치 새로운 힘이라도 얻은 듯, 거의 평온

한 모습으로 돌아왔다. 상복을 벗고 들어온 그녀는 창백하고도 부드러워 보였고, 우리 각자의 손을 조용히, 길게 잡아 감사의 뜻을 전했다. 그녀는 심지어 미소까지 지을 수 있었다—희미하고, 차갑지만 달콤한 겨울빛 같은 미소—마치 "나는 견딜 수 있어요"라고 우리를 안심시키려는 듯했다. 그런데도 그 미소는 오히려 우리 눈에 눈물을 차오르게 했다. 그녀가 대놓고 울었을 때보다 더.

그날 밤은 폴 양이 그녀 옆에서 지새우기로 했고, 매티 양과 나는 아침에 다시 와 교대하여 제시 양에게 몇 시간이라도 쉬게 하기로 했다. 그러나 아침이 되자, 젠킨스 양이 투구 보닛까지 갖춰 쓰고 아침 식탁에 나타났다. 그리고는 매티 양에게 단호하게 말했다. "너는 오늘 집에 있어라. 간호는 내가 갈 거니까."

그녀는 분명 큰 우정의 열기로 들떠 있었고, 그것을 서서 아침을 먹고, 집안 식구들을 한 사람씩 꾸짖는 걸로 드러냈다.

어떤 간호도—어떤 활기차고 강인한 정신의 여인도—이제 브라운 양을 도울 수 없었다. 우리가 방에 들어섰을 때, 그 안에는 우리 모두보다 강한 무엇인가가 이미 자리를 잡고 있었고, 우리는 그 앞에서 엄숙하고 경외에 찬 무력감으로 작아질 수밖에 없었다. 브라운 양은 죽어가고 있었다. 우리가 아는 그녀의 목소리는 거의 남아 있지 않았다. 그 목소리에서 늘 들리던 불평조차 완전히 사라져 있었다. 제시 양은 나중에, 그 목소리와 표정이 어머니가 세상을 떠났을 때—그리고 자신을 제외한 모든 이가 먼저 가버렸을 때—가족의 젊고 근심 많은 가장으로 살아가던 언니의 모습을 그대로 닮아 있었다고 말했다.

그녀는 제시 양의 존재를 느끼고 있었지만, 우리가 있는 것은 알아차리지 못한 듯했다. 우리는 커튼 뒤에 조금 물러서 있었고, 제시 양은 언니의 얼굴 가까이에 무릎을 꿇고, 마지막으로 흘러나오는 부드럽고 경건한 속삭임을 놓치지 않으려 귀를 기울였다.

"오, 제시… 제시… 나는 얼마나 이기적이었는지! 네가 나를 위해 네 자신을 희생하도록 내버려둔 것을… 하느님께서 용서하시기를! 나는 너를 그렇게 사랑했는데—그러면서도 내 생각만 했구나. 하느님, 저를 용서하소서!"

2장. 대위

"쉿, 사랑하는 언니… 이제 그만해요, 제발…" 제시 양은 흐느끼며 속삭였다.

"그리고… 나의 아버지… 나의 사랑하는, 사랑하는 아버지! 하느님께서 나에게 인내할 힘을 주시기만 한다면, 나는 더는 불평하지 않을 거예요. 하지만, 오, 제시… 아버지께 전해줘. 마지막 순간에 그분을 보고 용서를 구하고 싶어 얼마나 애타게 그리워했는지. 이제는 내가 그분을 얼마나 사랑했는지 결코 아실 수 없을 텐데—오! 죽기 전에 단 한 번만이라도 그분께 말씀드릴 수 있다면! 그분의 삶은 얼마나 고단한 슬픔의 연속이었는지… 그리고 나는 그분을 위로하기 위해 얼마나 보잘것없는 일을 했는지…"

그 말에 제시 양의 얼굴에 부드러운 빛이 스며들었다.

"언니, 만약 그분이 알고 계신다고 생각한다면… 그것이 언니에게 위로가 될까? 그분의 근심과 슬픔을 이제는 아신다고 생각한다면… 위로가 될까?" 그녀는 목소리가 떨렸지만, 곧 침착하게 가다듬었다. "메리… 아버지는 언니보다 먼저 가셨어. 지친 이들이 쉬는 곳으로. 이제는 언니가 얼마나 사랑했는지… 다 알고 계셔."

그 말에 고통이라고 할 수 없는, 이상하고도 조용한 표정이 브라운 양의 얼굴을 스쳐 지나갔다. 그녀는 한동안 아무 말도 하지 않다가, 거의 들리지 않는 목소리로, 소리가 아니라 입술의 움직임으로 단어를 그려냈다. "아버지… 어머니… 해리… 아치…" 그런 뒤, 어두워져가는 정신 너머로 스며드는 새로운 그림자처럼—"하지만… 너는 혼자가 되겠지, 제시…"

제시 양은 아마도 그 긴 침묵 동안 이미 이 말을 예감하고 있었던 것 같다. 그 말이 떨어지자 그녀의 뺨으로 눈물이 비처럼 흘러내렸고, 당장은 아무 말도 할 수 없었다. 잠시 후 그녀는 두 손을 꼭 모아 들어 올리며—우리에게가 아니라, 하늘을 향해—떨리는 목소리로 말했다. "그분께서 나를 죽이실지라도… 나는 그분을 신뢰하리라."[15]

몇 분 뒤, 브라운 양은 더는 슬픔도, 원망도 없이 조용하고 평화롭게 누워 있었다.

두 번째 장례식이 끝난 후, 젠킨스 양은 제시 양이 그

---

15 구약성경 『욥기』 13장 15절

2장. 대위

황량한 집으로 돌아가는 대신 자신과 함께 지내야 한다고
완강히 주장했다. 실제로 제시 양에게 들은 바에 따르면,
그 집은 이제 유지할 길이 없어 포기해야 했다. 그녀에게
는 연간 스무 파운드 남짓되는 수입과, 가구를 처분하면
얻을 돈의 이자가 있었지만, 그것으로는 도저히 살아갈
수 없었다. 그래서 우리는 그녀가 생계를 꾸릴 수 있는 자
질에 대해 이야기를 나누었다.

"저는 바느질을 꽤 단정히 해요." 제시 양이 말했다.
"그리고 간호하는 것도 좋아하고요. 누군가 저를 가정부
로 시험해준다면 집안일도 잘 해낼 수 있을 것 같아요. 아
니면, 처음에만 저를 좀 참아준다면 가게에서 점원으로
일할 수도 있고요."

이에 젠킨스 양은 화난 목소리로 그런 일은 절대로 해
서는 안 된다고 잘라 말했다. 그리고 거의 한 시간 뒤, 섬
세하게 만든 애로루트 한 그릇을 들고 와서는 마지막 한
숟가락을 다 먹을 때까지 기병처럼 우뚝 서서 지켜보며,
"어떤 사람들은 대위의 딸로서 자신의 신분을 전혀 모른
다니까" 하고 혼잣말까지 했다. 그러고는 흔적도 없이 사

60

라졌다.

제시 양은 자신에게 떠오른 계획 몇 가지를 더 이야기하다가, 자연스레 지나간 날들로 생각이 흘러가며 말하기 시작했다. 그녀의 이야기는 너무나도 흥미로워, 나는 시간이 어떻게 흐르는지도 몰랐다. 우리가 울고 있는 모습을 들킨 채 젠킨스 양이 다시 들어왔을 때, 우리 둘 다 깜짝 놀랐다. 나는 그녀가 종종 "우는 것은 소화를 해친다"고 말하곤 했던 것이 떠올라, 제시 양에게 건강을 되찾게 하려는 그녀가 화를 낼까 두려웠다. 그러나 뜻밖에도 그녀는 이상하게 흥분된 얼굴로, 아무 말 없이 방 안을 서성이기만 했다.

마침내 그녀가 입을 열었다.

"나는 너무 놀랐어—아니, 아니야, 전혀 놀라지 않았어—신경 쓰지 마, 사랑하는 제시 양—나는 아주 많이 놀랐지… 사실은—네가 예전에 알던 분이 찾아왔어, 사랑하는 제시 양—"

제시 양의 얼굴이 순식간에 창백해졌다가 이내 붉게 상기되었다. 그녀는 숨을 삼키듯 간절한 눈빛으로 젠킨스

61

양을 바라보았다.

"신사분이 왔어. 네가 그분을 만나줄 수 있을지 알고 싶어 하시는구나."

"그분인가요?—그분이… 아니겠죠…" 제시 양은 더듬거렸고, 더는 말을 잇지 못했다.

"이게 그분의 명함이란다." 젠킨스 양이 명함을 건네자, 제시 양은 고개를 숙여 그것을 바라보았다. 그동안 젠킨스 양은 내 쪽을 향해 윙크와 알 수 없는 표정을 쉴 새 없이 지어 보이며 입술로 긴 문장을 만들었지만, 나는 한마디도 알아들을 수 없었다.

"올라와도 될까?" 젠킨스 양이 마침내 물었다.

"오, 네… 물론이죠." 제시 양은 그렇게 말했지만, 어조에는 '여기는 당신의 집이니, 당신 뜻대로 하세요'라는 냉정한 체념이 비쳐 있었다. 그녀는 매티 양의 뜨개질을 집어 들어 바쁘게 움직이는 척했으나, 나는 그녀의 손과 어깨가 떨리고 있는 것을 분명히 보았다.

젠킨스 양은 종을 울려 하인을 부르더니, 대답한 하인에게 고든 소령을 위층으로 모시라고 일렀다. 그리고 잠

2장. 대위

시 뒤, 마흔을 훌쩍 넘긴 듯한 키 크고 훤칠하며 솔직한 인상을 가진 사나이가 모습을 드러냈다. 그는 제시 양과 악수를 했지만, 그녀의 눈은 끝내 바닥만을 바라보고 있어 그의 시선을 마주하지 않았다. 그때 젠킨스 양은 나에게 속삭이듯 말했다. "식료품 저장실에서 잼 단지를 묶는 걸 좀 도와주시겠어요?"

제시 양이 내 치마자락을 잡아당기고, 눈을 들어 절박하게 바라보았지만, 나는 젠킨스 양의 부름을 거역할 용기가 없었다. 그러나 우리는 저장실로 가지 않았다. 대신 식당으로 가 앉아 이야기를 나누었고, 거기서 젠킨스 양은 방금 고든 소령에게 들은 이야기를 내게 전해주었다. 그가 예전에 브라운 대위와 같은 연대에서 복무하며, 당시 열여덟 살에 불과한, 꽃처럼 피어 있던 제시 양과 어떻게 알게 되었는지. 그리고 그 인연이 그의 마음속에서 어떻게 사랑으로 자랐는지, 그가 몇 해를 망설이다가 삼촌의 유언으로 스코틀랜드에 상당한 재산을 상속받자 마침내 청혼했지만 거절당했던 사연까지.

거절은 명백한 동요와 고통 속에서 이루어졌기에, 그

63

녀가 그에게 무관심한 것이 아니라는 확신은 있었으나, 그녀가 밝히지 않은 장애물이 무엇인지 그는 알지 못했다.

그러나 그는 결국 알아냈다. 그 장애물은 바로, 그때 이미 언니 메리를 확실히 위협하고 있던 그 무서운 병이었다는 것을. 외과 의사들은 극심한 고통을 예고했고, 병든 메리를 간호할 사람도, 그 시절 아버지를 붙들고 위로할 사람도 제시 양 혼자뿐이었다. 그들은 길고 고통스러운 논의를 했고, 마침내 그녀가 모든 일이 끝난 후에도 그의 아내가 되겠다는 약속을 거부하자, 그는 분노 속에서 관계를 완전히 끊고 해외로 떠났다. 그녀는 냉정한 사람이라고, 잊어버리는 편이 낫다고 스스로를 설득하면서.

동방 각지를 여행한 끝에 귀국하던 길, 그는 로마에서 갈리냐니 신문을 통해 브라운 대위의 죽음을 읽었다고 했다. 바로 그때였다. 아침 내내 외출했다가 막 돌아온 매티 양이, 격분과 경악이 한데 뒤섞인 얼굴로 방문을 벌컥 열고 뛰어 들어왔다.

"오, 맙소사!" 그녀는 거의 비명을 지르다시피 외쳤다.

"데버러, 응접실에… 한 신사분이… 제시 양의 허리를 팔로 감싸고 앉아 계세요!"

매티 양의 눈은 놀라움과 공포로 크게 뜨여 있었다.

젠킨스 양은 즉시 매티 양을 단호하게 눌러세웠다.

"그분의 팔이 있을 곳으로는 세상에서 가장 합당한 자리야. 저리 가, 마틸다. 네 일이나 신경 써." 지금까지 여성적 단정함의 본보기였던 언니에게서 이런 말을 들은 것은 불쌍한 매티 양에게 큰 충격이었고, 그녀는 두 겹의 놀람에 사로잡힌 채 방을 나갔다.

내가 가엾은 젠킨스 양을 마지막으로 본 것은 이 일로부터 여러 해가 흐른 뒤였다. 고든 부인(예전의 제시)은 크랜포드의 모든 이들과 따뜻하고 다정한 왕래를 이어왔다. 젠킨스 양과 매티 양, 폴 양은 모두 그녀를 방문했고, 돌아와서는 그녀의 집이며 남편이며 옷차림과 외모에 대한 놀라운 이야기들을 들려주었다. 행복이 깃들자, 젊은 날의 생기가 어느 정도 되살아난 듯했고, 그녀는 우리가 짐작했던 나이보다 한두 살은 더 젊었다는 사실도 알게 되었다. 늘 사랑스러웠던 그녀의 눈은 한층 깊이를 더했고, 고든 부인이 된 뒤의 그녀에게 보조개는 전혀 어색하지 않았다.

내가 마지막으로 본 젠킨스 양은 늙고 쇠약해져 있었고, 강인하던 정신 또한 어느 정도 흐려져 있었다. 어린 플로라 고든이 그 무렵 젠킨스 자매와 함께 머물고 있었고, 내가 들어갔을 때 그녀는 소파에 기운 없이 누워 있는 젠킨스 양 곁에서 책을 큰 소리로 읽어주고 있었다. 내가 들어서자 플로라는 『램블러』를 조심스레 내려놓았다.

"아!" 젠킨스 양이 말했다. "네가 보니 내가 참 변했지, 애야. 이제는 예전처럼 잘 보이지도 않는단다. 플로라가 여기 있어 읽어주지 않는다면, 하루를 어떻게 보내야 할지 모르겠구나. 『램블러』를 읽어본 적 있니? 참으로 훌륭한 책이지—훌륭해! 플로라에게도 이보다 더 유익한 독서는 없을 거야." (그녀가 철자를 더듬지 않고 단어 절반만이라도 읽을 수 있고, 그중 3분의 1의 뜻이라도 이해할 수 있었다면 정말 그랬을 것이다.)

"불쌍한 브라운 대위가 읽다가 목숨을 잃은, 그 괴상한 제목의 낡은 책보다 훨씬 낫지—보즈 씨가 쓴 그 책 말이야—알지?『올드 포즈』. 내가 소녀였을 때—오래전 일이지만—그 작품에서 루시 역을 맡았었지."

　그녀는 한참 동안이나 그렇게 지난날을 재잘거렸다. 그동안 플로라는 매티 양이 테이블 위에 놓아둔『크리스마스 캐럴』을 실컷 읽어 나갔다.

3장. 오래전의 사랑 이야기

나는 젠킨스 양의 죽음 이후에는 크랜포드와의 인연도 끊어질 것이라고 생각했다. 적어도, 이제부터는 서신으로만 이어질 것이라고 믿었다. 서신이라는 것은, 내가 가끔 보게 되는 말린 식물 책—그들이 '호르투스 시쿠스'라 부르는 그것—이 길가와 초원의 살아 있는 신선한 꽃들과 맺는 관계와 다르지 않기 때문이다. 그래서 나는 폴 양에게서 편지를 받았을 때 기분 좋게 놀랐다. 그녀는 늘 내 연례 방문을 마칠 즈음이면 일주일쯤 함께 지내곤 했던 사람인데, 이번에는 아예 나더러 그녀 집에 와 머물러 달라고 제안한 것이었다. 내가 승낙한 지 이틀 뒤에는 마틸다 양에게서 쪽지가 왔다. 그 안에서 그녀는 다소 에두르고 매우 겸손한 방식으로, 내가 폴 양 댁에 가기 전이나 후에 그녀와 일주일 혹은 이주일을 함께 보내준다면 얼마나 큰 기쁨을 주게 될지를 말했다. "왜냐하면," 그녀는 적었다. "사랑하는 언니가 세상을 떠난 이후로 나는 아무런 매력을 지니지 못한 것을 잘 알고 있습니다. 오직 친구들의 친절함 덕분에만 그들의 동행을 얻을 수 있을 뿐입니다."

물론 나는 폴 양 댁 방문을 마치는 대로 사랑하는 마틸다 양에게 오겠다고 약속했다. 그리고 크랜포드에 도착한 다음 날, 나는 그 집으로 갔다. 젠킨스 양 없는 집이 어떻게 바뀌었을지 궁금하기도 하고, 달라진 풍경이 두렵기도 했다. 마틸다 양은 나를 보자마자 울음을 터뜨렸다. 내 방문을 미리 생각하며 긴장해 있던 것이 분명했다. 나는 가능한 한 그녀를 달랬다. 그리고 내가 줄 수 있는 최선의 위로는, 고인을 떠올리며 내 마음에서 우러나온 솔직한 찬사가 전해지는 것이었다. 마틸다 양은 내가 언니에게 돌렸던 미덕 하나하나에 대해 천천히 고개를 흔들었고, 마침내 오래도록 조용히 흐르기만 하던 눈물을 더는 참지 못한 듯, 손수건 뒤에 얼굴을 숨기고 소리 내어 울었다.

69

"사랑하는 마틸다 양." 나는 그녀의 손을 잡으며 말했다. 사실 나는 세상 속에 홀로 남겨진 그녀에게 내가 얼마나 마음 아파하는지 어떻게 전해야 할지 몰랐다. 그녀는 손수건을 내려놓고 말했다.

"애야, 나를 매티라고 부르지 않았으면 좋겠구나. 언니는 그 이름을 좋아하지 않았어. 그런데 나는 언니가 싫어하는 일을 참 많이 했던 것 같아… 그리고 이제 언니는 없구나! 그러니, 괜찮다면, 내 사랑아, 나를 '마틸다'라고 불러주겠니?"

나는 그 약속을 충실히 지키겠다고 말했고, 바로 그 날 폴 양과 함께 새로운 이름을 연습하기 시작했다. 그리고 차츰, 마틸다 양이 이름 문제를 어떻게 느끼는지 크랜포드 전역에 알려지게 되었고, 우리 모두는 그보다 더 친숙했던 이름을 쓰지 않으려 애썼지만, 좀처럼 익숙해지지 않아 결국 그 시도는 오래가지 못하고 포기하게 되었다.

폴 양 댁에서 보낸 나의 시간은 매우 조용하게 흘러갔다. 크랜포드에서 오랫동안 중심이 되어온 젠킨스 양이 세상을 떠나자, 사람들은 이제 파티를 어떻게 열어야 할지조차 모르는 듯했다. 젠킨스 양조차도 명예의 자리를 양보하곤 했던 제이미슨 귀부인은 살이 찌고 무기력해져, 늙은 하인들의 의지에 거의 좌우되는 처지였다. 하인들이 파티를 열어야 한다고 마음만 먹으면 그녀에게 이유를 상기시켰지만, 그렇지 않으면 그녀는 아무 일도 하지 않은 채 내버려두었다.

덕분에 나는 바느질을 하며, 폴 양의 오래된 시절 이야기들을 실컷 들을 시간이 있었다. 나는 크랜포드에 올 때마다 늘 많은 양의 바느질거리를 챙겨왔다. 이곳에서는 독서를 많이 하지도 않고, 산책도 길게 하지 않았기 때문에 일을 진척시키기에 더없이 좋은 시간이었다. 폴 양이 들려준 이야기 중 하나는 오래전 희미하게 스쳐 지나갔던 한 연정의 그림자에 관한 것이었다.

이윽고 나는 마틸다 양의 집으로 옮겨갈 때가 되었다. 그녀는 내 편의를 위해 집을 정리하면서 지나치게 소심하고 걱정스러운 기색을 보였다. 내가 짐을 푸는 동안에도 그녀는 불이 잘 타지 않자 뒤적이고 또 뒤적였고, 그럴수록 불은 더 나빠질 뿐이었다.

3장. 오래전의 사랑 이야기

"서랍은 충분하니, 얘야?" 그녀가 물었다. "언니가 어떻게 정리했는지는 정확히 모르겠구나. 언니는 뭐든 훌륭하게 해냈지. 일주일만 있었어도 하녀를 훈련시켜 이보다 훨씬 나은 불을 피우게 했을 텐데. 그리고 패니는 벌써 넉 달이나 일하고 있는데."

하녀 문제는 그녀가 늘 마음속에 품고 있는 불만거리였다. 그리고 나는 그 불만이 무리가 아니라는 점을 곧 이해했다. 크랜포드의 '상류 사회'에서는 신사라는 존재가 드물고, 듣는 것조차 드문데 반해 하층 계급에는 그와 상응하는 젊고 잘생긴 남자들이 넘쳐났다. 예쁘고 단정한 하녀들은 구애해오는 이들 가운데서 마음껏 선택할 수 있었고, 여주인들은—마틸다 양처럼 남자나 결혼을 두려워하지는 않았지만—역할상 집에 들락날락하는 목수나 정육점 주인, 정원사 같은 이들이 예쁜 하녀들의 마음을 흔들지 않을까 늘 조금씩 불안해할 수밖에 없었다.

패니에게도 구애자가 있었는지는 확신할 수 없었지만 마틸다 양은 그녀가 끝없이 남자를 끌어들인다며 걱정했다. 사실 패니가 아주 예쁘지 않았다면 나는 그녀에게 구애자가 한 명이라도 있었을지 의심했을 것이다. 패니는 고용 계약상 '구애자'를 금지당한 처지였다. 하지만 그녀는 앞치마 끝을 배배 꼬며 순진하게 말했다. "부인, 저는 한 번에 한 명 이상 둔 적은 없어요." 그러나 매티 양은 그 '한 명'조차 절대 허락하지 않았다.

하지만 이상하게도, 남자의 그림자 같은 것이 부엌 근처를 맴도는 듯한 느낌이 들었다. 패니는 그 모든 것이 환상이라고 단언했지만, 나 역시 밤에 식료품 저장실에 갔다가 어둠 속으로 휙 스쳐 들어가는 남자의 코트자락을 본 듯한 기억이 있었다. 또 어느 날 저녁, 시계가 멈춰 시간을 확인하러 부엌으로 갔을 때, 열린 문과 시계 사이에 마치 젊은 남자가 끼어 있는 듯한 묘하게 이상한 형체가 보이기도 했다. 패니는 급히 촛불을 들어 그 그림자를 시계판 쪽으로 밀어버리듯 비추었고, 우리가 나중에 교회 시계를 보고 알게 되었듯 시간을 무려 삼십 분이나 어긋나게 말해주었다.

그러나 나는 이러한 의심들을 말해 마틸다 양의 걱정을 더할 마음은 없었다. 더욱이 다음 날 패니가 나에게

73

"이 부엌은 왜인지 모르게 이상한 그림자가 자꾸 생겨서 저도 사실 조금 무서워요. 아시잖아요, 아가씨… 저는 오후 여섯 시에 차를 내고 나면 부인께서 열 시에 기도하라고 종을 치실 때까지 그 누구도 만나지 못하거든요." 라고 말했기 때문이다.

그러나 마침 패니가 떠나게 되었고, 마틸다 양은 내가 머물러 새 하녀가 자리를 잡을 수 있도록 "정착시켜 달라"고 간청했다. 마침 아버지께서도 집에 내가 필요 없다는 편지를 보내오셨기에, 나는 그 부탁에 동의했다. 새로 들어온 하녀는 농장에서만 일해본, 투박하지만 정직해 보이는 시골 소녀였다. 하지만 고용하러 왔을 때의 인상이 마음에 들었고, 나는 마틸다 양에게 그녀가 집안의 방식에 익숙해지도록 돕겠다고 약속했다. 그 '방식'이란, 마틸다 양이 언니라면 반드시 승인했으리라 여기는 것들로, 그야말로 종교적 신념처럼 지켜지는 규범이었다. 젠킨스 양 생전에는, 나조차 그녀가 해마다 속삭이며 하소연하던 집안 규칙들을 들은 터라, 바꾸면 좋겠다고 마음속으로 생각한 것들이 많았다. 그러나 이제 그녀가 세상을 떠난 뒤에는—내가 집안의 총애를 받던 사람이라 해도—그 어느 하나의 수정도 감히 제안할 수 없을 것 같았다.

예를 들면 이렇다. 우리는 식사 시간마다 반드시 "교구 목사였던 아버님의 댁"에서 지키던 의례를 그대로 따랐다. 그래서 언제나 와인과 디저트를 곁들였다. 다만 디캔터는 손님이 올 때에만 채워졌고, 남은 와인은 거의 손대지 않은 채 남겨졌다. 비록 우리는 매일 저녁 식사 뒤 두 잔씩 마시긴 했지만 말이다. 그러다 다음 축하 자리가 다가오면, 집안 식구들이 모여 남은 와인의 상태를 조사했다. 찌꺼기는 흔히 가난한 이들에게 보내곤 했고, 때로는—지난 파티(아마 다섯 달 전)에서 많이 남아 있었다면—지하실에서 새로 가져온 병에 섞어 넣었다. 나는 브라운 대위가 사실 와인을 그다지 좋아하지 않는 듯했다고 생각한다. 군인들 대부분이 서너 잔씩 마시는 데 비해, 그는 첫 잔도 끝내 비우지 못했으니까.

디저트에 관해서도, 젠킨스 양은 건포도와 구스베리를 직접 따서 준비하곤 했는데, 나는 종종 그것들이 나무에서 바로 따 먹었더라면 훨씬 더 향긋했을 것이라고 속

으로 생각했다. 하지만 그랬다면, 여름철에는 디저트로
내놓을 것이 전혀 없었을 테니, 그녀의 말도 일리가 있었
다. 그렇게 우리는 언제나 각자 두 잔의 와인, 상석의 구
스베리 한 접시, 양옆의 건포도와 비스킷, 아래쪽의 두 디
캔터를 차려놓고 대단히 점잖고 품위 있는 식사라고 여겼
다. 오렌지가 제철이면 기묘한 절차가 시작되었다. 젠킨
스 양은 오렌지를 자르는 것을 몹시 싫어했다. 그녀 말로
는, 자르면 과즙이 어디로 흘러가는지 종잡을 수 없기 때
문이었다. 오렌지를 즐기는 유일한 방법은 빨아먹는 것—
(물론 그녀는 그보다 더 점잖은 단어를 썼다)—뿐이었다.
그러나 그것이 어린 아기들의 익숙한 의식과 연결되는 것
이 마음에 들지 않았고, 그래서 오렌지 철이면, 디저트가
끝난 뒤 젠킨스 양과 매티 양은 조용히 일어나 각자 오렌
지 하나를 챙겨 들고, 방으로 들어가 혼자서 오렌지를 빨
아먹는 시간을 가졌다.

　나는 그런 날이면 한두 번쯤 매티 양을 붙잡아 함께 있
으라고 설득해 보았고, 언니가 살아 있을 때에는 성공하
기도 했다. 나는 병풍을 세우고 시선을 돌렸으며, 그녀도

76

최대한 소리를 내지 않으려 애썼다. 그러나 이제 홀로 남은 그녀는, 따뜻한 식당에서 나와 함께 머물며 마음껏 오렌지를 즐기라고 권했을 때, 마치 금기를 깨라는 말을 들은 듯 공포에 질린 얼굴이 되었다. 모든 면에서 그러했다. 젠킨스 양이 남긴 규칙은, 그 규칙을 만든 이가 더 이상 이의를 제기할 수 없는 곳으로 떠났다는 이유로 예전보다 더 엄격하게 지켜졌다. 그 밖의 모든 일에서 마틸다 양은 지나칠 정도로 온순하고 우유부단했다. 나는 패니가 아침마다, 겨우 그 아이 마음 내키는 대로, 저녁 식사 메뉴를 두어 스무 번은 바꾸게 만든다는 말을 듣기도 했다. 때때로 나는 패니가 마틸다 양의 나약함을 이용해 그녀를 혼란스럽게 하고, 자신에게 더 의지하도록 만들려는 것은 아닌가 의심하기도 했다.

그래서 나는 마사가 어떤 사람인지 보기 전에는 떠나지 않겠다고 결심했다. 만약 그녀가 믿을 만한 아이라 판단되면, 사사로운 결정 하나까지 모두 여주인에게 맡기도록 하지 말라고 분명히 말해둘 생각이었다.

마사는 무뚝뚝하다 못해 솔직함이 흠이 될 정도였고,

그 외에는 성실하고 선의를 지닌, 다만 대단히 무지한 소녀였다. 그녀가 우리 집에 들어온 지 일주일도 되지 않았을 무렵, 어느 날 아침 마틸다 양과 나는 그녀의 사촌에게서 온 편지를 받고 깜짝 놀랐다. 그는 인도에서 이십 년, 혹은 삼십 년을 보낸 사람이었고, 얼마 전 우리가 "육군 명부"에서 본 대로 영국으로 돌아왔는데, 영국 친척들에게 아직 한 번도 소개된 적이 없는 병약한 아내를 데리고 있었다. 젠킨스 소령은 스코틀랜드로 가는 길에 크랜포드에서 하룻밤을 보내겠다는 제안을 편지로 보냈다—만약 마틸다 양이 그들을 집으로 맞아들이기 어렵다면 여관에서 묵겠다고 말이다. 그 경우 낮 동안엔 가능한 한 그녀와 함께 지내고 싶다고 덧붙였다. 그녀는 "물론 받아들여야지요"라고 말했지만, 크랜포드 사람 모두가 그녀의 집에 언니의 방이 비어 있다는 사실을 알고 있었기 때문이었다. 하지만 나는, 속으로는 그녀가 소령이 인도에 그대로 머물러 사촌 따위는 잊어버렸더라면 하고 바랐으리라 확신했다.

"오! 어떻게 해야 하지?" 그녀는 어찌할 바를 몰라 했다. "데버러가 살아 있었다면 신사 손님을 어떻게 대해야 할지 분명 알고 있었을 텐데. 그의 옷방에 면도기를 놓아야 할까? 세상에! 그런데 나는 하나도 없네. 데버러라면 다 갖추고 있었을 텐데. 그리고 슬리퍼, 코트 솔은 또 어떡하고?" 나는 아마도 그가 이런 물건들은 모두 가지고 다닐 것이라고 조심스레 말했다. "그리고 저녁 식사 후에, 내가 언제 일어나 그를 와인과 함께 남겨두어야 할지 도대체 어떻게 알지? 데버러라면 정말 완벽하게 해냈을 텐데. 그녀라면 그야말로 천성에 맞는 일이었지. 커피는 필요할까?" 나는 커피는 내가 맡겠다 하고, 마사에게 시중 교육을 시키겠다고 약속했다―그 부분에서 마사는 정말 끔찍할 정도로 미숙했기에―그리고 소령 부부는 시골 소도시에서 여성이 조용히 혼자 사는 방식을 이해해줄 것이라고 그녀를 안심시켰다. 그러나 그녀는 여전히 몹시 동요해 있었다. 나는 그녀에게 디캔터를 비우고 새 와인 두 병을 가져오게 했다. 마사에게 지시할 때 그녀가 끼어들지 못하게 했더라면 좋았겠지만, 그녀는 새로운 지시를 계속 덧붙여서, 양쪽 말을 귀 열고 듣고 있던 불쌍한 마사의 정

79

신을 완전히 혼란스럽게 만들었다.

"채소를 돌려."라고 내가 말했을 때(지금 생각하면 어리석은 말이었다―우리에게 허용된 조용한 단순함 이상의 것을 요구한 셈이었다), 마사가 어리둥절한 표정을 짓자 나는 다시 설명했다. "접시에 담긴 채소를 사람들께 가져가고, 각자 스스로 덜어먹도록 해."

"그리고 시중들 때는 반드시 숙녀분들께 먼저 가야해." 마틸다 양이 말했다. "항상 신사분보다 숙녀분들께 먼저 가야 한다."

"말씀하신 대로 하겠습니다, 부인." 마사가 말했다. "하지만 저는 젊은 남자들이 더 좋아요."

우리는 마사의 말에 몹시 당황하고 충격을 받았으나, 그녀가 악의를 담아 말한 것은 아니라고 생각했다. 대체로 그녀는 우리의 지시를 제법 잘 따랐지만, 감자를 들고 돌 때 그녀의 예상보다 빨리 덜지 않는다고 소령을 팔꿈치로 '쿡' 찌르는 실수를 하긴 했다.

소령과 그의 아내는 막상 와보니 꽤 조용하고 겉치레 없는 사람들이었다. 아마 대부분의 동인도 사람들이 그렇

80

듯 다소 나른해 보이기도 했다. 그들이 하인을 두 명이나 데려왔다는 사실에는 조금 놀랐다. 소령을 위한 힌두 시종과, 그의 아내를 위한 침착한 중년 하녀였다. 그러나 그들은 여관에서 묵었고, 주인 부부의 안위를 꼼꼼히 챙겨 책임을 상당히 덜어주었다. 마사는 동인도인의 흰 터번과 갈색 피부를 눈을 크게 뜨고 바라보기를 멈추지 않았고, 마틸다 양도 그가 저녁 식사 시간에 시중들 때 약간 몸을 움츠리는 듯 보였다. 실제로 그들이 떠난 뒤, 그녀는 그가 푸른 수염을 떠올리게 하지 않느냐고 내게 묻기까지 했다. 전체적으로 그 방문은 충분히 만족스러웠고, 지금까지도 마틸다 양과의 대화에 자주 오르내린다. 당시 크랜포드 전체가 크게 들떠 있었고, 심지어 무심하고 존귀한 제이미슨 부인조차도 약간의 관심을 보였다. 내가 마틸다 양이 신사 손님의 옷방을 어떻게 꾸며야 하느냐는 질문을 했을 때 그녀가 친절히 답해준 데 대해 인사하러 갔을 때였다. 그 대답은, 고백하자면, 마치 스칸디나비아 예언자가 지친 몸을 떨며 읊조리듯—

"나를 내버려 두시오, 쉬게 해주시오." 라고 하는 듯한

3장. 오래전의 사랑 이야기

태도였다.

　그리고 이제 나는 연애 사건으로 넘어간다.

　폴 양에게는 먼 친척뻘인 사촌이 한 명 있었는데, 그는 오래전에 매티 양에게 청혼한 적이 있다고 한다. 이 사촌은 크랜포드에서 네다섯 마일 떨어진 곳의 자신의 작은 영지에서 살고 있었지만, 그의 재산은 그를 요먼[16] 이상의 계급으로 올려놓기에는 부족했다. 아니, 어쩌면 "겸손을 흉내 내는 자존심"이라고도 할 만한 기질 때문에, 그는 자신과 비슷한 처지의 이들이 흔히 그랬듯 지주 계급으로 발을 들여놓는 일조차 거부했다. 그는 자신을 토머스 홀브룩, 에스콰이어[17]라고 부르는 것을 허락하지 않았고, 그런 식으로 주소가 적힌 편지가 오면 되돌려보내면서, 크랜포드 우체국장에게 자신의 정확한 호칭은 '토머스 홀브룩 씨, 요먼'이라고 일러두었다. 그는 집안에 새로 생겨

16　자기 땅을 직접 소유하고 경작하던 영국의 중산층 농민 계급. 노동자보다는 높지만 지주·신사 계층보다는 아래에 해당하는 사회적 신분.

17　영국의 전통적 신분 호칭으로, 작위는 없지만 지주 계층에 속하는 상류 평민·준신사 계급. 요먼 보다 위이고, 기사나 귀족보다는 아래의 계층.

3장. 오래전의 사랑 이야기

나는 어떤 편의 장치도 달가워하지 않았다. 여름에는 문을 활짝 열어두고 겨울에는 닫아두어야 한다고 고집했으며, 하인을 부르는 초인종이나 문고리 따위는 두지 않았다. 만약 문이 잠겨 있을 때는 주먹을 두드리거나 지팡이 끝으로 두드려 하인을 부르면 그만이었다. 그는 인간다움에 깊은 뿌리를 두지 않은 모든 세련됨을 경멸했고, 상대가 병들지 않은 이상 목소리를 낮추어야 할 이유를 찾지 못했다. 그는 지방의 방언을 완벽하게 구사했고, 일상 대화에서도 거리낌 없이 썼다. 다만 이러한 이야기를 들려준 폴 양은, 낭독만큼은 고인이 된 교구 목사 다음으로 가장 아름답고도 깊이 있게 읽어내는 사람이라고 덧붙였다.

"그렇다면 마틸다 양은 왜 그와 결혼하지 않았나요?" 내가 물었다.

"아, 그건 저도 잘 모르겠어요. 제 생각엔 그녀도 충분히 원했던 것 같아요. 하지만 토머스 사촌은 교구 목사님과 젠킨스 양에게는 신사로서 충분치 않았을 거예요."

"그건 그렇지만, 그들이 그와 결혼하는 것도 아니잖아요." 내가 조급하게 말했다.

3장. 오래전의 사랑 이야기

"그렇죠, 하지만 그들은 매티 양이 그녀의 신분보다 낮은 사람과 결혼하는 것을 좋아하지 않았어요. 아시다시피 그녀는 교구 목사의 딸이었고, 어쨌든 그들은 피터 알리 경과 친척 관계예요. 젠킨스 양은 그것을 매우 중요하게 생각했어요."

"불쌍한 매티 양!" 내가 말했다.

"아니, 사실 제가 아는건, 그가 청혼했고 거절당했다는 것뿐이에요. 매티 양이 그를 좋아하지 않았을 수도 있고—젠킨스 양은 한마디도 하지 않았을 수도 있어요—그건 단지 제 추측일 뿐이에요."

"그녀는 그 이후로 그를 본 적이 없나요?" 내가 물었다.

"아니요, 제 생각엔 그렇지 않아요. 아시다시피 토머스 사촌의 집 우들리는 크랜포드와 미셸턴 사이 중간쯤에 있어. 그리고 그가 매티 양에게 청혼한 직후부터 시장은 미셸턴으로만 보러 갔다는 것을 저는 알고 있죠. 그가 그 후로 크랜포드에 온 적은 많아야 한두 번뿐일 거예요. 한 번은 제가 매티 양과 하이 스트리트를 걷고 있을 때였

84

3장. 오래전의 사랑 이야기

어요. 갑자기 매티 양이 제 곁을 벗어나 달려가더니 샤이어 레인 쪽으로 올라갔어요. 그리고 몇 분 뒤, 저는 우연히 토머스 사촌과 마주쳐 깜짝 놀랐어요."

"그는 몇 살이죠?" 나는 잠시 마음속에서 허공의 성을 쌓다가 정신을 거두고 물었다.

"그는 약 일흔 살쯤 되었을 거예요." 폴 양이 내 상상 속의 성을 마치 화약으로 산산조각 내듯이 날려버리며 말했다.

곧이어—적어도 내가 마틸다 양 댁에 머무는 긴 기간 동안—나는 홀브룩 씨를 직접 볼 기회를 얻었다. 더구나 서른 해, 아니 마흔 해에 가까운 이별 끝에, 그가 옛사랑과 처음 다시 마주하는 순간까지 목격하게 되었다. 나는 그들이 가게에서 갓 들여온 여러 가지 색의 비단 중, 새 폭이 필요한 회색과 검은색 무슬린 들랭 원단과 어울릴 만한 것이 있는지 살펴보는 일을 돕고 있었는데, 그때 키가 크고 마른, 돈키호테를 닮은 노인이 양모 장갑을 사러 가게 문을 열고 들어왔다. 나는 이전에 그를 본 적이 없었고(게다가 꽤 인상적인 인물이었기에), 매티 양이 점원의 말을 듣는 동안 그를 유심히 바라보았다. 그 낯선 이는 놋쇠 단추가 달린 푸른 코트에 엷은 황갈색 바지와 각반을 걸치고 있었고, 점원의 응대를 기다리며 손가락으로 카운터를 두드리고 있었다. 그가 점원의 "오늘 무엇을 보여드릴까요, 손님?"이라는 질문에 대답하는 순간, 나는 마틸다 양이 흠칫 놀라더니 갑자기 자리에 털썩 앉는 것을 보았다. 그리고 그 즉시, 나는 그가 누구인지 알아차렸다. 그녀는 다른 점원에게 전달해야 할 어떤 물건을 문의한 참이었다.

"젠킨스 양은 야드당 2실링 2펜스짜리 검은 사르세넷을 원하신답니다." 이 말에서 '젠킨스 양'이라는 이름이 들리자마자, 홀브룩 씨는 단 두 걸음에 가게를 건너왔다.

"매티—마틸다 양—젠킨스 양! 이런, 세상에! 내가 당신을 알아보지 못했을 뻔했군요. 어떻게 지내십니까? 잘 지내셨습니까?" 그는 우정의 온기를 그대로 드러내는 방식으로 그녀의 손을 놓지 않은 채 흔들어댔다. 그러나 그는 마치 혼잣말처럼 "당신을 알아보지 못했을 거예요!"라는 말을 너무도 자주 반복해서, 내가 마음속에 은근히 그

86

려보았던 그 어떤 감상적인 낭만도 그의 태도 앞에서 산산이 흩어졌다.

그럼에도, 그는 우리가 가게에 머무는 동안 줄곧 우리에게 이야기를 이어갔다. 그리고 구매하지 않은 장갑을 들고 있던 점원을 향해 "다음에, 손님! 다음에!" 하고 손을 내저은 뒤, 우리와 함께 걸어서 집까지 동행했다. 다행히도 내 '의뢰인'인 마틸다 양 역시 비단—초록도, 빨강도— 아무것도 사지 못한 채, 나만큼이나 어리둥절한 모습으로 가게를 나섰다. 홀브룩 씨는 옛사랑을 다시 만난 기쁨이 숨김없이 드러날 만큼 솔직하고 크게 말하는 사람임이 분명했다. 그는 그동안 세상에 일어난 변화들에 관해 이야기했으며, 심지어 젠킨스 양을 두고 "불쌍한 당신 언니! 뭐, 뭐—누구에게나 결점은 있는 법이지요."라고 말하기도 했다. 그리고 곧 다시 매티 양을 보게 되기를 바란다는 여러 인사와 함께 우리에게 작별을 고했다. 그녀는 곧장 자기 방으로 올라갔고, 우리의 이른 저녁 차 시간이 되기 전까지 내려오지 않았다. 그때 나는 그녀의 눈가가, 잠시 울었던 사람의 그것처럼 보였다고 느꼈다.

3장. 오래전의 사랑 이야기

4장. 어느 늙은 총각의 집 방문

　며칠 후, 홀브룩 씨에게서 쪽지가 왔다. 그는 격식 있고 다소 구식인 문체로, 우리 둘 모두에게 공평하게 그의 집에서 하루—6월의 긴 하루—를 보내달라고 초대했다. 지금은 마침 6월이었다. 그는 그의 사촌인 폴 양도 이미 초대해 두었음을 덧붙였고, 그래서 우리는 함께 마차를 타고 가 그의 집에 세워둘 수 있을 것이라고 했다.

　나는 매티 양이 이 초대에 기뻐서 어쩔 줄 모르리라 생각했다. 하지만 전혀 아니었다. 폴 양과 나는 그녀를 설득하는 데 큰 애를 먹었다. 그녀는 그런 방문이 부적절하다고 여겼고, 우리가 그녀가 두 숙녀와 함께 옛 연인을 보러 간다는 데 어떤 부적절함도 없다고 단번에 일축하자, 그녀는 오히려 반쯤 언짢아했다. 곧 더 큰 난관이 뒤따랐다.

그녀는 데버러가 자신이 가는 것을 좋아하지 않았을 것이라고 주장한 것이다. 이 고집을 누그러뜨리는 데 우리는 반나절 동안 꼬박 설득을 해야 했다. 그러나 마침내 그녀의 말끝에 아주 미세한 허용의 기미가 비치자, 나는 곧장 그 틈을 잡았다. 그녀의 이름으로 답장을 쓰고 즉시 보내버렸다―날짜와 시간까지 미리 정해, 더 이상 망설임이 끼어들 여지를 없애기 위해서였다.

다음 날 아침 그녀는 나에게 함께 가게에 내려가자고 했다. 그리고 그곳에서, 많은 망설임 끝에, 우리는 목요일에 가져갈 가장 잘 어울리는 모자를 고르기 위해 세 개의 모자를 집으로 보내 시험해보기로 했다.

우들리로 가는 길 내내, 그녀는 조용한 흥분 속에 있었다. 분명 처음 가보는 길이었다. 그녀는 내가 그녀의 젊은 시절 이야기를 전혀 알지 못한다고 여겼겠지만, 나는 그녀가 한때 자신의 집이 되었을지도 모르는 곳, 어린 소녀였던 무렵의 순진한 상상들이 고이 머물렀을 그 장소를 다시 보게 될 생각에 떨고 있음을 느낄 수 있었다. 그곳은 포장된 울퉁불퉁한 길을 한참 달려야 닿을 수 있었다. 마틸다 양은 등을 꼿꼿이 세우고, 여정이 끝에 가까워지자 창밖을 애틋하게 내다보았다. 풍경은 고요하고 목가적이었다. 우들리는 들판 한가운데 서 있었고, 장미 덤불과 건포도 덤불이 서로 닿아 있는 옛 형태의 정원이 펼쳐져 있었으며, 가녀린 아스파라거스가 분홍색 패랭이꽃과 길리플라워의 배경을 아름답게 받쳐주고 있었다. 문 앞까지 이어지는 차도는 없었다. 우리는 작은 문 앞에서 내려, 회양목 울타리로 곧게 정리된 길을 걸어 올라갔다.

"사촌이라면 차도 하나쯤 만들 법도 한데." — 귀앓이를 두려워해 모자만 쓴 채 나온 폴 양이 투덜거리듯 말했다.

"저는… 아주 예쁘다고 생각해요." 매티 양은 거의 속삭이듯, 부드럽고 애틋한 목소리로 말했다. 바로 그 순간 홀브룩 씨가 문간에 모습을 드러냈기 때문이다. 그는 환대의 기쁨에 겨워 두 손을 비비고 있었다. 전보다 더 돈키호테를 닮아 보였으나, 그 닮음은 어디까지나 겉모습뿐이었다.

그의 점잖은 가정부가 문 앞에 서서 우리를 맞았다.

그녀가 두 연장자를 위층 침실로 안내하는 동안, 나는 정원을 살펴보고 싶다고 부탁했다. 내 요청은 분명히 노신사를 기쁘게 했다. 그는 나를 정원 곳곳으로 데려가 알파벳의 각 글자를 이름으로 붙인 스물여섯 마리의 소를 보여주었다.

우리가 함께 걸어가는 동안 그는 때때로 시인의 구절을 적절하고 아름답게 읊조리며 나를 놀라게 했다. 셰익스피어와 조지 허버트부터, 우리가 사는 시대의 시인들까지 자연스럽게 넘나들었다. 마치 생각을 소리 내어 말하듯, 그의 마음속에 떠오른 감정과 생각을 표현하기에 시의 문장이 가장 알맞은 도구인 듯했다. 물론 그는 바이런을 "바이런 경"이라고 부르고, 괴테는 글자의 영어식 발음대로 "고에트"에 가깝게 발음하며, "고에트가 말하듯이, '그대 영원히 푸른 궁전들이여—'" 라고 말했다.

그러나 모든 것을 종합하면, 나는 지금껏 외지고 소박한 시골에서 이렇게 오랜 세월을 보내면서도, 해마다 달라지는 계절의 빛과 아름다움을 점점 더 깊이 사랑하게 된 사람을 그 전에도, 그 후에도 본 적이 없다.

4장. 어느 늙은 총각의 집 방문

그와 함께 방으로 들어갔을 때, 우리는 저녁 식사가 거의 준비된 상태라는 것을 알았다. 그 방은—그렇게 불러야 한다면—틀림없이 부엌이었다. 사방으로 떡갈나무 찬장과 장이 둘러서 있었고, 벽난로 옆까지 이어져 있었다. 깃발을 깐 바닥 한가운데에는 작은 터키 카펫이 하나 놓여 있을 뿐이었다. 그 방은 오븐과 몇 가지 부엌 기구들만 치우면 쉽게 근사한 어두운 떡갈나무 식당으로 꾸밀 수 있을 듯했지만, 그 기구들은 분명 거의 쓰이지 않는 듯했고, 실제 요리는 좀 떨어진 곳에서 이루어지는 모양이었다.

"우리가 처음에는 그저 딱딱하게 가구가 놓인, 볼품없는 응접실에 앉게 될 거라고 생각했다. 하지만 실제로 우리를 안내한 곳은, 홀브룩 씨가 '회계실'이라 부르는 방이었다. 그는 그곳에서 문가에 놓인 큰 책상에 앉아 일꾼들에게 줄 지시를 내리고 장부를 살폈다. 그는 고전이기 때문도, 널리 사랑받는 책이기 때문도 아니라, 오직 자신의 취향에 따라 책을 고르는 사람이었다."

"아!" 그가 말했다. "농부라면 책 읽을 시간이 많아선

안 되는 법인데, 이상하게도… 사람 마음이 그게 잘 안 되더군요."

"정말 예쁜 방이네요." 매티 양이 아주 낮은 목소리로 말했다.

"참 기분 좋은 곳이네요." 나는 거의 동시에 큰 소리로 말했다.

"그렇습니까?" 그는 말했다. "하지만 이런 크고 검은 가죽의 삼각형 의자들에 앉으실 수 있겠어요? 저는 가장 근사한 응접실보다 이 방이 더 좋습니다. 하지만 숙녀분들은 응접실이 더 멋져 보인다고 생각하실 줄 알았지요."

그곳은 확실히 더 '근사한' 방이었지만, 흔히 그런 방들이 그렇듯, 예쁘지도, 아늑하지도, 편안하지도 않았다. 그래서 우리가 저녁을 먹는 동안 하녀가 회계실의 의자들을 털고 닦았고, 우리는 그날 하루의 나머지 시간을 모두 그 방에서 보냈다.

우리는 고기에 앞서 푸딩을 먹었다. 나는 홀브룩 씨가 자신의 구식 식사 방식에 대해 사과를 하려는가 보다 하고 생각했다. 왜냐하면 그는 이렇게 말을 꺼냈기 때문이

93

다—

"요즘 신식 방식[18]을 좋아하시는지 모르겠습니다."

"오, 전혀요!" 매티 양이 말했다.

"저도 그렇습니다." 그가 이어 말했다. "제 가정부는 자꾸 새 양식으로 하려 하지만, 저는 늘 말합니다. 제가 젊었을 때는 아버님의 규칙을 엄격하게 지켰다고요. '국물 없으면 공[19]도 없고, 공이 없으면 고기도 없다.' 그래서 우리는 반드시 국물로 식사를 시작했지요. 그리고 쇠고기와 함께 국물에 삶은 수이트 푸딩이 나왔고, 그 다음에야 고기가 나왔습니다. 국물을 남기면 우리가 더 좋아하는 '공'을 먹을 수 없었고, 국물과 공을 성실히 먹은 사람만 마지막의 쇠고기를 먹을 수 있었지요. 그런데 요즘 사람들은 단것으로 식사를 시작해서… 모든 걸 뒤죽박죽으로 만들어 버리고 있습니다."

오리와 풋완두가 나오자, 우리는 난처해서 서로 바라

---

18 19세기 중반 영국에서 새롭게 퍼지던 식사 순서와 테이블 매너. 기존 영국 전통 식사 순서를 따르지 않는 새로운 스타일.

19 국물에 넣는 둥근 밀가루·수이트 반죽 덩어리

4장. 어느 늙은 총각의 집 방문

보.았다. 우리에게 있는 것은 두 갈래에 검은 손잡이가 달린 포크뿐이었다. 강철은 은처럼 반짝였으나, 그걸로 무엇이 가능하단 말인가? 매티 양은 아미네가 구울과의 향연 뒤에 쌀을 한 알씩 집어 먹던 것처럼, 갈래 끝에 완두콩을 하나씩 꿰어 올려 먹었다. 폴 양은 여린 어린 완두콩들이 갈래 사이로 빠져버릴 것이기 때문에, 맛보지도 못한 채 접시 한쪽에 그대로 밀어두고는 안타깝게 한숨을 내쉬었다. 나는 주인을 바라보았다. 완두콩은 그의 둥글게 끝난 크고 묵직한 칼에 퍼 올려져, 마치 쏟아 붓듯 그의 넓은 입 안으로 쑥쑥 들어가고 있었다. 나는 보았고, 따라 했고, 살아남았다! 그러나 내 친구들은—내 선례가 있음에도—품위에 어긋나는 짓을 할 용기를 끝내 내지 못했다. 그리고 홀브룩 씨가 그렇게 배가 고프지 않았더라면, 그 좋은 완두콩들이 거의 손대지 않은 채 치워지는 모습을 보았을 것이다.

저녁 식사 뒤에는 찰흙 파이프와 가래통이 들어왔다. 그는 담배 연기를 싫어한다면 잠시 다른 방으로 가 있으라고 하며, 곧 따라오겠다고 덧붙였다. 그러면서 매티 양에게 파이프를 건네고, 담배통을 채워달라고 부탁했다. 그의 젊은 시절에는 이것이 숙녀에게 드리는 일종의 예우였지만, 모든 형태의 흡연을 극도로 혐오하도록 언니에게 엄하게 길러진 매티 양에게 이런 '영예'를 제안한 것은 다소 어울리지 않았다. 그러나 그녀의 세련된 기질에는 충격이었을지언정, 동시에 그녀의 마음 한편에는 뽑혀 나왔다는 만족감도 스쳤다. 그래서 그녀는 진한 담배 잎을 조심스레 파이프에 채운 뒤, 우리는 조용히 물러났다.

"총각과 함께 식사하는 건 참 즐거워요." 매티 양이 회계실에 자리를 잡으며 부드럽게 말했다. "부디 부적절한 일은 아니길 바라요. 즐거운 것들은 괜히 부적절한 일이 많으니까요."

"그가 가진 책이 정말 많네요!" 폴 양이 방을 둘러보며 말했다. "그리고 먼지도 한가득이고요!"

"저는 마치 위대한 존슨 박사님의 서재 중 하나 같다는 생각이 들어요." 매티 양이 말했다. "당신 사촌분, 참으로 고결한 분이시겠어요."

"그래요." 폴 양이 답했다. "정말 열렬한 독서가죠. 하

4장. 어느 늙은 총각의 집 방문

지만 혼자 오래 살아서, 아주 투박한 습관에 젖어버린 건 아닌가 걱정돼요."

"오! '투박하다'는 말은 너무 지나쳐요. 저는 그분을 괴짜라고 부르고 싶어요. 아주 총명한 사람은 늘 그렇지 않나요?" 매티 양이 조용히 대답했다.

홀브룩 씨가 돌아오자, 그는 들판 산책을 제안했다. 그러나 두 연장자 숙녀는 축축한 흙과 더러움을 걱정했고, 모자 위에 쓸 수 있는 것이라곤 어울림이라고는 전혀 없는 칼라슈[20] 뿐이었다. 그래서 그들은 사양했고, 나는 다시 그의 동반자가 되어, 일꾼들을 살피러 잠시 다녀와야 한다는 그의 말에 따라 함께 나섰다. 그는 내 존재를 완전히 잊어버린 사람처럼 성큼성큼 걸어갔다. 아니면 파이프를 문 채 스스로의 침묵 속으로 가라앉아 있었던 것일지도 모른다—그러나 그것을 침묵이라 부르기는 어려웠다. 그는 허리를 조금 굽힌 채 내 앞에서 걸었고, 두 손은 등 뒤로 깍지 낀 채였다. 그러다 어떤 나무나 구름, 혹

---

20 18~19세기에 사용된 접이식 모자. 큰 헤어스타일을 보호하기 위해 쓰였으나, 소설에서는 시대에 뒤떨어진 촌스러운 모자로 묘사

4장. 어느 늙은 총각의 집 방문

은 멀리 언뜻 보인 고지의 목초지 풍경이 그의 눈을 끌기라도 하면, 그는 스스로에게 시 구절을 읊조렸다. 그러나그 낭송은 결코 '속삭임'이 아니었다. 진정한 감흥에서 우러나는 강한 억양이 실린, 장중하고 울림 있는 목소리였다.

집 한쪽 끝에 서 있는 늙은 삼나무 앞에 이르자 그는 갑자기 외쳤다―"삼나무는 짙푸른 그늘의 층을 펼친다."

"'층'이라니, 참 훌륭한 표현이지! 놀라운 작자야!" 그가 나에게 말하는 것인지 아닌지 알 수 없었지만, 나는 잊힌 채 뒤를 따라가는 데 지친 나머지, 정작 아는 바도 없으면서 그저 "정말 놀라워요." 하고 맞장구를 쳤다.

그러자 그는 번개처럼 돌아섰다.

"아! '놀랍다'고? 맞아, 그렇게 말할 만하지. 내가 블랙우드에서 그의 시집 평을 읽었을 때 말이오, 나는 한 시간도 안 되어 길을 나섰지. 미셸턴까지 일곱 마일을 걸어가서 시집을 주문했소. 말이 없어서 걸어갈 수밖에 없었지. 자, 그런데―3월의 물푸레나무 눈은 무슨 색인지 아시오?"

4장. 어느 늙은 총각의 집 방문

—이 사람이 제정신이 맞나? 하고 나는 속으로 생각했다. 정말 돈키호테와 닮아도 너무 닮았다.

"무슨 색이냐고 묻잖소?" 그가 거의 격렬하게 되풀이했다.

"저는… 정말 모르겠습니다, 선생님." 나는 무지의 순함이 깃든 목소리로 대답했다.

"그럴 줄 알았소. 나도 몰랐지—이 늙은 바보가 말이오!—저 젊은이가 와서 알려줄 때까지. '3월의 물푸레나무 눈처럼 검다'고. 내가 평생을 시골에서 살았으니, 모르는 건 오히려 더 망신이지! 검다고, 아주 칠흑같이 검다고, 부인."

그리고 그는 다시 멀어져 갔다. 어떤 운율 하나를 붙잡은 듯, 그 리듬에 몸을 맡겨 흔들거리며 걸어가면서.

우리가 돌아왔을 때, 그는 방금 이야기하던 시들을 우리에게 읽어주지 않고는 견딜 수 없었다. 폴 양은 그의 제안을 기꺼이 부추겼는데, 나는 그녀가 자신이 그토록 떠벌리던 그의 아름다운 낭독을 내가 직접 듣기를 바라는 줄 알았다. 그러나 그녀는 나중에 그것이 크로셰가 난관

99

에 부딪힌 탓이며, 말 한마디 하지 않고 코바늘 코를 세고 싶었기 때문이라고 고백했다.

그가 무엇을 청하든, 매티 양에게는 언제나 '옳은 일'이었다. 비록 그녀는 그가 "록슬리 홀"이라는 긴 시를 읽기 시작한 지 채 오 분도 되지 않아 곧 깊이 잠들었고, 그가 끝마칠 때까지 아무에게도 들키지 않은 채 포근한 낮잠을 즐겼다. 그의 목소리가 멈추자 그녀는 눈을 떴고, 무언가 반응해야 한다는 의무감—그리고 폴 양이 여전히 코를 세고 있다는 기척—을 느끼며 말했다.

"정말 예쁜 책이네요!"

"예쁘다니요, 부인! 아름답습니다! 예쁘다니, 참!"

"오, 네! 아름답다는 뜻이었어요." 그의 나무라는 기색에 그녀는 잔뜩 당황하며 말했다. "언니가 읽어주시던 존슨 박사님의 아름다운 시를 떠올리게 해서요—이름이 생각나지 않네요. 뭐였죠, 얘야?" 하고 나를 돌아보았다.

"어떤 시를 말씀하시는 건가요? 줄거리는요?"

"무엇에 관한 것인지는 기억나지 않고, 제목도 완전히 잊어버렸어요. 하지만 존슨 박사님이 쓰셨고, 매우 아름다웠고, 방금 홀브룩 씨가 읽어주신 것과 아주 비슷한 느낌이었어요."

"기억이 안 나는군요." 그가 곰곰이 생각하듯 말했다. "하지만 나는 존슨 박사님의 시를 잘 알지 못합니다. 읽어봐야겠어요."

우리가 돌아가기 위해 합승 마차에 오를 때, 나는 홀브룩 씨가 곧 우리를 찾아와 무사히 귀가했는지 확인하겠다고 말하는 것을 들었다. 그 말은 분명히 매티 양을 기쁘고 설레게 했다. 그러나 나무들 사이에서 저택의 지붕이 사라지고 난 뒤, 그녀의 마음속에서 그 집 주인에 대한 감정은 서서히 사라지고, 대신 마사가 약속을 어기고 여주인 부재 중에 '구애자'를 들이지는 않았을까 하는 고통스러운 의심으로 자리 잡았다.

마사는 우리를 맞으러 나온 모습이 착하고, 침착하고, 단정해 보였다. 그녀는 언제나처럼 매티 양을 신중히 보살폈고, 오늘 밤에도 그러했다—그러나 그 순간, 이 불길한 말이 튀어나왔다.

"에구머니나, 부인! 저녁에 그렇게 얇은 숄 하나 걸치고 외출하시다니! 모슬린이나 다름없어요. 부인 나이에는 좀 조심하셔야죠."

"내 나이라고!" 매티 양은 거의 날카롭기까지 한 목소리를 냈다. 그녀가 이렇게 말투가 서늘해지는 일은 좀처럼 없었다. "내 나이! 네가 내 나이가 몇이라고 생각하길래 그런 말을 하는 거니?"

"글쎄요, 부인, 예순 가까이 되셨겠죠. 하지만 사람은 외모가 속일 때가 많아서요—정말 나쁜 뜻은 없었습니다."

"마사, 나는 아직 쉰두 살도 되지 않았어." 매티 양은 깊은 무게를 실어 그렇게 말했다. 오늘 하루 내내 생생히 떠올랐던 자신의 청춘—그 황금 같은 시절이 이제는 얼마나 멀리 사라져버렸는지 깨닫게 된 순간, 그녀는 서글픔과 짜증을 동시에 느꼈을 것이다.

그러나 그녀는 홀브룩 씨와의 예전, 더 친밀했던 인연에 관해 단 한마디도 내색하지 않았다. 아마도 젊은 시절의 사랑에서 거의 공감을 얻지 못했던 까닭에, 그 기억을 마음 깊은 곳에 고이 감춰두었던 것이리라. 그리고 나

102

는—폴 양에게서 그 이야기를 들은 뒤로 피할 수 없었던 조심스러운 관찰을 통해서만—그녀의 가난한 마음이 슬픔과 침묵 속에서도 얼마나 한결같았는지를 어렴풋이 깨달을 수 있었다.

그녀는 매일 가장 좋은 모자를 쓰는 데 그럴듯한 이유를 들었고, 류머티즘이 있음에도 불구하고, 밖에서는 보이지 않으면서도 거리 아래를 내다볼 수 있도록 창가에 자리를 잡았다.

그가 왔다. 우리가 무사히 돌아왔는지 묻는 그의 질문에 대답한 뒤, 그는 머리를 숙인 채 휘파람을 불며 앉아 있었고, 넓게 벌어진 무릎 위에 두 손바닥을 펼쳐 올려놓고 있었다. 그러다가 그는 갑자기 벌떡 일어났다—

"아, 부인! 파리에 볼 일이라도 있으십니까? 저는 한두 주 안에 그곳으로 떠날 작정입니다."

"파리라니요!" 우리 둘은 동시에 외쳤다.

"그렇습니다, 부인! 한 번도 가본 적은 없지만 줄곧 가보고 싶었습니다. 그리고 이번에 떠나지 않으면 영영 못 가게 될 것 같아서요. 건초만 집어들이고 나면, 추수철이

103

오기 전에 떠나려고 합니다."

우리는 너무 놀란 나머지, 그에게 맡길 심부름 한 가지
도 떠올릴 수 없었다. 그가 방을 나서려던 순간, 그는 특
유의 감탄사를 내뱉으며 다시 돌아섰다― "맙소사, 부인!
제가 할 일의 절반을 잊고 갈 뻔했군요. 지난번 제 집에서
그렇게 감탄하시던 그 시집 말입니다." 그는 코트 주머니
속에서 단단히 묶인 묶음을 힘겹게 꺼냈다. "안녕히 계십
시오, 아가씨." 그가 말했다. "안녕히 계세요, 매티! 몸조
심하세요." 그리고는 사라졌다.

그러나 그는 그녀에게 책을 남겼고, 무엇보다도 그녀
를 '매티'라고 불렀다. 삼십 년 전 그가 그러던 바로 그 이
름으로.

"그가 파리에 가지 않았으면 좋겠어요." 마틸다 양은
걱정스럽게 말했다. "저는 개구리 요리가 그에게 맞을 거
라고 생각하지 않아요. 그는 그렇게 튼튼해 보이는 청년
이었지만, 먹는 것에는 아주 조심해야 했거든요."

이 일 뒤로 나는 작별을 고하며, 마사에게 여주인을 잘
살펴보고―만약 마틸다 양의 기력이 이전만 못하다고 느

껴지면 바로 나에게 알리라고 여러 차례 당부했다. 그런 경우 나는 마사의 전갈을 드러내지 않은 채, 그저 '오랜 친구를 보고 싶어서' 찾아온 것처럼 방문할 작정이었다.

그리하여 나는 마사에게서 때때로 한두 줄의 편지를 받았다. 그리고 11월 무렵, "여주인께서 아주 기운이 없고, 음식도 거의 드시지 못한다"는 쪽지가 왔다. 그 소식이 너무 마음에 걸려, 비록 마사가 단호히 부른 것은 아니었지만, 나는 짐을 꾸려 서둘러 떠났다.

즉흥적인 방문 탓에 약간의 소동이 있었음에도 불구하고, 나는 따뜻한 환대를 받았다. 하루밖에 시간을 줄 수 없었는데도 말이다. 마틸다 양은 지독히 아파 보였고, 나는 그녀를 위로하고 돌볼 준비를 단단히 했다.

그리고 마사와 조용히 이야기를 나누기 위해 아래층으로 내려갔다.

"당신 여주인께서 그렇게 아프신 지 얼마나 되었지, 마사?" 나는 부엌 아궁이 곁에 서서 물었다.

"글쎄요, 부인, 벌써 보름이 훌쩍 넘었어요. 그래요, 확실히 그래요. 폴 양이 다녀가신 어느 화요일 이후부터 여주인께서 그렇게 가라앉아 버리셨거든요. 저는 처음엔 피곤해서 그런 줄 알고, 하룻밤만 푹 쉬면 나아지실 거라고 생각했어요. 그런데 아니에요! 그날 이후 줄곧 그러셔서… 결국 부인께 편지를 올리는 게 제 의무라고 생각했지요."

"아주 잘했어, 마사. 그녀 곁에 너처럼 성실한 하인이 있다는 게 얼마나 위안이 되는지 몰라. 네 자리도 편안하길 바라고."

"글쎄요, 부인, 여주인께서는 참 친절하시고, 먹을 것도 넉넉하고, 제가 거뜬히 해낼 수 있는 일만 시키세요. 하지만…" 마사는 말끝을 흐렸다.

"하지만… 뭐지, 마사?"

"그게… 여주인께서 저더러 구애자를 두지 못하게 하시는 게 너무 가혹하게 느껴져요. 이 마을에는 젊은 남자들이 정말 많아요. 그리고 저에게 교제하고 싶다고 말한 사람도 여러 명이고요. 다시는 이렇게 좋은 곳에 있지 못할지도 모르는데, 이 기회를 허비하는 것 같아서요. 제가 아는 많은 처녀들은 여주인 몰래 남자를 들이기도 해요.

106

그런데 저는 약속을 했고, 그 약속을 지킬 거예요. 그렇지만 솔직히 말하면, 이 집은 여주인께서 눈치채지 못할 만한 집이에요. 부엌도 워낙 넓고… 어두운 구석도 많아서, 누구든 숨기라고 하면 숨길 수 있어요. 지난 일요일 밤에는—예, 인정할게요—저도 울었어요. 젬 헌 얼굴 앞에서 문을 닫아야 했거든요. 그는 어느 여자에게도 손색없는 착실한 청년이에요. 하지만 제가 여주인께 약속을 했으니까요."

마사는 거의 다시 울 것처럼 보였다. 그러나 나는 위로해줄 말이 거의 없었다. 젠킨스 자매가 '구애자'라는 존재를 얼마나 끔찍하게 생각하는지, 옛 경험으로 너무 잘 알고 있었고, 지금처럼 신경이 곤두선 매티 양에게 그 두려움이 줄어들 리 없었기 때문이다. 다음 날 나는 폴 양을 찾아갔고, 그녀는 이틀 동안 마틸다 양을 보러 가지 않기 때문에 나를 보고 크게 놀랐다.

"그리고 이제 나는 너와 함께 가야겠구나, 얘야. 나는 마틸다에게 토머스 홀브룩이 어떻게 지내는지 알려주겠다고 약속했거든. 그런데 유감스럽게도, 오늘 아침 그의 가정부가 사람을 보내—그가 오래 버티지 못할 것 같다고 했어. 불쌍한 토머스! 그 파리 여행은 그에게 너무 무리였지. 그의 가정부 말로는, 그가 그날 이후로 거의 밭을 둘러보지 않고, 그저 회계실에서 무릎 위에 손을 올리고 앉아, 책을 읽는 것도 아니고, 다만 파리가 얼마나 경이로운 도시였는지 되뇌기만 한다는구나! 만약 파리가 내 사촌 토머스를 죽인 셈이 된다면, 파리는 책임져야 할 게 많아. 더 훌륭한 사람은 없었거든."

"마틸다 양은 그의 병환을 알고 계신가요?" 나는 물었다. 갑자기 그녀의 불편한 몸 상태의 원인이 선명하게 떠올랐기 때문이다.

"그럼, 물론이지! 그녀가 너에게 말하지 않았니? 나는 소식을 처음 들은 지 보름쯤 되었을 때 바로 알려줬어. 그런데 너에게 말하지 않았다니, 정말 이상하구나!"

전혀 이상하지 않다고 나는 생각했다. 하지만 입 밖으로 꺼내지는 않았다. 나는 그녀의 여린 마음속으로 너무 깊이 들여다본 것 같아 죄스러운 마음이 들었고, 그 비밀을 말로 드러낼 생각은 없었다. 매티 양은 그 마음을 세상

108

누구에게도 들키지 않았다고 믿고 있으니 말이다.

나는 폴 양을 마틸다 양의 작은 응접실로 안내한 뒤 두 사람을 혼자 남겨두었다. 그리고는 마사가 내 방 문을 두드려, 여주인이 심한 두통을 일으켰으니 나 혼자 저녁 식사를 내려가 달라고 요청하러 왔을 때, 전혀 놀라지 않았다.

매티 양은 차 시간에 거실로 들어오긴 했지만, 그것이 그녀에게 얼마나 큰 노력이었는지는 뻔히 보였다. 그리고 마치, 오후 내내 그녀를 괴롭히던—고인이 된 언니 데버러에 대한 어떤 부정적인 감정을—뉘우치고 보상하려는 듯이, 그녀는 데버러가 젊었을 때 얼마나 선하고 똑똑했는지 내내 이야기했다.

그녀가 파티마다 입을 드레스를 어떻게 정했는지 (아득히 먼 옛날, 매티 양과 폴 양이 젊었을 때 열렸던, 희미하게만 기억되는 소름 끼치는 파티들!), 데버러와 그녀의 어머니가 가난한 이들을 위한 자선회를 만들었고, 소녀들에게 요리와 바느질을 가르쳤던 일, 데버러가 한 번은 어떤 영주와 춤을 추었던 일, 피터 알리 경의 저택에 드나들

109

며, 하인이 서른 명이나 되는 알리 홀의 방식을 본떠 조용한 목사관을 개조하려고 시도했던 일들… 그리고 나는 전혀 들어본 적 없었지만, 이제 보니 홀브룩 씨의 구애가 거절된 뒤에 겪었으리라 짐작되는 긴 병을 데버러가 돌본 일까지. 그리하여 우리는 긴 11월 저녁 내내, 조용하고 부드러운 목소리로 지난 시절에 대해 이야기하며 시간을 보냈다.

다음 날, 폴 양은 홀브룩 씨가 죽었다는 소식을 우리에게 가져왔다. 매티 양은 말없이 그 소식을 들었다. 사실 전날 들었던 그의 상태로 미루어보면, 놀라운 일은 아니었다. 폴 양은 우리가 어떤 애도의 표현이라도 하기를 바라는 듯, 계속해서 물었다—그가 떠난 것이 슬프지 않으냐고, "지난 6월, 그가 그렇게 건강해 보였던 즐거운 날을 생각해보세요! 그리고 그가 저 사악한 파리에만 가지 않았다면, 아마도 앞으로 열두 해는 더 살았을 거예요. 파리는 항상 혁명이니 소란이니 하니까요."

그녀는 우리 쪽에서 어떤 반응이 나오기를 기대하며 잠시 말을 멈췄다. 나는 매티 양이 말을 할 수 없다는 것

4장. 어느 늙은 총각의 집 방문

을, 그녀의 온몸이 얼마나 긴장 속에서 떨리고 있는지를 보았다. 그래서 내가 느낀 바를 대신 말했다. 그리고 제법 긴 방문이 끝난 뒤—그 시간 동안 폴 양은 분명 매티 양이 아주 침착하게 소식을 받아들였다고 생각했을 것이다—그녀는 돌아갔다.

매티 양은 자신의 감정을 숨기기 위해 굳게 애썼다. 그 은폐는 나에게조차 적용되었다. 그가 선물했던 책이 그녀의 침대 머리맡 작은 탁자 위 성경 옆에 놓여 있음에도, 그녀는 홀브룩 씨를 다시는 언급하지 않았다. 또한 나는 그녀가 크랜포드의 모자 제작자에게 제이미슨 귀부인의 것과 비슷한 모양의 모자를 주문하면서—또는 그에 대한 대답을 들으면서—내가 듣지 못했다고 생각했다는 것도 알고 있다.

"하지만 부인, 제이미슨 귀부인은 과부 모자를 쓰시잖아요."

"오! 나는 단지 그 스타일의 무언가를 의미했을 뿐이야. 물론 과부 모자는 아니고… 다만 제이미슨 부인의 것과 조금 비슷한 느낌으로."

4장. 어느 늙은 총각의 집 방문

이러한 감정의 은폐는, 그 뒤부터 내가 매티 양에게서 계속 보게 된 머리와 손의 미세한 떨림의 시작이었다.

그날 저녁, 홀브룩 씨의 죽음을 들은 후 마틸다 양은 유난히 말이 없고 깊이 생각에 잠겨 있었다. 기도가 끝나자 그녀는 마사를 다시 불렀고, 잠시 서성이며 무슨 말을 해야 할지 결정하지 못한 채 머뭇거렸다.

"마사!" 마침내 그녀가 말했다. "너는 아직 젊지…"

그러고는 너무나 긴 침묵이 이어져, 마사는 그녀의 말을 다시 잇도록 가볍게 인사하고 말했다—

"네, 부인. 지난 10월 3일에 스물두 살이 되었어요, 부인."

"그리고… 아마도, 마사, 너는 언젠가 네가 좋아하고, 너를 좋아하는 젊은이를 만나게 될지도 모른다. 내가 너에게 구애자를 두지 말라고 말하긴 했지만, 만약 그런 젊은이를 만나고, 나에게 말하고, 내가 그가 신뢰할 만한 사람임을 알게 된다면… 나는 그가 일주일에 한 번 너를 보러 오는 것에 반대하지 않는다. 하느님이 금하시길 바랄 뿐이야." 그녀는 낮고 떨리는 목소리로 덧붙였다. "내가

112

어느 젊은 마음이라도 아프게 해서는 안 되지."

그녀는 마치 아주 먼 미래의 가능성에 대해 대비하는 듯 말했지만, 마사의 즉각적이고 열렬한 대답에 조금 놀란 듯했다.

"부인, 젬 헌이 있어요! 그는 하루에 3실링 6펜스를 버는 목수고, 양말만 신고도 키가 6피트 1인치예요. 그리고 내일 아침 그에 대해 물어보시면, 누구든 그의 성실함을 칭찬할 거예요. 그리고 그는 내일 밤이라도 기꺼이 올 거예요. 틀림없어요."

매티 양은 놀랐지만, 결국 운명과 사랑 앞에 순순히 마음을 내어놓았다.

5장. 옛 편지들

나는 거의 모든 사람이 저마다의 작은 절약—어떤 특정한 방향으로 푼돈 한 닢까지 아끼는 조심스러운 습관—을 가지고 있으며, 그 습관이 조금이라도 방해받으면 실제 사치에 실링이나 파운드를 쓰는 것보다 더 큰 짜증을 내는 경우를 종종 보아왔다. 내 지인인 한 노신사는, 그의 돈 일부가 투자된 합자은행의 파산 소식을 금욕적인 침착함으로 받아들이면서도, 그 은행 통장이 이제 쓸모없다고 해서 누군가가 그 안의 기록된 장을 '자르지 않고 찢어냈다'는 이유로 한여름 하루 종일 가족을 괴롭힌 적이 있었다. 물론 반대편의 대응 페이지도 함께 떨어져 나왔고, 그 작은 종이 낭비(그의 사적인 절약 영역)가 그의 모든 금전적 손실보다 그를 더 격분하게 했다. 봉투가 처음 등장했을 때도 그는 극심한 불편함을 느꼈다. 그가 소중히 여기던 물건을 그렇게 낭비한다는 사실을 스스로 용납하는 유일한 방법은, 그에게 온 봉투를 하나하나 뒤집어 다시 쓰도록 하는 것이었다. 지금도, 나이에 눌려 성정이 한결 부드러워졌음에도, 딸들이 초대장에 대한 세 줄짜리 수락 글을 단지 한 면에만 적어 반 장짜리 편지지 전체 안쪽을 보내는 것을 보면, 그는 애가 타는 듯한 시선을 보낸다.

　나 역시 이런 인간적인 약점을 지녔다는 사실을 부끄러워하지 않는다. 끈이 바로 나의 약점이다. 내 주머니는 어딘가에서 주워 한데 꼬아놓은 작은 실타래들로 가득 차 있는데, 그것들은 결코 오지 않을 '혹시 모를 용도'를 위해 준비된 것이다. 누군가 소포의 끈을 인내심 있게 한 겹 한 겹 풀지 않고, 싹둑 잘라버리면 나는 크게 불쾌해진다. 사람들이 끈의 신격화와도 같은 고무줄을 그렇게 가볍게 사용할 수 있다는 사실은 도무지 이해할 수 없다. 내게 고무줄은 귀중한 보물이다. 나는 하나를 가지고 있는데, 그것은 새것도 아니며, 거의 6년 전 바닥에서 주워 온 것이다. 나는 정말로 그 고무줄을 사용해보려 했지만, 마음이 약

115

해져 그 사치를 저지르지 못했다.

작은 버터 조각에 괴로워하는 이들도 있다. 어떤 사람들은 늘 필요한 것보다 많은 버터를 떠가는 습관을 가진 이들 때문에 마음이 불편해 대화에 집중하지 못한다. 당신도 보지 않았는가, 그런 사람들이 그 버터를 향해 던지는 거의 최면술 같은 불안한 시선을? 그들은 그 조각을 제 입에 넣어 삼켜 시야에서 사라지게 할 수만 있다면 속이 편할 것이다. 그리고 그 버터가 그대로 접시에 남아 있던 사람이, 갑자기 전혀 원하지도 않는 토스트 한 조각을 떼어 그 버터를 먹어치우면, 그들은 진심으로 기뻐한다. 그들은 그것이 '낭비가 아니다'라고 여긴다.

그런데 매티 젠킨스 양은 양초를 아꼈다. 우리는 가능한 한 적게 쓰기 위해 여러 방법을 고안했다. 겨울 오후면 그녀는 두세 시간 동안 뜨개질을 하곤 했는데—그녀는 어둠 속에서도, 혹은 난롯불만으로도 그것을 할 수 있었다—내가 소맷부리를 꿰매기 위해 촛불을 켜도 되냐고 물으면, 그녀는 "장님의 휴일을[21] 지키라"고 말했다. 양초는 보통 차와 함께 들어왔지만, 우리는 한 번에 하나만 태웠다. 어느 저녁이든 누가 들를지 모른다는 생각으로 늘 대비하며 살았기 때문에(그러나 아무도 오지 않았다), 두 양초가 늘 같은 길이를 유지한 채, 언제든 동시에 켤 수 있을 만큼 단정해 보이도록 하는 데에는 제법 기지가 필요했다. 양초는 차례를 정해 번갈아 태웠고, 우리가 무슨 이야기를 하든, 무슨 일을 하든, 매티 양의 눈은 늘 양초에 고정되어 있었다. 그리고 길이가 너무 차이가 나 저녁 동안 균형을 맞출 수 없게 되기 전에, 재빨리 일어나 하나를 끄고 다른 하나를 켜기 위해 늘 준비하고 있었다.

어느 날 밤, 나는 이 촛불 아끼기가 유난히 나를 짜증 나게 했던 일을 기억한다. 나는 강제로 맞아야 하는 이 "장님의 휴일"에 지쳐 있었고, 특히 매티 양이 깊이 잠든 터라 불을 헤집어 그녀를 깨울 위험을 감수하고 싶지 않았다. 그래서 평소처럼 양탄자 위에 앉아 불빛에 의지해

---

21 19세기 영국에서 쓰인 관용구로, 촛불을 켜지 않고 어둠 속에서 지내며 눈을 쉬게 하는 시간, 또는 양초를 아끼기 위해 불을 켜지 않는 관행

바느질을 하며 내 몸을 덥힐 수도 없었다. 나는 매티 양이 틀림없이 젊은 시절을 꿈꾸고 있으리라 생각했다. 불편한 잠 속에서 오래전에 세상을 떠난 사람들을 언급하는 한두 마디를 내뱉었기 때문이다.

마사가 촛불과 차를 들고 들어오자, 매티 양은 깜짝 놀라 깨며, 마치 우리가 그녀가 보리라 기대하던 사람들이 아닌 것처럼 이상하고 혼란스러운 눈빛으로 주위를 둘러보았다. 나를 알아보는 순간, 그녀의 얼굴에는 희미하고 슬픈 기색이 스쳤다. 그러나 곧, 평소의 미소를 지어 보이려 애썼다. 차를 마시는 동안 그녀의 이야기는 어린 시절과 젊은 시절로 흘러갔다. 아마도 그것이 오래된 가족 편지를 모두 살펴보고, 낯선 사람의 손에 넘어가서는 안 될 것들을 없애야 한다는 생각을 다시 떠올리게 한 듯했다. 그녀는 이 일을 해야 한다고 종종 말했지만, 언제나 막연한 두려움 때문에 피하곤 했던 것이다. 그러나 그날 밤, 그녀는 차를 마친 뒤 곧바로 일어나 편지를 가지러 갔다— 어둠 속으로. 그녀는 자기 방을 늘 정확하고 단정하게 유지한다는 자부심이 있었고, 내가 무언가 가지러 다른 방

118

으로 갈 때 침대용 촛불을 켜는 일을 불편해하던 사람이었기 때문이다.

그녀가 돌아오자 방 안엔 희미하고도 향기로운 통카콩 냄새가 퍼졌다. 나는 언제나 그녀의 어머니에게 속했던 물건들에서 이 향기를 맡곤 했다. 많은 편지들 역시 그녀의 어머니 앞으로 온 것들이었다—무려 예순, 일흔 해 전의 노랗게 바랜 사랑 편지 뭉치들.

매티 양은 한숨을 쉬며 꾸러미를 풀었다. 그러나 그녀는 곧바로 그 한숨을 삼켰다. 시간의 흐름, 아니 삶의 흐름을 아쉬워하는 것이 올바르지 않다는 듯이. 우리는 편지들을 따로따로 보기로 했다. 같은 묶음에서 서로 다른 편지를 하나씩 꺼내어, 파기하기 전에 그 내용을 서로에게 말해주는 방식이었다. 나는 그날 저녁 전에는 옛 편지를 읽는 일이 왜 그렇게 가슴 아픈 일인지 몰랐다. 그 이유를 명확히 설명할 수도 없었다. 편지들은 편지가 가질 수 있는 최대한의 행복을 담고 있었고—적어도 초기의 것들은 그랬다. 그 속에는 지금 이 순간이 너무도 생생하고 충만하여 영원히 사라지지 않을 것만 같은 감정이 가득했으

119

며, 그렇게 자신을 표현하던 따뜻하고 살아 있는 마음들이 결코 죽지 않고, 햇살 가득한 땅 위에서 사라지는 존재가 되지 않을 듯한 열기가 있었다. 나는 오히려 편지들이 좀 더 슬펐더라면 내 마음도 덜 우울했을 것이라 생각했다. 매티 양의 오래된 주름을 따라 조용히 흘러내리는 눈물을 보았고, 그녀의 안경은 여러 번 닦아야 했다. 나 또한 잉크가 바래 빛이 흐려진 글자를 읽기 위해 더 많은 빛이 필요해, 그녀가 마침내 다른 촛불까지 켜주길 바랐다. 그러나 아니었다. 눈물 속에서도 그녀는 자신의 작은 절약 습관을 기억하고 있었다.

가장 오래된 편지는 두 묶음이 함께 묶여 있었고, (젠킨스 양의 필체로) 이렇게 적혀 있었다. "1774년 7월 결혼 이전, 나의 영원히 존경하는 아버지와 지극히 사랑하는 어머니가 서로 주고받은 편지들."

크랜포드의 교구 목사가 이 편지들을 썼을 때는 스물일곱 살 무렵이었을 것이라고 나는 짐작했다. 매티 양의 말에 따르면 그녀의 어머니는 결혼 당시 고작 열여덟 살이었다. 응접실에 걸려 있던 그림 속—엄숙하고 근엄하

120

며, 크고 풍성한 가발을 쓰고 법복을 걸치고, 자신이 평생 한 번 인쇄한 설교문에 손을 얹고 있는—그 목사의 모습에 익숙해 있던 내게, 이 편지들을 읽는 일은 몹시 기이했다. 편지들은 뜨겁고 열정적인 감정으로 가득 차 있었으며, 마음에서 갓 흘러나온 듯한 짧고 소박한 문장들이 이어졌다. (어떤 재판관 앞에서 설교한 인쇄 설교문의 라틴어식, 존슨풍의 장중한 문체와는 전혀 달랐다.)

그의 편지들은 그의 어린 신부의 편지들과 기묘한 대조를 이루었다. 그녀는 그토록 많은 사랑의 표현을 요구하는 그에게 다소 짜증이 난 듯했고, 그가 같은 말을 여러 방식으로 되풀이하는 이유를 완전히 이해하지 못한 듯했다. 그러나 한 가지는 분명했다—그녀는 흰색 '파두아수아[22]'가 몹시 갖고 싶었다는 것. 여섯, 일곱 통의 편지가 거의 온통 그 옷감을 얻기 위해 부모님을 설득해 달라는 요청으로 채워져 있었다. 그녀의 부모는 분명히 그녀를 엄격히 다스리고 있었다. 그는 그녀가 무엇을 입든 개의치

---

22 파두아수아(paduasoy): 18~19세기에 사용되던 고급 비단 직물로, 촘촘한 새틴 조직의 두꺼운 실크. 당시 상류·중상류 여성의 예복에 쓰인 고가의 소재.

5장. 옛 편지들

않았다. 그녀는 언제나 그에게 충분히 사랑스러웠기 때문이다. 그러나 그녀가 부모에게 보여줄 수 있도록 답장에 특정 장신구에 대한 선호를 써달라고 애원하면, 그는 그녀를 안심시키기 위해 성심껏 그 말을 적었다.

그러다 그는 마침내 깨달은 듯했다―그녀는 원하는 '혼수'가 갖춰지기 전에는 결혼하지 않으리라는 것을. 그러자 그는 장신구로 가득 찬 상자 하나를 보내며 편지를 썼다. 그 안에서 그는 그녀가 마음속으로 원하는 모든 옷을 입을 수 있기를 바란다고 전했다. 그 편지가 바로 "나의 가장 사랑하는 존에게서"라고 섬세한 필체로 적힌 첫 편지였다. 이어서 둘은 결혼한 듯했다. 서신 왕래가 그 지점에서 뚝 끊긴 것을 보면 말이다.

"우리는 그것들을 태워야겠지요." 매티 양이 약간은 주저하는 눈빛으로 나를 바라보며 말했다. "내가 세상을 떠나고 나면 아무도 이 편지들을 소중히 여기지 않을 테니까요."

그리고 그녀는 편지를 하나씩 불 가운데로 떨어뜨렸다. 각각의 편지가 불길 속에서 환하게 일었다가, 이윽고

122

꺼지고, 희미하고 하얀 유령 같은 모습으로 굴뚝 위로 가늘게 사라져 올라가는 것을 끝까지 지켜본 뒤, 다음 편지를 다시 같은 운명으로 내맡겼다. 방 안은 그제야 충분히 밝아졌지만, 나 역시 그녀처럼 그 불꽃에 매혹되어, 한 남자의 정직하고 따뜻한 마음이 쏟아져 있던 그 편지들이 하나씩 사라져가는 광경에서 눈을 떼지 못했다.

다음 편지 역시 젠킨스 양이 정리해 둔 것이었고, 뒷면에는 이렇게 적혀 있었다. "나의 사랑하는 어머니께, 나의 탄생을 계기로, 나의 존경하는 외조부께서 보내신 경건한 축하와 권면의 편지. 또한 유아의 사지를 따뜻하게 유지하는 것의 바람직함에 관한 나의 훌륭한 외조모의 실용적 조언."

첫 부분은 실제로, 한 어머니가 지닌 책임의 무게를 엄격하고도 힘 있게 그려낸 글이었으며, 세상에 가득한 악과, 그 악이 태어난 지 이틀밖에 되지 않은 아기를 어떻게 무시무시하게 노리고 있는지를 경고하는 내용이었다. 편지에 따르면 그의 아내는 발목을 삐어 펜을 들 수 없었기 때문에 그가 편지를 쓰지 못하도록 금했다는 것이다. 그

123

러나 페이지 아래엔 작은 "T.O."가 적혀 있었고, 뒤쪽을 넘기자 과연 "나의 사랑하는, 가장 사랑하는 몰리에게"라는 말로 시작하는 짧은 편지가 끼워져 있었다. 그 편지에서 그녀는 방을 나설 때 무엇을 하든 아랫층으로 내려가기 전에 윗층에 먼저 올라가달라고 간청하고 있었으며, 날씨가 여름이라 해도 아기의 발을 플란넬로 감싸 항상 따뜻하게 해주라고 조언하고 있었다. 아기란 그토록 어린 존재이니 말이다.

젊은 어머니와 할머니 사이에서 자주 오간 듯한 편지들을 통해, 아기를 향한 사랑이 그녀의 마음속 어린 허영심을 서서히 뽑아내고 있었음을 보는 것은 참으로 아름다웠다. 흰색 '파두아수아'는 여전히 편지 곳곳에 등장했다. 어떤 편지에서는 그것이 아기의 세례식 망토로 만들어지고 있었다. 또 어떤 편지에서는 부모와 함께 알리 홀에서 하루 이틀을 보낼 때 아기를 돋보이게 한 옷이었다. "지금까지 본 아기 중 가장 예쁜 아기예요. 사랑하는 어머니, 어머니께서 그녀를 보실 수 있다면 얼마나 좋을까요! 조금도 과장 없이, 저는 그녀가 자라서 정말 미인이 될 거라고

124

생각해요!" 라는 구절에서는 말간 기쁨이 느껴졌다.

나는 회색이 되고, 시들고, 잔주름이 깊어진 젠킨스 양을 떠올렸고, 그녀의 어머니가 천국의 뜰에서 그녀를 알아보았을까 생각했다. 그리고 곧, 그녀가 알아보았고, 그둘은 그곳에서 천사의 모습으로 서 있으리라는 확신이 들었다.

그러다 한참이 지나서야 교구 목사의 편지들이 나타났다. 그 시점부터 그의 아내는 편지 뒷면에 붙이는 말투를 바꾸었다. 더 이상 "나의 가장 사랑하는 존으로부터"가 아니라 "나의 존경하는 남편으로부터"였다. 이 편지들은 그림 속에서도 보였던, 그 유명한 설교가 출판된 일을 계기로 쓰인 것이었다. "경 판사님" 앞에서 설교하고, "요청에 의해 출판"되었던 그 일은 그의 생애에서 가장 절정의 순간—하나의 사건—이었던 듯했다.

그 일로 그는 인쇄 과정을 감독하기 위해 런던까지 올라가야 했다. 그처럼 중대한 일을 맡길 수 있는 인쇄업자를 고르기 위해 많은 친구들의 조언을 구해야 했고, 마침내 J.와 J. 리빙턴스가 그 영예로운 책임을 맡기로 결정되

125

었다. 그 훌륭한 교구 목사는 그 일을 계기로 마음이 몹시 고양된 듯했고, 아내에게 편지를 쓰면서도 라틴어를 불쑥불쑥 섞지 않고는 견디지 못했다.

그의 한 편지 말미에는 이런 구절이 있었다. "나는 나의 몰리의 고결한 성품을 언제까지나 기억할 것이오, (dum memor ipse mei, dum spiritus regit artus)." 그의 아내가 보내온 답장들에는 문법이나 철자가 종종 뒤섞여 있었음을 생각하면, 이는 그가 얼마나 아내를 '이상화'하고 있었는지를 보여주는 증거이기도 했다. 그리고 젠킨스 양이 자주 말하곤 했듯, "사람들이 요즘은 무슨 뜻인지도 모르면서 이상화에 대해 떠들어대지." 라는 말이 떠올랐다. 하지만 그것도 곧 그를 사로잡은 고전 시 쓰기 열풍에 비하면 아무것도 아니었다. 그 작품들 속에서 그의 몰리는 '마리아'로 등장했다. 그 시가 담긴 편지의 뒷면에는 그녀의 필체로 이렇게 적혀 있었다. "나의 존경하는 남편이 내게 보낸 히브리 시. 돼지 잡는 일에 관한 편지를 받으리라 생각했는데, 기다려야겠다. 메모: 남편이 원하므로 이 시를 피터 알리 경에게 보낼 것." 그리고 그의 필체로. 적힌 추신에는 그 송가가 1782년 12월자『젠틀맨스 매거진』에 실렸다고 쓰여 있었다.

그녀가 남편에게 보낸 편지들—그가 마치 M. T. 키케로의 서간집이라도 되는 양 애지중지 간직했던—은, 남편과 아버지로서 집을 떠나 있는 그에게는, 그가 보낸 어떠한 편지보다도 더 만족스러운 것이었다. 그녀는 그에게 데버러가 매일 바느질을 아주 단정하게 해냈고, 남편이 읽으라고 정해준 책들을 차근차근 읽어드린다는 이야기를 전했다. 데버러는 매우 "앞서가는" 착한 아이였지만, 어머니가 대답할 수 없는 질문을 종종 하곤 했고, 그녀는 그저 모른다고 답하여 자신을 낮추는 대신, 불을 젓는다거나 "앞서가는" 아이를 심부름에 보내곤 했다는 것이다.

매티는 이제 어머니가 가장 사랑하는 아이였고, (언니가 그 나이에 그랬던 것처럼) 장차 큰 미인이 될 것이라는 약속을 품게 했다. 나는 이 부분을 매티 양에게 소리 내어 읽어주었고, 그녀는 "어린 매티가 미인이 되더라도 허영심을 갖지 않기를" 바라는 애틋한 기대가 담긴 문장을 듣고, 미소를 지으며 조금 한숨을 쉬었다.

5장. 옛 편지들

"나는 정말 예쁜 머리카락을 가지고 있었단다, 얘야."
마틸다 양이 말했다. "입도 꽤 괜찮았지." 그리고 곧 그녀
가 모자를 바르게 고쳐 쓰고, 등을 곧추세우는 모습이 눈
에 들어왔다.

하지만 다시 젠킨스 부인의 편지로 돌아가서 그녀는
남편에게 교구의 가난한 이들에 대해 전했고, 그들에게
어떤 소박한 가정 치료를 써주었는지, 무슨 부엌 약을 보
냈는지를 설명했다. 그녀는 남편의 불쾌감을 하나의 경고
장처럼 간주해, 마을의 모든 건달들 머리 위에 언제든 떨
어질 수 있는 채찍처럼 들고 있었던 듯했다. 그녀는 소와
돼지를 어떻게 다루어야 하는지 그의 지시를 구했고, 전
에도 보여준 바와 같이, 항상 답을 얻는 것은 아니었다.

설교가 출판된 직후, 한 남자아이가 태어났을 때는 친
절한 늙은 외조모는 이미 세상을 떠난 뒤였다. 그러나 외
조부로부터의 권고 편지가 또 한 통 있었다. 이번에는 세
상이라는 함정으로부터 지켜야 할 아들이 생겼다는 이유
로, 그 어느 때보다 더욱 엄격하고 경계에 찬 어조였다. 그
는 남자들이 빠질 수 있는 온갖 죄악을 열거했는데, 나는

그 편지를 읽으며 도대체 어떻게 남자라는 존재가 자연사에 이를 수 있는지 의문이 들 지경이었다. 외조부의 친구들과 지인 대부분은 마치 교수대에서 생을 마쳤을 것만 같은 분위기였다. 그러니 그가 이 세상을 '눈물의 골짜기'라 부르는 데 전혀 놀라울 것이 없었다.

내가 이전에 이 남자 형제에 대해 전혀 들어본 적 없다는 것이 조금 이상하게 느껴지기도 했다. 그러나 그는 아마도 어릴 때 세상을 떠났을 것이고, 그렇지 않았다면 그의 이름이 누이들의 말 속에 한 번쯤은 언급되었을 것이라고 나는 결론지었다.

이윽고 우리는 젠킨스 양의 편지 묶음에 이르렀다. 이 편지들만큼은 태우기가 매티 양에게 몹시 마음에 걸리는 듯했다. 그녀는 다른 편지들은 글쓴 이를 사랑하는 이들에게만 의미가 있었고, 그 편지들이 그녀의 사랑하는 어머니를 알지 못하는, 비록 철자는 현대식으로 쓰지 않았을지라도 얼마나 선량했는지를 모르는 낯선 이들의 손에 넘어가는 것은 마음 아플 일이라고 말했다. 그러나 데버러의 편지는 너무나 뛰어났기 때문에—누구든 그것을 읽는다면 분명 배울 것이 있었다.

그녀는 채폰 부인의 책을 읽은 지 오래되었지만, 한때 데버러라면 그와 똑같은 말을, 똑같이 훌륭하게 했을 것이라고 생각하곤 했다는 사실을 기억하고 있었다. 그리고 카터 부인에 대하여는! 사람들은 그녀가 '에픽테토스'를 번역했다는 이유 하나만으로 그 편지를 특별하게 여겼지만, 데버러는 결코 "귀찮아서 못 하겠다!"와 같은 그토록 흔한 표현을 쓰지 않았을 것이라고 매티 양은 단언했다.

매티 양이 이 편지들을 태우는 것을 아까워하고 있다는 것은 분명했다. 그녀는 그것들이 조용히 읽혀지거나, 내가 혼자 대충 훑어 넘기는 것을 결코 허락하지 않았다. 그녀는 편지를 내 손에서 가져가, 제대로 된 억양을 실어 소리 내어 읽기 위해 두 번째 촛불까지 켰다. 큰 단어에 걸려 더듬는 일 없이, 또박또박 읽기 위해서였다. 아, 정말이지! 그 편지들이 끝나기 전까지 나는 감상이나 회고가 아니라 사실을 얼마나 갈망했던지! 그 편지들은 꼬박 이틀 밤을 차지했다. 그 시간 동안 내가 딴생각을 많이 했다는 것을 부인하지 않겠다. 그럼에도 나는 언제나, 각 문장이 끝날 때면 제자리에 돌아와 있어야 했다.

교구 목사의 편지, 그리고 그의 아내와 장모의 편지는 모두 비교적 짧고 간결했으며, 줄 간격도 매우 촘촘하고 단정한 필체로 쓰여 있었다. 어떤 것은 종이 조각 하나에 편지 전체가 담겨 있기도 했다. 종이는 누렇게 바랬고 잉크는 갈색이었으며, 몇 장은—매티 양이 나에게 꼭 보라고 하듯 가리켰듯이—모퉁이에 목숨을 다해 말을 달리며 뿔나팔을 부는 우체부가 새겨진 오래된 우편 용지였다.

젠킨스 부인과 그녀의 어머니의 편지는 크고 둥근 붉은 웨이퍼로 봉해져 있었다. 에지워스 양의 『후원』이 세련된 사회에서 웨이퍼를 몰아내기 전의 시대였기 때문이다. 편지에 드러난 정황으로 보아, 무료 우편은 큰 수요가 있었고, 궁핍한 국회의원들이 빚을 갚는 수단으로도 쓰였던 듯했다. 교구 목사는 거대한 문장이 찍힌 봉인으로 편지를 봉했고, 그 봉인을 얼마나 신중하게 눌러 찍었는지로 보아 그의 편지는 성급한 손에 의해 부서져서는 안 되며 반드시 칼로 정중하게 잘라 열리기를 기대했던 것이 분명했다. 이제 젠킨스 양의 편지는 형식도, 필체도 더 후대의

것이었다. 우리가 지금은 '구식'이라 부르는 정방형 종이
에 썼고, 그녀의 필체는 여러 음절을 지닌 단어들을 즐겨
쓰는 버릇과 결부되어 한 장을 가득 채우기에 안성맞춤이
었다. 그리고 그 뒤에는 그녀의 자부심이자 기쁨인 '교차
쓰기'가 이어졌다. 불쌍한 매티 양은 이 부분에서 크게 당
황했다. 단어들은 눈덩이처럼 덩치를 불려갔고, 편지 끝
으로 갈수록 젠킨스 양의 문장은 거의 장광설에 가까워졌
다. 어느 신학적이고 논쟁적인 어조의 편지에서 그녀는
'이두매아의 분봉왕 헤롯'을 언급했는데, 매티 양은 그것
을 "에트루리아의 헤롯 페트라르카"라고 읽었고, 옳게 읽
었다고 믿는 듯 만족해했다.

정확한 연도는 기억나지 않지만, 아마 1805년 무렵이
었으리라. 그때 젠킨스 양은 가장 긴 편지 연작을 썼다—
타인 강 근처의 친구들을 방문해 집을 비운 기간 동안이
다. 그 친구들은 그곳 수비대 사령관과 절친했으며, 보나
파르트가 타인 강 어귀로 침공할지도 모른다는 소문이 돌
던 때라 그를 통해 온갖 대비 준비 상황을 전해 들은 참이
었다.

132

젠킨스 양은 분명히 크게 겁이 나 있었다. 그래서 그녀의 편지 초반부는 대체로 명료한 영어로, 그녀가 머물던 집에서 그 두려운 사태에 대비해 어떤 준비를 했는지 구체적인 내용을 전하고 있었다. 올스턴 무어(노섬벌랜드와 컴벌랜드 사이의 거친 언덕 지대)로 급히 피난할 수 있도록 싸놓은 옷 보따리들, 그 피난의 신호가 될 교회 종소리—특별하고도 불길한 방식으로 울릴 예정이었던—그리고 동시에 무장한 자원병들이 출동하기 위한 지시까지.

어느 날, 젠킨스 양과 그 집안 사람들이 뉴캐슬의 저녁 파티에 참석해 있을 때 그 경고 신호가 실제로 울렸다. ('소년과 늑대' 우화의 교훈에 한 치라도 진실이 있다면 결코 현명한 조치는 아니었을 테지만, 아무튼 그렇게 되었다.) 그리고 젠킨스 양은 간신히 놀란 마음을 진정시키고 다음 날 편지를 써, 그 소리와, 숨 막히는 충격과, 허둥지둥한 공포를 묘사했다. 그러고 나서 숨을 고르며 이렇게 덧붙였다.

"사랑하는 아버님, 지난 저녁 우리가 그토록 두려워했던 일이, 이제 이렇게 차분하고 곰곰이 따져보는 마음으

133

로 돌아보니 얼마나 사소하게 느껴지는지요!" 그리고 바로 이 지점에서 매티 양이 말을 끼어들었다—

"하지만, 정말이지 애야, 그때는 결코 사소하지도, 하찮지도 않았단다. 나는 밤에 여러 번 잠에서 깨어나 프랑스 군대가 크랜포드로 들어오는 발소리를 듣는다고 느끼곤 했어. 많은 사람들이 소금 광산으로 피신하자는 이야기를 했지—그러면 고기는 거기서 아주 훌륭히 보관되었을 테지만, 우리에게는 아마도 물이 부족했겠지. 그리고 아버지는 그 일을 두고 설교를 한 세트나 하셨어. 아침 설교는 모두 다윗과 골리앗에 관한 것으로, 필요하다면 삽이나 벽돌을 들고 싸우도록 사람들을 북돋우기 위한 것이었고, 오후 설교는 나폴레옹(우리가 그를 '보니'라고 부르던 또 다른 이름)이 아폴리온과 아바돈과 조금도 다르지 않다는 것을 증명하는 내용이었어. 나는 아버지가 이 마지막 설교는 인쇄해달라는 요청을 받을 것이라고 조금 기대하셨던 것을 기억해. 하지만 아마도 교구 사람들은 이미 듣는 것만으로 충분했던 모양이야."

이 무렵 피터 마마듀크 알리 젠킨스(매티 양이 이때부

터 "불쌍한 피터!"라 부르기 시작한)는 슈루즈버리 학교에 다니고 있었다. 교구 목사는 펜을 들어 아들과 편지를 주고받기 위해 다시금 라틴어 실력을 다듬었다. 소년의 편지들은 소위 과시용 편지임이 분명했다. 그의 학업과 여러 지적 희망을 늘어놓는, 대단히 정신적인 성격의 편지들이었고, 고전에서 인용이 곁들여지기도 했다. 하지만 가끔은, 편지가 검사를 받은 뒤 떨리는 마음으로 급히 덧붙인 듯한 짧은 문장에서 소년 특유의 욕망이 불쑥 고개를 내밀었다. "어머니, 케이크 좀 보내주세요, 그리고 시트론을 듬뿍 넣어주세요."

"어머니"는 아마도 케이크와 단것으로 아들에게 응답했을 것이다. 왜냐하면 이 묶음 안에는 그녀의 편지가 하나도 없었기 때문이다. 반면 교구 목사의 편지는 한 뭉치나 있었는데, 아들의 라틴어 문장이 그에게는 늙은 군마가 나팔 소리를 듣는 것과 같았던 모양이다. 나는 라틴어에 대해 잘 알지 못하지만, 아마도 장식적이기는 해도 그리 실용적인 언어는 아니라고 생각한다—적어도 교구 목사의 편지에서 내가 기억하는 문장들로 판단하자면 말이다. 그중 하나는 이랬다.

"네가 가진 아일랜드 지도에는 그 마을이 없지만, 속담에서 말하듯이, Bonus Bernardus non videt omnia(착한 베르나르두스도 모든 것을 보지는 못한다)."

이윽고 "불쌍한 피터"가 여러 말썽을 일으켰음이 명백해졌다. 그는 잘못을 저지른 뒤 아버지에게 과장된 참회의 편지를 보내곤 했다. 그리고 그 속에는 이런 쪽지도 끼어 있었다—서툴게 쓰였고, 서툴게 봉해졌으며, 얼룩져 있고, 주소도 엉망인 쪽지 하나.

"나의 사랑하는, 사랑하는, 사랑하는, 가장 사랑하는 어머니, 저는 더 나은 아이가 될게요. 정말 그럴게요. 하지만 제발, 저 때문에 아프지 마세요. 저는 그럴 가치가 없어요. 하지만 착하게 굴게요, 사랑하는 어머니."

매티 양은 이 쪽지를 읽고 난 뒤 울음 때문에 말을 할 수 없었다. 그녀는 그것을 조용히 내게 건네고는, 혹여라도 타버릴까 두려워 그것을 들고 자기 방의 신성한 보금자리로 가져갔다.

"불쌍한 피터!" 그녀가 말했다. "그 애는 늘 말썽에 휘

말렸어. 너무 마음이 약했지. 사람들이 그를 잘못된 길로 끌고 가서는, 막상 어려움이 닥치면 그를 내버려두곤 했어. 하지만 그 애도 장난을 너무 좋아했어. 농담을 참지 못했지. 불쌍한 피터!"

6장. 불쌍한 피터

"불쌍한 피터의 앞날은 친절한 이웃들이 제법 그럴듯하게 그려놓은 지도처럼 펼쳐져 있었으나, 그 지도에서도 *Bonus Bernardus non videt omnia*—'현명한 베르나르두스도 모든 것을 보지는 못한다'[23]—라는 말은 여전히 진실이었다. W., C., & P. 철도선이, 그 공들여 세운 계획 한가운데를 가로질러 지나가리라는 것은 아무도 예상하지 못했던 것이다. 그는 슈루즈버리 학교에서 명예를 얻고, 그 영예를 한아름 안고 케임브리지로 간 뒤에, 대부인 피터 알리 경이 마련해 둔 성직을 이어받을 예정이었다. 불쌍한 피터! 그의 삶은 친구들이 바라고 설계했던 것과는 너

---

23 중세 라틴 격언으로, "아무리 현명한 사람도 모든 일을 예견할 수는 없다"는 뜻

무나 다른 길로 흘러갔다."

그는 어머니의 사랑을 독차지했는데, 그녀는 데버러의 뛰어난 소양을 어쩐지 두려워하면서도 모든 자녀를 몹시 귀여워하는 사람이었다. 데버러는 아버지의 총애를 받았고, 피터가 그를 실망시킨 뒤로는 그녀가 그의 자랑이 되었다. 피터가 슈루즈버리를 떠나 올 때 손에 쥔 유일한 명예는, 그가 세상에 없던 최고의 '좋은 친구'였다는 평판과, 실전 장난의 기술만큼은 학교의 주장이라는 명성뿐이었다. 아버지는 실망했으나, 남자답고 성실하게 문제를 바로잡고자 했다. 그는 피터를 가정교사에게 보낼 여유는 없었으나, 스스로 아들과 함께 공부할 수는 있었다. 매티 양은 피터가 공부를 시작하던 아침, 그녀의 아버지 서재에 대사전과 각종 어휘집들이 산처럼 쌓여 있던 장면을 또렷이 기억하고 있었다.

"우리 불쌍한 어머니!" 그녀가 말했다. "어머니는 늘 복도에 서 계셨지요. 서재 문에서 멀지 않은 곳에서 아버지의 목소리 톤을 들으려고요. 어머니의 얼굴만 보아도 모든 것이 잘 되어가는지 바로 알 수 있었어요. 그리고 한

동안은 정말 잘 되어갔어요."

"마지막에는 무엇이 잘못되었나요?" 내가 물었다. "그 지긋지긋한 라틴어 때문이었나요?"

"아니에요! 라틴어 때문이 아니었어요. 피터는 아버지를 위해 아주 열심히 공부했기 때문에 총애받고 있었어요. 하지만 그는 크랜포드 사람들이 농담거리로 삼아도 괜찮다고 여긴 것 같았고, 사람들은 그런 취급을 좋아하지 않았지요. 아무도 좋아하지 않아요. 그는 항상 사람들을 속였어요. '속이다'는 예쁜 말이 아니에요, 얘야. 부디 네 아버지께 내가 그 말을 썼다고 하지 말아줘요. 데버러 같은 사람과 그렇게 오래 살았는데도 내가 말조심을 하지 않는다고 생각하실까 두렵거든요. 그리고 너도 그 말은 절대 쓰지 말아야 해. 도대체 어쩌다 내 입에서 툭 튀어나왔는지 모르겠어요. 아마도 불쌍한 피터가 떠올랐고, 그 말은 늘 피터가 쓰던 표현이었기 때문일 거예요. 그래도 피터는 여러모로 신사다운 소년이었어요. 사랑하는 브라운 대위처럼 누군가 늙은 이나 아이를 보면 늘 기꺼이 도우려 했거든요. 하지만 장난치고 놀리는 것을 무척 좋아

140

했어요. 그리고 크랜포드의 늙은 숙녀들이라면 무엇이든 곧이곧대로 믿을 거라고 생각한 듯했어요. 그 시절에는 이곳에 늙은 숙녀들이 참 많았답니다. 지금도 우리 마을은 대체로 숙녀들로 이루어져 있지만, 내가 소녀였을 때처럼 그렇게 늙지는 않았지요. 피터의 장난들을 떠올리면 지금도 웃음이 나요. 아니에요, 애야, 그 장난들을 너에게 말해주지 않을 거예요. 너를 충격받게 해야 마땅한데, 아마도 충분히 충격적이지 않을 수도 있으니까요. 정말 놀라운 장난들이었답니다. 그는 한번은 지나가던 숙녀로 변장해 아버지를 속이기까지 했어요. 그 숙녀는 '그 훌륭한 순회 재판 설교를 출판한' 크랜포드의 교구 목사를 뵙고 싶어 한다고 했지요. 피터는 아버지가 그 말을 모두 곧이곧대로 믿고, 심지어 그 숙녀—아니, 그—를 위해 나폴레옹 보나파르트 설교를 모두 필사해주겠다고 나설 때에는 자신도 몹시 무서웠다고 했어요. 아니, 그녀지요. 그때 피터는 숙녀였으니까요. 그는 아버지가 말씀하시는 동안 내내, 자신이 살면서 그보다 더 무서웠던 적이 없었다고 말했어요. 아버지가 그를 믿을 것이라고는 생각하지 못했거

6장. 불쌍한 피터

든요. 그런데 믿지 않았다면 피터에게는 몹시 서러운 일이 되었겠지요. 결국 피터도 그다지 기쁘지 않았어요. 왜냐하면 아버지가 곧장 그 숙녀—즉, 피터 자신을 위해—를 위해 그 열두 편의 보나파르트 설교를 모두 베끼도록 그를 붙잡아두었기 때문이거든요. 그는 숙녀였답니다. 그리고 한번은 낚시를 가고 싶었을 때, 피터가 '저 여자 때문에 정말 미치겠군!' 하고 말했어요. 아주 나쁜 말이었지요, 애야. 피터는 언제나 조심하는 소년은 아니었어요. 아버지가 그 말을 듣고 너무 화를 내셔서 나는 거의 정신을 잃을 뻔했답니다. 그런데도 나는 웃음을 참느라 혼이 났어요. 아버지가 그 숙녀의 훌륭한 취향과 건전한 분별력에 대해 이야기하실 때마다, 피터가 몰래 작은 절을 살짝살짝 하고 있었으니까요."

"젠킨스 양은 이 장난들에 대해 알고 있었나요?" 내가 말했다.

"오, 아니요! 데버러는 너무나 충격을 받았을 거예요. 아니요, 아니요, 저 외에는 아무도 몰랐어요. 제가 늘 피터의 계획을 알고 있었더라면 좋았을 텐데, 그는 때때로 저

142

에게조차 말하지 않았거든요. 그는 마을의 늙은 숙녀들이 이야기할 거리가 필요하다고 말하곤 했지만, 저는 그렇게 생각하지 않아요. 그들에겐 지금 우리와 마찬가지로 일주일에 세 번 '세인트 제임스 크로니클'이 있었고, 우리는 그걸로도 충분히 할 말이 많았죠. 그리고 몇몇 숙녀들이 모이면 늘 딸깍거리며 떠들어대던 소리를 기억해요. 하지만 아마도, 남학생들이 숙녀들보다 훨씬 수다스러웠겠죠. 그러다 마침내, 끔찍하고 슬픈 일이 일어났어요." 매티 양이 일어나 문으로 가서 열어보았지만, 아무도 없었다. 그녀는 마사를 부르기 위해 종을 울렸고, 마사가 오자 여주인은 마을 끝자락의 농장에 가서 달걀을 사오라고 일렀다.

"내가 너를 따라 문을 잠글게, 마사. 가는 게 두렵지 않니?"

"아니요, 부인, 전혀요. 젬 헌이 저와 함께 가는 것을 자랑스러워할 거예요."

매티 양은 몸을 꼿꼿이 세웠고, 우리가 단둘이 되자 그녀는 마사가 좀 더 처녀다운 얌전함을 지녔으면 좋겠다고 중얼거렸다.

6장. 불쌍한 피터

"촛불을 끄자, 애야. 불빛으로도 충분히 이야기할 수 있잖아. 자! 글쎄, 데버러가 2주 정도 집을 떠났었어. 아주 고요하고 조용한 날이었던 것으로 기억해, 머리 위는. 그리고 라일락이 모두 피어 있었으니, 봄이었을 거야. 아버지는 교구의 아픈 사람들을 보러 나가셨어. 나는 그가 가발과 삽 모양 모자, 그리고 지팡이를 들고 집을 나서는 것을 본 기억이 나. 우리 불쌍한 피터에게 무슨 일이 있었는지 모르겠어. 그는 가장 다정한 성격을 가졌는데도, 항상 데버러를 괴롭히는 것을 좋아하는 것 같았어. 그녀는 그의 농담에 결코 웃지 않았고, 그를 품위 없고, 정신을 수양하는 데 충분히 신경 쓰지 않는다고 생각했어. 그리고 그것이 그를 화나게 했지."

"글쎄! 그는 데버러의 방으로 가서, 그녀가 크랜포드에서 입고 다니던 낡은 드레스와 숄, 그리고 보닛을 꺼내 입었다고 해. 어디서나 그녀라고 알아볼 만한 바로 그 옷들이었지. 그리고 그는 베개를—문 잠갔는지 꼭 확인해 줘, 애야. 누구라도 들으면 안 되니까—작은 아기로 만들었어, 흰 긴옷까지 입혀서. 그는 나중에 내게, 그저 마을 사람들이 이야기할 거리를 하나 만들고 싶었을 뿐이라고 했어. 데버러에게 상처가 될 거라는 생각은 조금도 하지 못했지. 그리고 그는 필버트 산책로를 오르내리며 걸었어—난간에 반쯤 가려, 반쯤 보이는 곳에서. 베개를 꼭 안고 진짜 아기처럼 다루면서, 사람들이 흔히 아기에게 하듯 온갖 허튼 말을 속삭였어. 오, 세상에! 바로 그때 아버지가 언제나 그렇듯 점잖고 위엄 있게 거리를 걸어 올라오셨지. 그런데 아버지가 보신 것은 무엇이었을까—작은 검은 무리, 아마 스무 명쯤, 모두가 정원 난간 사이로 들여다보고 있는 모습이었어. 아버지는 처음엔, 그들이 만개한 새 진달래나 구경하고 있다고 생각하셨대. 아버지는 그 꽃을 무척 자랑스러워하셨거든. 그래서 그들이 더 오래 감상할 시간을 주려고 일부러 걸음을 늦추셨지. 그리고 혹시 이 상황으로 설교 주제를 만들 수 있을지 생각하셨대. 진달래와 들의 백합 사이에 어떤 관계가 있을지도 떠올리시면서 말이야. 불쌍한 아버지! 더 가까이 다가오셨을 때, 그들이 아버지를 전혀 보지 않는다는 것이 이상하게 느껴지기 시작했어. 하지만 그들의 머리는 모두 한

데 모여 난간 안쪽을 들여다보느라 바빴지! 아버지는 그들 사이에 서서, 정원으로 들어와 아름다운 식물의 산물을 함께 보자고 하실 생각이었다고 했어. 그런데—오, 얘야, 지금도 생각하면 몸이 떨려—아버지가 난간 사이로 들여다보셨을 때, 보셨지. 아버지가 무엇을 보셨다고 생각하셨는지는 모르겠지만, 늙은 클레어는 아버지의 얼굴이 분노로 창백하게 질렸고, 짙은 눈썹 아래의 눈빛이 불꽃처럼 번졌다고 했어. 그리고 아버지는—정말 무섭게—말씀하셨대. 그 자리에 가만히 있으라고, 한 사람도 움직이지 말라고. 그러고는 번개처럼 빠르게 정원문 안으로 들어와 필버트 산책로를 따라 내려가 피터를 붙잡고는, 그의 등에서 옷을 모두 찢어 벗겨냈어—보닛, 숄, 드레스, 전부. 그리고 베개를 난간 밖 사람들 틈으로 던져버리셨어. 그다음, 아버지는 정말로 크게 노하셔서, 모든 사람들이 보는 앞에서 지팡이를 들어 피터를 채찍질하셨어!

"얘야, 그 화창한 날, 모든 것이 순조롭고 평안해 보이던 바로 그날 벌어진 그 장난이, 어머니의 마음을 산산이 부수었고, 아버지를 평생 바꾸어 놓았단다. 정말 그래. 늙

6장. 불쌍한 피터

은 클레어는 피터가 아버지만큼이나 창백해졌고, 채찍질을 받기 위해 조각상처럼 꼼짝도 하지 않았다고 했어. 아버지는 세게 때리셨지! 아버지가 숨을 고르려고 멈추셨을 때, 피터는 쉰 목소리로, 그러나 여전히 꼿꼿이 서서, '충분히 하셨습니까, 아버님?'이라고 말했어. 아버지가 뭐라고 답하셨는지—혹은 아무 말씀도 안 하셨는지—나는 모르겠어. 하지만 늙은 클레어는, 피터가 난간 밖 사람들을 향해 몸을 돌려, 어느 신사 못지않게 엄숙하고 근엄하게 낮은 절을 하고는, 천천히 집으로 걸어 들어갔다고 했어. 나는 그때 식료품 저장실에서 어머니를 도와 카우슬립 (cowslip) 와인을 만들고 있었어. 나는 지금도 그 와인을 견딜 수 없고, 꽃향기조차 참을 수 없어. 그날처럼 속이 울렁거리고 정신이 아득해지거든. 피터가 들어왔을 때 그는 어떤 어른보다도 당당했어—정말로, 소년이 아니라 남자처럼 보였지. '어머니!' 그는 말했어. '영원히 축복받으시길 말씀드리러 왔습니다.' 내가 보니, 말을 하는 그의 입술이 떨리고 있었고, 마음에 품은 결심 때문에 더 다정한 말은 차마 하지 못하는 듯했어. 어머니는 겁먹고 놀란 표정

147

6장. 불쌍한 피터

으로 그를 바라보며 무슨 일이냐고 물었지만, 그는 미소
도 짓지 않고 말없이 어머니를 끌어안아, 어떻게 놓아야
할지 모르는 듯 오래도록 입을 맞추었어. 그리고 어머니
가 다시 말을 걸기 전에, 그는 떠나버렸지. 우리는 그 일이
무엇인지 이야기해보았지만 알 수 없었고, 어머니는 나에
게 아버지를 찾아 무슨 일인지 여쭤보라고 하셨어. 나는
아버지를 찾아갔고, 그는 몹시 노하신 채 마루를 오르내
리며 걷고 계셨어.

'어머니께 내가 피터를 채찍질했고, 그는 그럴 만한 짓
을 했다 전해라.'

"나는 더 묻지 못했어. 어머니께 말씀드렸을 때, 어머
니는 잠시 기절하듯 몸을 가누지 못하셨어. 며칠 뒤, 나는
시들어버린 카우슬립 꽃들이 썩으라고 낙엽더미에 버려
진 것을 보았어. 그해, 교구 목사관에서는 카우슬립 와인
을 만들지 않았고—그 후로도 다시는 만들지 않았단다."

이윽고 어머니는 아버지께 가셨다. 나는 그 순간 에스

더 왕비와 아하수에로 왕[24]을 떠올렸다는 것을 기억한다. 어머니는 매우 고우시고 연약해 보였고, 아버지는 아하수에로 왕만큼이나 무섭게 보이셨기 때문이다. 얼마 지나지 않아 두 분이 함께 나오셨고, 어머니는 무슨 일이 있었는지 내게 말씀하시며, 아버지의 뜻에 따라 피터의 방으로 올라가 그와 이야기를 나눌 것이라고 하셨다—비록 그 사실을 피터에게는 알리지 말라는 당부와 함께. 그러나 피터는 이미 자리에 없었다. 우리는 집 안을 샅샅이 뒤졌다. 피터는 어디에도 없었다! 처음에는 수색에 나서기를 주저하셨던 아버지도 곧 우리를 도우셨다. 목사관은 오래된 집이라, 방마다 오르내리는 계단이 이어져 있었다. 어머니는 처음에는 불쌍한 아이를 안심시키려는 듯, 낮고 부드러운 목소리로 '피터! 피터, 애야, 나야. 나밖에 없다'고 부르셨다. 그러나 시간이 지나 하인들이 아버지께서 보낸 심부름에서 돌아올수록—피터가 정원에도, 건초 다락에

---

24 구약성경 『에스더서』의 인물로,
왕의 절대적 권위 앞에서 목숨을 걸고 민족을 구하고자 했던 왕비(에스더)와 그를 맞은 페르시아의 왕(아하수에로).

6장. 불쌍한 피터

도, 집 근처 어디에도 없다는 사실이 분명해질수록—어머니의 음성은 점점 더 크고 절박해졌다. '피터! 피터, 내 사랑! 어디 있니?' 그때 어머니는 알고 느끼셨던 것이다. 그 긴 키스가 어떤 슬픈 '작별'이었음을.

오후는 그렇게 흘러갔다. 어머니는 한순간도 쉬지 않으셨다. 이미 스무 번 넘게 들여다본 곳을 또 들여다보셨고, 자신이 직접 수없이 확인했던 곳을 다시 찾으셨다. 아버지는 손에 머리를 파묻은 채 잠자코 계시다가, 심부름꾼들이 아무 소식 없이 돌아올 때마다 고개를 들어 올리며 굳고 슬픈 얼굴로 그들에게 새로운 방향을 지시하셨다. 어머니는 집 안팎을, 방에서 방으로, 소리조차 내지 않은 채 끊임없이 걸으셨다. 어머니도 아버지도 집을 떠날 엄두를 내지 못하셨다. 모든 심부름꾼이 집으로 모여야 했기 때문이다.

마침내, 거의 어둑해질 무렵, 아버지가 자리에서 일어나셨다. 그리고 한 문에서 다른 문으로 거칠게 걸음을 옮기고 있던 어머니의 팔을 잡으셨다. 어머니는 그 손길에 흠칫 놀라셨다. 그녀의 마음속에는 피터 말고는 아무것도

150

남아 있지 않았기 때문이다.

몰리!' 아버지가 말씀하셨다. '이렇게까지 될 줄은 몰랐소.' 아버지는 위로를 구하며 어머니의 얼굴을 들여다보셨다. 그러나 어머니의 얼굴은 창백하고 흩어진 슬픔으로 일그러져 있었다. 어머니도 아버지도 감히 입 밖에 내지 못했지만—피터가 스스로 목숨을 끊었을지도 모른다는 두려움이 두 분의 마음속 깊은 곳에 자리하고 있었기 때문이다. 아버지는 아내의 지친 눈빛에서 어떤 의식적인 반응도 찾지 못했고, 늘 받던 공감이 사라진 것을 느끼셨다. 강한 사람이셨던 아버지는, 그러나 어머니 얼굴에 깃든 말없는 절망을 보고 마침내 눈물을 흘리기 시작하셨다. 그 모습을 보고서야, 어머니의 얼굴에 부드러운 슬픔이 내려앉았다. 그녀는 말했다. '사랑하는 존, 울지 마세요. 저와 함께 가요. 우리가 그 아이를 찾을 거예요.' 마치이미 그가 어디 있는지 알고 있는 듯한 음성이었다. 그리고 어머니는 작고 부드러운 손으로 아버지의 큰 손을 잡아 이끌며, 집과 정원을 끊임없이 돌고 도는 그 지친 걸음 속으로 그를 데려가셨다. 아버지의 발걸음마다 눈물이 조

151

용히 떨어졌다.

오, 그때 내가 데버러를 얼마나 바랐는지! 나는 울 여유도 없었다. 그 순간 모든 것이 내게 달린 듯 보였기 때문이다. 나는 서둘러 데버러에게 집으로 돌아오라는 편지를 썼다. 그리고 홀브룩 씨—불쌍한 홀브룩 씨, 누구인지 알겠지—그의 집으로 몰래 전갈을 보냈다. 물론 그에게 직접 보낸 것은 아니고, 피터가 혹시 그의 집에 있는지 알아봐줄 사람에게 부탁한 것이었다. 한때 홀브룩 씨는 목사관을 오가던 손님이었고—그가 폴 양의 사촌이라는 것을 알 것이다—피터에게 매우 친절해 낚시하는 법도 가르쳐주었다. 누구에게나 다정한 분이었기에, 피터가 혹시 그에게 갔을지도 모른다고 생각한 것이다. 하지만 홀브룩 씨는 집을 비운 상태였고, 피터의 모습도 본 적이 없다고 했다.

이윽고 밤이 되었다. 집의 문은 모두 활짝 열려 있었고, 아버지와 어머니는 말없이 계속 걸음을 옮기고 있었다. 아버지가 어머니 곁에 합류한 지 이미 한 시간이 넘었고, 두 분은 그동안 한마디도 나누지 않으셨다. 나는 옹접실에 불을 피우고, 하인 중 한 명은 차를 준비하고 있었다. 두 분이 무엇이라도 드시고 몸을 녹여야 했기 때문이다. 그때, 늙은 클레어가 나에게 할 말이 있다며 다가왔다.

"'제가 둑에서 그물을 빌려왔습니다, 매티 양. 오늘 밤에 연못을 끌어볼까요, 아니면 아침까지 기다릴까요?'

나는 그의 말뜻을 알아내기 위해 얼굴을 한동안 응시했던 기억이 난다. 그리고 그 순간, 나는 갑자기 큰 소리로 웃어버렸다. 그 새로운 생각이 불러일으킨 공포—우리의 밝고 사랑스러운 피터가 차갑고 굳어진 채 죽어 있다니! 지금도 그때 내 웃음소리가 어떻게 울렸는지 기억난다.

다음 날, 데버러는 내가 정신을 차리기도 전에 집에 와 있었다. 그녀라면 나처럼 무너지는 일은 없었을 것이다. 하지만 나의 비명(끔찍한 웃음은 곧 울음으로 바뀌었다)은 내 다정하고 사랑하는 어머니를 깨웠고, 어머니의 가엾은 방황하던 정신은 아이가 도움을 필요로 하는 순간 즉시 제자리를 찾았다. 어머니와 데버러는 내 침대 곁에 앉아 있었다. 나는 두 사람의 얼굴을 보는 순간, 피터의 소

153

식이 없다는 것을 알았다—잠과 깨어남 사이 어둑한 의식 속에서 내가 가장 두려워했던 그 끔찍하고 소름 끼치는 소식은 오지 않았다.

끝없이 이어진 수색이 모두 같은 결과를 가져왔다는 사실은 어머니에게도 조금의 안도감을 주었다. 나는, 피터가 집 어디엔가 익숙한 장소에 목을 매고 있을지도 모른다는 생각이 어머니로 하여금 전날 그 지독한 끝없는 걸음을 걷게 했다고 확신한다. 그 일이 있고 난 뒤, 어머니의 부드러운 눈은 결코 예전의 모습으로 돌아오지 않았다. 항상 무엇인가를 찾아 헤매는 듯, 끝없이 갈망하는 표정을 머금고 있었다. 오! 정말 끔찍한 시간이었지. 라일락이 만개한 고요하고 햇살 가득한 날에 번개처럼 내려앉은 비극이었다."

"피터 씨는 어디에 있었나요?" 내가 물었다.

"그 아이는 리버풀로 갔습니다. 그때는 전쟁 중이었고, 왕의 함선 몇 척이 머지 강 어귀에 정박해 있었습니다. 그리고 그들은 그런 아이—키가 다섯 피트 아홉 인치나 되었죠—가 자원해 오자 무척 기뻐했습니다. 선장은

154

남편에게, 피터는 어머니에게 편지를 보냈습니다. 잠깐만요, 그 편지들이 여기 어딘가에 있을 겁니다."

우리는 촛불을 켜고 선장의 편지와 피터의 편지를 찾아냈다. 그리고 젠킨스 부인이 피터에게 보낸 작은 간청의 편지도 찾았다. 그녀는 피터가 갔을지도 모른다고 생각한 옛 학교 친구의 집 주소로 편지를 보냈으나, 그들은 그것을 개봉도 하지 않은 채 돌려보냈고, 그 편지는 그 뒤로 지금까지 열리지 않은 채 다른 편지들과 함께 섞여 있었다. 그 편지는 이러했다:—

"나의 가장 사랑하는 피터,—네가 떠난다면 우리가 이렇게 슬퍼할 줄은 네가 미처 생각하지 못했겠지. 그렇지 않았다면 너는 결코 떠나지 않았을 거야. 너는 너무 착해. 네 아버지는 내가 듣기에 가슴이 아플 만큼 한숨만 쉬고 계셔. 슬픔 때문에 고개를 들지 못해서. 그런데도 그는 단지 자신이 옳다고 여긴 일을 했을 뿐이야. 어쩌면 그는 너무 엄격했을지도 모르고, 어쩌면 나는 충분히 다정하지 못했던거 같아. 하지만 나의 사랑하는 외아들아, 하느님은 우리가 너를 얼마나 사랑하는지 아시지. 도니(기르는

155

개 이름)도 네가 떠나서 많이 슬퍼 보여. 돌아와서, 너를 그토록 사랑하는 우리를 다시 행복하게 해다오. 나는 네가 돌아올 것을 알아."

그러나 피터는 돌아오지 않았다. 그 봄날이 그가 어머니의 얼굴을 본 마지막이었다. 그 편지를 쓴 사람—그 안에 담긴 글을 본 마지막이자 유일한 사람—은 오래전에 세상을 떠났다. 그리고 나는, 그 사건이 일어났을 때는 태어나지도 않았던 이방인인 내가, 그 편지를 열게 되는 사람이었다.

선장의 편지는, 아들을 보고 싶다면 즉시 리버풀로 오라는 내용이었다. 그러나 인생이 던지는 어떤 거친 우연으로 인해, 그 선장의 편지는 어딘가에서, 어떻게든 지체되고 말았다.

매티 양은 말을 이었다. "그때 경마 시즌이었고, 크랜포드의 모든 역마들은 경마장으로 가버렸어요. 하지만 아버지와 어머니는 우리 가족의 기마 마차를 타고 곧장 떠나셨어요—그런데, 오! 얘야, 그들은 너무 늦었어요—배는 이미 떠나버렸지요! 자, 이제 어머니께 온 피터의 편지를 읽어보세요!"

그 편지는 사랑과 슬픔, 새로운 직업에 대한 자부심, 그리고 크랜포드 사람들 눈에 비친 자신의 불명예에 대한 쓰라린 자각으로 가득 차 있었다. 그러나 끝부분에 가서는, 그가 머지 강을 떠나기 전에 어머니가 와서 자신을 보아달라는 열렬한 간청으로 마무리되었다. "어머니, 우리는 전투에 나갈지도 모릅니다. 저는 그러길 바랍니다. 그리고 그 프랑스 놈들을 반드시 이길 겁니다. 하지만 그 전에, 어머니를 다시 뵈어야 합니다."

"그리고 그녀는 너무 늦었어요." 매티 양이 말했다. "너무 늦었지요!"

우리는 침묵 속에 앉아, 그 슬프고도 슬픈 말들이 지닌 온전한 의미를 깊이 되새겼다. 한참 뒤, 나는 매티 양에게 그녀의 어머니가 그것을 어떻게 견뎠는지 물었다.

"오!" 그녀가 말했다. "그녀는 그 자체로 인내였어요. 본래도 건강이 강한 편은 아니었는데, 이번 일은 그녀를 끔찍할 만큼 약하게 만들었어요. 아버지는 어머니보다 훨씬 더 슬픈 눈으로 그녀를 바라보곤 했어요. 그녀가 곁에

6장. 불쌍한 피터

있으면, 다른 어떤 것도 보이지 않는 것처럼 보였지요. 그리고 그는 너무나 겸손해지고—너무나 온화해졌어요. 때때로 그는 옛 버릇대로 말하기도 했어요—마치 법을 정하듯 단호하게요—그러고는 얼마 지나지 않아 돌아와 우리 어깨에 손을 얹고, 낮은 목소리로 자신이 혹시 상처를 줄 만한 말을 하지 않았는지 우는 아이 달래듯 묻곤 했어요. 데버러에게는 그럴 만하다고 생각했어요. 그녀는 매우 총명했으니까요. 하지만 그가 나에게까지 그런 식으로 말하는 것을 듣는 것은 참기 어려웠어요. 하지만 아시다시피, 그는 우리가 보지 못한 것을 보았어요—그 일이 어머니를 죽이고 있다는 것을요. 그렇습니다! 그녀를 죽이고 있었지요(촛불을 끄세요, 애야. 어둠 속에서 이야기하면 더 마음이 편해요). 그녀는 연약한 여성이었고, 그날 겪은 공포와 충격을 견딜 만한 체력이 없었어요. 하지만 그녀는 아버지 앞에서 미소를 지으며 그를 위로해주려 했어요. 말로가 아니라, 언제나 그가 있을 때면 밝아지던 그녀의 얼굴과 목소리로요. 그리고 피터가 곧 제독이 될 만큼 훌륭하게 성공할 것이라는 그녀의 생각, 그의 제복 차림을 보게 될 날, 제독들이 쓰는 모자, 그가 성직자보다 바다 사람이 훨씬 더 어울렸다는 점 등을 이야기하곤 했어요. 그 모든 이야기가, 아버지로 하여금 그 불운한 아침의 일과—그분의 마음을 늘 짓눌렀던 그 채찍질—의 결과가 오히려 다행스러운 일이라고 믿게 하려는 듯 보였어요."

"하지만 오, 애야! 그녀가 혼자 있을 때 흘리던 그 쓴 눈물…. 그리고 마침내 그녀가 더욱 쇠약해지자, 데버러나 내가 곁에 있어도 더는 눈물을 억누르지 못했고, 피터에게 전해달라는 메시지를 수없이 남겼어요(그의 배는 지중해 쪽으로 갔다가, 이후 인도로 파견되었고, 그때는 육로도 없었지요). 그러나 그녀는 여전히, 누구도 자신의 죽음이 어디서 기다리고 있는지 모른다며, 우리가 그녀의 죽음이 가깝다고 생각해서는 안 된다고 말했어요. 우리는 그렇게 생각하지 않았지만—그녀가 시들어가고 있음을 알고 있었어요."

"글쎄요, 애야… 내가 다시 그녀를 보게 될 날이 머지 않았을 텐데, 이렇게 어리석게 굴고 있으니 말이에요.

"그리고 생각해보렴, 사랑아! 그녀가 세상을 떠난 바

로 다음 날—피터가 떠난 뒤 1년도 채 지나지 않아 세상을 떠났는데—바로 그 다음 날, 인도에서 그녀를 위한 소포가 도착했어요. 그녀의 불쌍한 아들이 보낸 것이었지요. 그것은 크고, 부드럽고, 눈처럼 하얀 인도산 숄이었고, 가장자리에 아주 가느다란 테두리가 둘러져 있었어요. 바로 어머니가 무척 좋아하셨을 만한 그런 것이었지요."

"우리는 그것이 아버지를 일깨울 수도 있다고 생각했습니다. 왜냐하면 그는 밤새도록 어머니의 손을 잡은 채 앉아 있었기 때문입니다. 그래서 데버러는 그 숄을 아버지께 가져갔고, 피터가 어머니께 보낸 편지와 다른 모든 것들도 함께 드렸습니다. 처음에는 아버지는 아무 주의도 기울이지 않으셨습니다. 우리는 숄을 펼쳐 보이며 그것에 대해 가볍고 태연한 듯 이야기하려 했습니다. 그러다가 갑자기 아버지가 일어나 말씀하셨습니다. '그녀는 이 숄에 둘러 묻힐 것이다,'라고요. '그것이 피터에게 위안이 될 것이고, 그녀도 그것을 좋아했을 것이다.'

"글쎄요, 그것이 이성적이지 않았을지도 모르지만, 그 순간 우리가 무엇을 할 수 있었겠습니까? 슬픔에 잠긴 이

160

에게는 그들의 방식을 따르게 해주는 법입니다. 아버지는 그 숄을 들어 만져보며 말씀하셨습니다. '이것은 그녀가 결혼할 때 갖고 싶어 했던 바로 그 숄이다. 그런데 그녀의 어머니는 그것을 주지 않았다. 나는 나중에야 그 사실을 알았다. 그렇지 않았다면 그녀는 그것을 가졌을 것이다— 가졌어야만 했다. 하지만 이제는 그녀가 그것을 갖게 될 것이다.'

"어머니는 돌아가셨을 때 정말 아름다우셨습니다! 늘 고우셨지만, 그때는 더없이 창백하고, 밀랍처럼 고요하고, 젊어 보이셨습니다—그 옆에서 떨고 있는 데버러보다도 더 젊어 보일 정도였습니다. 우리는 길고 부드러운 숄의 주름으로 어머니를 단정히 감싸드렸습니다. 어머니는 마치 흡족한 듯 미소하며 누워 계셨습니다. 그리고 사람들이 찾아왔습니다—모든 크랜포드 사람들이—그녀를 마지막으로 보기 위해 간청하며 왔습니다. 그들은 모두 그녀를 사랑했으니, 그럴 만도 했습니다. 시골 여자들은 꽃을 가져왔고, 늙은 클레어의 아내는 흰 제비꽃 몇 송이를 가져와 어머니의 가슴 위에 올려달라고 부탁했습니다.

"어머니의 장례식 날, 데버러는 나에게, 설령 백 번의 청혼을 받는다 해도 결코 결혼하여 아버지를 떠나지 않을 것이라고 말했습니다. 그녀가 정말 그만큼의 구혼을 받을 것 같지는 않았습니다—사실 한 번이라도 받았는지조차 모르겠습니다. 그러나 그런 말을 했다는 사실만으로도 그녀에게는 흠잡을 데 없는 칭찬이었습니다. 그녀는 아버지께는, 아마 전에도 이후에도 없었을 그런 딸이었습니다. 아버지의 시력이 나빠지자, 그녀는 책을 쉼 없이 읽어드리고, 편지를 쓰고 베끼고, 교구의 모든 일을 위해 늘 곁에 있었습니다. 그녀는 불쌍한 어머니보다 더 많은 일을 해낼 수 있었습니다. 심지어 한 번은 아버지를 대신해 주교에게 편지를 쓰기도 했습니다. 그러나 아버지는 어머니를 지독히도 그리워하셨습니다. 교구의 모든 이가 그것을 알아차릴 정도였습니다. 덜 활동적이 되신 것은 아니었습니다. 오히려 더 부지런해지셨고, 모든 이를 돕는 데 더 인내심이 깊어지셨습니다. 나는 데버러가 아버지 곁에 더 오래 머물 수 있도록 내가 할 수 있는 일을 모두 했습니다. 나는 스스로가 큰 역할을 할 사람은 아니라는 것을 알았고, 세상에서 내가 가장 잘할 수 있는 일은 조용히 자질구레한 일들을 처리하고 다른 이들의 손을 자유롭게 해주는 것임을 알았기 때문입니다. 그러나 아버지는 변한 사람이었습니다."

"피터 씨는 집에 돌아온 적이 있습니까?"

"네, 한 번 돌아왔습니다. 그는 중위가 되어 돌아왔지요. 제독까지는 되지 못했습니다. 그러나 그는 아버지와 둘도 없는 친구가 되었습니다! 아버지는 그가 자랑스러워, 교구의 모든 집에 그를 데리고 다니셨습니다. 아버지는 피터의 팔에 의지하지 않고는 산책도 하지 않으셨습니다. 데버러는 미소를 지으며 말하곤 했습니다(어머니가 돌아가신 이후 우리는 다시는 웃지 않았다고 생각합니다). 그녀는 자신이 완전히 구석으로 밀려난 기분이라고 했습니다. 하지만 편지 쓰기나 읽기, 어떤 결정을 내려야 할 때는 아버지가 늘 그녀를 찾으셨습니다."

"그리고 그 다음은요?" 하고 내가 잠시 후 말했다.

"그리고 나서 피터는 다시 바다로 나갔습니다. 그리고 머지않아, 아버지는 우리 둘을 축복하시며, 데버러가 그

163

에게 베푼 모든 것에 대해 감사의 말을 남기고 세상을 떠나셨습니다. 당연히 우리의 형편은 달라졌습니다. 교구 목사관에서 세 하녀와 남자 하인을 두고 살던 우리는 이 작은 집으로 옮겨와, 만능 하인 하나로 만족해야 했습니다. 그러나 데버러가 늘 말하던 대로, 우리가 단순한 생활을 하게 되었을지라도, 품위 있게 살아왔습니다. 불쌍한 데버러!"

"그리고 피터 씨는요?" 내가 물었다.

"오, 인도에서 큰 전쟁이 있었다고 합니다—그 이름이 무엇이었는지는 잊어버렸습니다—그리고 우리는 그 이후로 피터에 대해 아무 소식도 듣지 못했습니다. 저는 그가 죽었다고 생각합니다. 그리고 때때로, 그를 위해 상복을 입지 않았다는 것이 마음을 불편하게 하지요. 그러나 또 한편으로는, 내가 혼자 앉아 있고 온 집이 고요할 때, 그의 발걸음이 거리를 올라오는 것만 같아 가슴이 두근거리기 시작합니다. 하지만 그 소리는 언제나 스쳐 지나갈 뿐— 피터는 결코 오지 않습니다.

"마사가 돌아왔나요? 아니! 내가 나갈게, 얘야. 나는

164

어둠 속에서도 길을 잘 찾잖니. 그리고 문간에서 신선한 밤공기를 쐬면 머리가 좀 맑아질 거야. 요즘 머리가 자꾸 쑤시는 버릇이 있거든."

그녀는 총총한 발걸음으로 나갔다. 나는 그녀가 돌아왔을 때 방이 환하고 따뜻해 보이도록 촛불을 켰다.

"마셨나요?" 내가 물었다.

"그래. 그런데 마음이 좀 불편하구나. 문을 여는 순간, 아주 이상한 소리를 들었거든."

"어디서요?" 나는 그녀의 눈이 공포로 커진 것을 보고 물었다.

"거리에서—바로 문 밖에서—그 소리는 마치—"

"말소리인가요?" 그녀가 잠시 머뭇거리자 내가 물었다.

"아니! 입 맞추는 소리였어—"

7장. 방문

어느 날 아침, 매티 양과 나는 바느질을 하며 조용히 시간을 보내고 있었다. 아직 열두 시 전이었고, 매티 양은 노란 리본이 달린 모자를 갈아쓰지 않은 채였다. 그 모자는 젠킨스 양이 생전에 가장 아끼던 것이었고, 이제는 매티 양이 집 안에서만 쓰며 닳게 하는 중이었으며, 누군가를 맞아야 할 때면 언제나 제이미슨 부인의 모자를 본떠 만든 것을 대신 쓰곤 하였다.

그때 마사가 올라와 베티 바커 양이 여주인과 잠시 뵙기를 청해도 되겠느냐 물었다. 매티 양은 곧 허락하고, 노란 리본을 갈아쓰겠다며 황급히 내려갔다. 그 사이 베티 바커 양이 위층으로 올라왔다. 하지만 매티 양은 안경을 잊은 데다, 이른 시간의 뜻밖의 방문에 마음이 다소 분주했던 터라, 그녀가 모자 위에 또 다른 모자를 포개 쓴 채 돌아온 모습을 보아도 나는 그리 놀랍지 않았다. 그녀는 그런 꼴을 전혀 의식하지 못한 채, 온화하고 흡족한 표정으로 우리를 바라보았다. 바커 양 또한 그것을 알아차리지 못한 듯했다. 무엇보다 그녀는 자신의 용건에 깊이 사로잡혀 있었고, 그 말을 전하는 동안 내내, 끝없이 이어지는 사과 속에서 간신히 길을 찾아 나오는 듯한 숨막히는 겸손함을 떨치지 못했다.

베티 바커 양은 젠킨스 씨가 생전에 목회하던 시절, 크랜포드 교회의 늙은 서기 밑에서 일하던 서기의 딸이었다. 그녀와 언니는 귀부인들의 시녀로서 꽤 좋은 자리에 머물렀고, 그 덕분에 모자 장식을 다루는 가게를 열 수 있을 만큼 돈을 모았다. 그 가게는 근처 숙녀들의 후원을 받았다. 이를테면 알리 부인은 가끔 자신의 낡은 모자를 하나 건네며 바커 자매에게 본을 뜨게 하였고, 자매는 즉시 그것을 복제하여 크랜포드의 상류 숙녀들 사이에 유행시키곤 했다. 내가 '상류'라고 말하는 것은, 바커 자매가 이미 이 동네 특유의 풍습을 배어들여, 자기들의 '귀족적 인연'을 자랑으로 여겼기 때문이다. 그들은 가문이 분명하지 않은 사람에게는 모자나 리본을 팔려 하지 않았다.

그래서 농부의 아내나 딸들은 종종 퉁명스레 문전에서 돌아서서, 차라리 만물상 격인 잡화점을 찾았다. 그곳에서는 갈색 비누와 흑설탕을 팔아 얻는 이익으로, 주인이 곧장—처음에는 파리로 간다고 큰소리쳤으나, 손님들이 프랑스 사람들이 쓰는 물건을 쓸 만큼 애국심이 모자라지도, '존 불'다운 고집을 버릴 생각도 없다는 사실을 깨닫고는—런던으로 향하곤 했다. 그는 손님들에게, 아델레이드 왕비가 불과 지난주에 노란 리본과 파란 리본으로 장식된 자신이 보여주는 모자와 꼭 닮은 양식을 쓰고 나타났으며, 그 머리 장식이 잘 어울린다며 윌리엄 왕이 칭찬을 아끼지 않으셨다는 이야기를 자주 늘어놓았다.

진실만을 이야기하고, 무분별한 손님을 달가워하지 않던 바커 자매는 그럼에도 번창하였다. 그들은 절제할 줄 알고 선량한 사람들이었다. 나는 큰언니—한때 제이미슨 부인의 시녀로 있었던 이—가 가난한 이들에게 정성스럽게 준비한 음식을 들고 가는 모습을 여러 번 보았다. 그

168

들이 윗사람들을 흉내 낸 것은 단 한 가지, 곧 자신들보다 한 등급 아래의 이들과는 "어울리지 않는다"는 태도 뿐이었다.

그러다가 언니 바커 양이 세상을 떠났을 때, 그들의 수입과 재산은 베티 양이 가게를 닫고 사업에서 은퇴하는 데 충분하다고 여겨질 만큼 되어 있었다. 그녀는 또한(전에 말한 바 있듯) 소 한 마리를 길러 들였다. 크랜포드에서 소를 기른다는 것은, 어떤 이들에게 마차를 장만하는 것만큼이나 확실한 체면의 표시였다. 그녀는 크랜포드의 어느 숙녀보다도 화려하게 차려입었다. 물론 우리는 조금도 놀라지 않았다. 그녀가 한때 상품으로 들여놓았던 모든 보닛과 모자, 그리고 그 괴상스러운 리본들을 하나하나 닳게 쓰고 있다는 사실이 널리 알려져 있었기 때문이다. 가게를 그만둔 지도 이미 오륙 년이 흘러, 크랜포드가 아닌 곳이었다면 그녀의 옷차림은 진즉에 유행이 지난 것으로 여겨졌을지 모른다.

이제 베티 바커 양이 다가오는 화요일에 있을 티 모임에 매티 양을 초대하러 찾아왔다. 내가 마침 그녀의 집에

7장. 방문

머물고 있었기에, 즉석에서 나에게도 초대를 건네었지만, 그녀의 표정에는 엷은 근심이 스쳤다. 아버지가 드럼블로 옮긴 뒤 혹여 "끔찍한 면직물 장사"에 손을 대어, 가문을 '귀족 사회' 아래로 끌어내렸을지도 모른다는 두려움이었던 듯하다.

그녀는 초대의 말을 꺼내기에 앞서 끝없는 사과부터 늘어놓아, 오히려 내 호기심을 자극했다. 그녀가 스스로 '주제넘은 행동'이라고까지 부르니, 도대체 무슨 일을 했다는 것일까. 그녀가 너무 당황해하는 듯하여, 아델레이드 왕비께 레이스 세탁법을 여쭙는 편지라도 쓴 줄 알았다. 그러나 그녀가 그토록 죄스럽게 여긴 '행동'은 다만—언니의 옛 주인, 제이미슨 부인에게 직접 초대를 전하러 간 것뿐이었다.

"이전 직업을 생각하면, 매티 양께서 이 무례를 용서해 주실 수 있을까요?"

아, 나는 속으로 생각했다. 그녀가 매티 양의 두 겹 모자를 발견한 줄 알고 그것을 바로잡으러 온 것인가 했는데—전혀 아니었다. 그저 초대의 범위를 매티 양뿐 아니라 나에게까지 넓히려는 것이었다.

매티 양은 우아하게 고개를 숙여 수락했다. 그 순간 나는, 그녀가 머리 위에 겹쳐 쓴 두 모자의 기이한 무게와 높이를 전혀 의식하지 못하는 것이 오히려 신기하였다. 그러나 그녀는 전혀 흔들리지 않았다. 자세를 곧추 세운 채, 다정하면서도 은근한 위엄을 담아 베티 양과 이야기를 이어갔다. 만약 자신의 모습이 얼마나 기묘한지 조금이라도 눈치챘다면 보였을 법한 그 부산스러움은 전혀 없었다.

"제이미슨 부인께서도 오신다고 하셨지요?" 매티 양이 물었다.

"그렇습니다. 제이미슨 부인께서 매우 친절하고 또 은근한 겸손까지 보이시며 기꺼이 오시겠다고 하셨어요. 단 한 가지 조건을 거셨는데, 카를로를 데려오고 싶다는 말씀이었습니다. 제가 개를 좋아한다고 말씀드렸지요."

"그럼 폴 양은요?" 매티 양은 카를로가 끼어들 수 없는 프레퍼런스 게임에서 자신의 짝을 생각하고 있었다.

"물론 폴 양도 청할 작정입니다, 부인. 교구 목사님의 따님이신 부인께 먼저 여쭙지 않고 감히 폴 양을 찾아 뵐수는 없었습니다. 부디 믿어주십시오. 제 아버지가 생전에 부인 아버님 아래에서 어떤 직책을 맡았는지도 저는잊지 않고 있습니다."

"그리고 포레스터 부인도, 물론?"

"물론입니다. 사실은 폴 양께 가기 전에 먼저 포레스터 부인을 찾아뵐 생각이었습니다. 형편이 달라지셨다 하더라도, 부인, 그녀는 티렐 가문의 출신이고 비글로홀의비기 가문과 맺은 연줄은 무시할 수 없는 것이니까요."

매티 양은 그보다 포레스터 부인이 매우 뛰어난 카드플레이어라는 사실에 훨씬 더 마음을 두고 있었다.

"그럼 피츠애덤 부인은…?"

"아니요, 부인. 어딘가에는 선을 그어야 하지 않겠습니까. 제이미슨 부인께서는 피츠애덤 부인을 그다지 반기지 않으실 겁니다. 제가 피츠애덤 부인을 깊이 존경하지않는다는 뜻은 결코 아니지만… 그분이 제이미슨 부인이나 마틸다 젠킨스 양과 같은 숙녀분들과 어울릴 만한 분으로 보이지는 않습니다."

7장. 방문

베티 바커 양은 깊은 절을 올리고 입술을 단단히 오므렸다. 그리고 나를 향해 옆으로 흘끗, 그러나 위엄 있게 눈길을 던졌다. 비록 은퇴한 모자 장수였으나 신분의 차이를 또렷이 의식하는 사람이라는 뜻이었다.

"마틸다 양, 제 작은 집에 가능하시다면 여섯 시 반 무렵에 와주시겠습니까? 제이미슨 부인께서는 다섯 시에 저녁을 드시지만, 친절하게도 그 시간을 넘기지 않고 와주시겠다고 약속하셨거든요."

그녀는 넓게 원을 그리는 듯한 우아한 커트시를 하고 물러갔다.

그날 오후, 나는 폴 양이 찾아올 것이라는 강한 예감을 받았다. 그녀는 어떤 일이 일어난 뒤—아니, 사실은 일이 일어날 기미만 보여도—항상 매티 양에게 와서 이야기를 나누고자 하던 사람이었다.

"베티 양이 아주 엄선된 소수만 모인 자리라고 하더군요." 폴 양이 매티 양과 이야기를 맞춰보며 말했다.

"그렇대요. 피츠애덤 부인은 아예 포함되지도 않았다 하고요."

이제 피츠애덤 부인은, 내가 앞서 언급했던 크랜포드 외과 의사의 미망인, 즉 그의 여동생이었다. 그들의 부모는 제 분수를 지키며 살아가는 단정하고 성실한 농부들이었다. 그 선량한 이들의 성은 호긴스였다. 지금의 크랜포드 의사도 호긴스 씨였는데, 우리는 그 이름을 다소 투박하다고 여겨 달갑게 생각하지 않았다. 그러나 젠킨스 양의 말처럼, 설령 그가 이름을 피긴스로 고친다 한들 크게 나아질 것도 없었다. 우리는 엑서터 후작 부인의 성이 몰리 호긴스라는 데 실마리를 찾아, 두 사람 사이에서 어떤 친연 관계라도 발견되기를 은근히 바랐다. 하지만 정작 본인은 스스로에게 유리할지도 모를 그 관계를 완전히 무시하고 부정해버렸다. 비록, 젠킨스 양의 지적대로, 그의 여동생 이름이 메리였고, 기독교 이름은 집안에서 되풀이되는 법이기에 그럴듯한 가능성도 있어 보였건만.

메리 호긴스 양이 피츠애덤 씨와 결혼한 직후, 그녀는 여러 해 동안 이 일대에서 자취를 감추었다. 그녀는 크랜포드 사회에서, 우리 중 그 누구도 굳이 피츠애덤 씨가 어떤 사람인지 알고 싶어 할 만큼의 지위에 있지 않았다. 그는 우리가 단 한 번도 그의 존재에 대해 생각해보지 않은 채 세상을 떠나 조상들과 합류했다. 그러고 나서야 피츠애덤 부인은 다시 크랜포드에 모습을 드러냈다(폴 양의 표현으로는 "사자처럼 대담하게"). 그녀는 넉넉한 형편의 미망인이었고, 남편이 죽은 지 그리 오래되지도 않은 시점에 바스락거리는 검은 비단을 차려입고 등장했다. 젠킨스 양이 '봄바진을 입었더라면 그녀의 상실감이 더 깊이 드러났을 텐데'라고 말했을 때, 우리는 새삼 고개를 끄덕였다.

나는 지금도, 크랜포드의 오래된 명문가 숙녀들이 모여 피츠애덤 부인을 방문해야 할지 말아야 할지를 논의했던 그 회합을 기억한다. 피츠애덤 부인은 크고 뒤얽힌 구조의 집을 얻었는데, 그 집은 예전부터 세입자에게 일종의 상류 계층의 '인가장'을 부여하는 것으로 여겨져 왔다. 70, 80년 전 쯤 어느 백작의 미혼 딸이 그곳에 거주했던 일이 있기 때문이었다.

그 집에 살면 지적 능력까지 따라온다고 믿는 이들도 있었다. 백작의 딸 제인 부인에게는 앤 부인이라는 동생

7장. 방문

이 있었는데, 그녀는 미국 독립전쟁 시절의 한 장군과 결혼했다. 그 장군은 희극 두 편을 집필했고, 그 작품들이 아직도 런던 극장 무대에서 공연되고 있었던 것이다. 광고에 그 희극이 실리기라도 하면, 우리는 모두 등줄기를 곧추세우며 드루리 레인이 크랜포드에 아주 근사한 경의를 표하고 있다고 느끼곤 했다.

그럼에도 불구하고, 사랑하는 젠킨스 양이 세상을 떠날 때까지도 피츠애덤 부인을 방문해야 한다는 의견은 완전히 굳어지지 않았다. 젠킨스 양과 함께, 크랜포드의 엄격한 신분 규범을 정확히 판별하던 감각도 어느 정도 사라졌기 때문이다. 폴 양의 말처럼, "크랜포드의 귀한 집안 숙녀란 대부분 나이 든 노처녀이거나 자식 없는 미망인들이니, 우리도 조금 완화하고 덜 배타적으로 굴지 않으면 앞으로 사교계가 사라지고 말 테지요."

포레스터 부인도 그 의견에 동조했다.

"그녀는 늘 '피츠(Fitz)'라는 말이 귀족적 뉘앙스를 담고 있다고 들었지요. 피츠로이가 있었고—왕의 자녀들 중 몇몇이 피츠로이라고 불렸던 것을 기억합니다. 또 지금은 피츠클래런스가 있는데, 그들은 인자하던 윌리엄 4세 국왕의 자녀들이지요. 피츠애덤!—참 고운 이름이지요. 어쩌면 '아담의 자식'을 뜻하는지도 몰라요. 혈통이 좋지 않다면 감히 피츠라는 이름을 쓸 수 없을 거예요. 이름에는 분명 무언가가 있어요. 저는 작은 f 두 개—ffoulkes—로 성을 쓰던 사촌이 있었는데, 그는 대문자를 늘 경멸하며, 대문자는 얼마 되지도 않은 새 가문에나 어울린다고 말하곤 했지요. 저는 그가 너무 깐깐해서 평생 독신으로 지낼까 봐 걱정했답니다. 그런데 어느 휴양지에서 ffarringdon 부인을 만나자 곧바로 마음을 주었어요. 그녀는 재산도 넉넉하고, 참으로 품위 있는 아름다운 미망인이었지요. 그리고 제 사촌 ffoulkes 씨는 그녀와 결혼했어요. 그 모든 것이 바로 그녀 성의 작은 f 두 개 덕분이었지요."

피츠애덤 부인이 크랜포드에서 '피츠-무엇씨' 같은 이를 만날 가망은 전혀 없었다. 그러니 그녀가 그곳에 정착한 동기가 그런 야심은 아니었을 것이다. 매티 양은, 어쩌면 그녀가 이 마을 사회에 받아들여지기를 바라는 마음이 있었을지 모른다고 생각했다. 그것은 예전의 호긴스 양에

177

게는 분명 유쾌한 신분 상승일 테니 말이다. 그리고 만약 그것이 그녀의 바람이었다면, 그 기대를 저버리는 것은 지나치게 가혹한 일이었다.

그래서 제이미슨 부인을 제외한 모두가 피츠애덤 부인을 방문했다. 제이미슨 부인은 크랜포드의 모임에서 피츠애덤 부인을 마주칠 때마다, 그녀를 '보지 않는' 태도로 자신의 고결함을 드러냈다. 방 안에는 여덟, 많아야 열 명의 숙녀들이 있었고, 그중 피츠애덤 부인은 가장 풍채가 있었다. 그녀는 제이미슨 부인이 들어오면 늘 일어서서, 그쪽으로 얼굴을 돌릴 때마다 아주 깊은 커트시를 했다. 지나치게 깊어서, 제이미슨 부인은 마치 그 머리 위의 벽을 바라보는 듯했다. 실제로 그녀는 얼굴의 근육 하나 움직이지 않았다. 보았다는 기색조차 없었다. 그럼에도 피츠애덤 부인은 꿋꿋이 예를 다했다.

봄 저녁빛이 길어지던 어느 날, 칼라슈를 쓴 서너 명의 숙녀들이 바커 양의 집 문 앞에서 만났다. 칼라슈가 무엇인지 아는가? 모자 위에 쓰는 덮개로, 예전 마차 지붕과 비슷한 모양인데, 때로는 그것보다 조금 작기도 하다. 이런 모양은 크랜포드의 아이들에게 언제나 이상하고 기묘한 인상을 주었다. 그날도 햇볕이 잔잔히 깔린 작은 거리에서 놀던 아이 둘셋이 놀이를 멈추고, 폴 양과 매티 양, 그리고 내 주위에 신기한 침묵으로 모여들었다.

우리 역시 잠잠했다. 그래서 우리는 바커 양의 집 안에서 들려오는, 숨을 죽였지만 또렷한 속삭임을 들을 수 있었다. "기다려, 페기! 내가 위층에 가서 손만 씻고 올게. 내가 기침하면 문 열어. 금방이야."

정말이지 1분도 되지 않아, 재채기와 닭 우는 소리 사이쯤 되는 기묘한 소리가 들렸고, 그와 동시에 문이 활짝 열렸다. 문 뒤에는 동그란 눈을 한 소녀가 서 있었는데, 말없이 들어서는 칼라슈의 숙녀들을 보고 넋을 잃은 듯이었다.

그녀는 곧 정신을 추슬러 우리를 작은 방으로 안내했다. 그 방은 한때 가게였으나 지금은 임시로 꾸민 탈의실이었다. 우리는 핀을 빼고 칼라슈를 털어내며, 거울 앞에서 표정을 단정히 바로잡았다. 그리고 "먼저 가시지요, 부인" 하고 뒤로 절하며, 포레스터 부인이 응접실로 이어지

7장. 방문

는 좁은 계단을 먼저 오르도록 양보했다.

응접실에서는 바커 양이 위엄 있고 침착한 모습으로 앉아 있었다. 조금 전 우리의 귀에 들어온 그 괴상한 기침 탓에 목이 아팠을 텐데도 말이다. 친절하고 온화하고, 다소 초라한 옷차림의 포레스터 부인은 즉시 두 번째로 영예로운 자리에 안내되었다. 마치 여왕 곁의 앨버트 공 자리처럼—좋지만, 으뜸은 아닌 자리였다. 가장 으뜸 자리는, 물론, 귀하신 제이미슨 부인을 위해 비워두었다. 곧 그녀는 숨을 조금 몰아쉬며 계단을 올라왔고, 카를로는 그녀를 따라 이리저리 돌며 마치 넘어뜨리려는 듯 굴었다.

그리고 이제 베티 바커 양은, 참으로 자부심에 차고 행복해 보이는 여인이었다!

그녀는 난롯불을 한 번 슬쩍 건드려 피워 올리고, 문을 단단히 닫은 뒤, 가능한 한 문 가까이에, 의자의 끝에 간신히 걸터앉았다. 페기가 차 쟁반의 무게에 비틀거리며 들어왔을 때, 나는 바커 양이 혹시라도 페기가 '숙녀에게 마땅한 거리'를 잊고 가까이 다가올까 봐 은근히 불안해하는 기색을 읽어냈다. 평소 둘은 매우 허물없는 사이였고, 지

180

금도 페기는 여주인에게 속삭일 작은 일들을 전하고 싶어 했지만, 바커 양은 자신의 의무가 '숙녀답게 절제하는 것'이라 여기는 듯했다. 그래서 페기의 모든 눈짓과 옆말을 애써 못 본 체 외면했다. 그 탓에 엉뚱하고도 부적절한 대답을 몇 번 하기도 했다. 그러다가 무언가 번뜩 떠오른 듯 외쳤다. "아이고, 불쌍하고 사랑스러운 카를로! 내가 그 애를 잊고 있었네. 내려가자꾸나, 이 작은 이쁜 아이야—어서 내려가서 먹을 걸 줘야지, 그래!"

얼마 지나지 않아 그녀는 전처럼 온화하고 친절한 표정을 지으며 돌아왔다. 그러나 나는 그녀가 '불쌍한 작은 강아지'에게 아무것도 주지 않고 왔음을 알 수 있었다. 카를로는 우연히 떨어진 케이크 조각들을 마치 굶주린 듯 순식간에 삼켰기 때문이다.

차 쟁반은 풍성하게 차려져 있었다. 나는 몹시 배가 고팠던 터라 그것이 무척 반가웠다. 하지만 다른 숙녀들이 이 다소 과한 진열을 속되게 볼까 싶어 마음 한편이 조심스러웠다. 그들은 자기 집이었다면 분명 그렇게 생각했을 것이다. 그러나 이상하게도 이곳에서는 음식 더미가 눈 깜짝할 사이에 사라졌다. 나는 제이미슨 부인이 시드 케이크를—늘 그러하듯—천천히, 사려 깊게 씹어 먹는 모습을 보았다. 조금 놀란 것은, 지난번 파티에서 그녀가 그것이 향비누를 연상시킨다며 집에서는 절대 두지 않는다고 말했기 때문이다. 그녀는 항상 사보이 비스킷만 내놓았었다. 그럼에도 제이미슨 부인은 바커 양이 상류 생활의 예법을 잘 모른다는 점을 너그럽게 이해하는 듯했다. 바커 양의 마음을 상하게 하지 않으려는 듯, 되새김질하는 소와도 닮은 온화한 표정으로 시드 케이크를 세 조각이나 드셨다.

차를 마신 뒤에는 작은 난관이 있었다. 우리는 모두여섯 명. 네 사람은 프레퍼런스를 하고, 두 사람은 크리비지를 해야 했다. 그러나 나를 제외한 모두가—나는 크랜포드 숙녀들의 카드 놀이가 지나치게 진지해 늘 긴장되었기 때문에—'조(pool)'에 끼고 싶어 했다. 심지어 바커 양마저도 스파딜과 마닐도 구별하지 못한다고 말하면서 은근히 한 자리를 바라는 눈치였다.

딜레마는 곧 기묘한 소리로 해결되었다. 만약 남작의

7장. 방문

며느리가 코를 골 수 있다면, 바로 그 순간이었을 것이다. 방 안의 더위에 지치고, 원래도 졸기 쉬운 데다, 그 지나치게 편안한 안락의자의 유혹까지 더해져—제이미슨 부인은 꾸벅꾸벅 졸기 시작한 것이다. 한두 번 그녀는 힘겹게 눈을 떠 우리에게 침착하고 무의식적인 미소를 보였지만, 이윽고 그녀의 자애로움조차 그 노력을 감당하지 못하고 깊은 잠에 빠져들었다.

"제이미슨 부인께서 제 보잘것없는 작은 집에서 이렇게 완전히 편안해하시는 모습을 보니, 저로서는 더없이 기쁩니다. 이보다 더 큰 칭찬은 없을 거예요." 바커 양이 카드 테이블에서 속삭였는데, 게임을 제대로 알지도 못하면서 그녀는 상대 세 사람을 가차 없이 '혼내주고' 있었다.

바커 양은 나에게 열두 해쯤 된, 화려하게 장정된 패션 잡지 서너 권을 건네며 약간의 읽을거리를 제공했다. 그녀는 내 앞에 자그마한 탁자와 촛불을 마련하며, 젊은 사람들은 그림 보는 것을 좋아한다고 말했다. 카를로는 여주인의 발치에 누워 코를 골다가 깜짝 놀라기도 했다. 그 역시 이 집에서 더없이 편안해 보였다.

카드 테이블은 구경만 해도 흥미진진한 광경이었다. 흔들거리는 캡을 쓴 네 숙녀의 머리가, 더 빨리, 더 잘 들리게 속삭이려는 마음에 테이블 중앙 위로 거의 모여들었다. 그러다가 때때로 바커 양의 말이 들려왔다. "숙녀분들, 조용히 해주세요! 제발요, 조용히! 제이미슨 부인께서 주무십니다."

포레스터 부인의 귀먹음과 제이미슨 부인의 졸음 사이를 조심해 항해하는 일은 여간 어려운 일이 아니었다. 그러나 바커 양은 그 고된 임무를 능숙히 해냈다. 그녀는 포레스터 부인에게 속삭임을 반복하면서, 말이 무엇인지 입술의 움직임으로 보여주기 위해 얼굴을 과장되게 일그러뜨렸다. 그런 다음 우리 쪽을 향해 다정하게 미소 짓고는 혼잣말처럼 중얼거렸다. "참으로 기쁜 날이야… 내 불쌍한 언니가 이 광경을 보았다면 얼마나 좋았을까."

잠시 뒤, 문이 활짝 열렸다. 카를로는 벌떡 일어나 요란하게 짖었고, 제이미슨 부인은 잠에서 깼다. 아니, 그녀의 말로는 애초에 자지 않았다고 했다. 방 안이 너무 밝아 눈을 감고 있었을 뿐이며, 우리들의 '재미있고 유쾌한' 대화를 큰 흥미로 듣고 있었다는 것이었다. 페기가 다시 들어왔는데, 중대한 임무를 띠어 얼굴이 붉게 상기되어 있었다. 또 다른 쟁반이었다.

"오, 우리의 고상함이여!" 나는 마음속으로 절규했다. "이 마지막 충격을 견뎌낼 수 있을까?"

왜냐하면 바커 양이—아니, 그녀가 "아니, 페기, 이게 뭐니?"라고 말하며 놀란 척했지만, 나는 분명히 그녀가 직접 준비했다고 생각했다—저녁 상을 위해 온갖 진미를 마련해두었기 때문이다. 가리비 요리, 랍스터 파테, 젤리, '작은 큐피드'라 불리는 요리(크랜포드 숙녀들이 매우 좋아했지만, 예식이나 의전이 있는 특별한 자리 외에는 너무 비싸서 선보일 수 없는 음식이었다—만약 내가 그 세련된 이름을 몰랐다면 브랜디에 적신 마카롱이라고 불렀을 것이다). 한마디로, 우리는 가장 달콤하고 가장 훌륭한 음식들로 대접받을 참이었다. 그리고 결국 우리는, 우리의 고상함을 조금 희생하더라도—원래 저녁을 먹지 않는다는 것이 우리의 자부심이었지만—특별한 날에는 언제나 배가 더 고픈 법이니, 기꺼이 그 환대를 받아들이기로

185

마음먹었다.

바커 양은 이전 삶에서, 체리 브랜디라 부르는 음료를 접한 적이 있었을 것이다. 우리 중 그 누구도 그런 것을 본 적이 없었고, 그녀가 그것을 건네며 권했을 때 다들 약간 움츠러들었다. "아주 조금만, 정말 작은 잔으로요, 숙녀분들. 굴과 랍스터를 드신 뒤에는 말이죠. 조개류는 때로는 그다지 몸에 좋지 않다고들 하잖아요." 우리는 모두 중국 만다린 인형처럼 고개를 저었다. 그러나 결국 제이미슨 부인이 설득당했고, 우리는 그녀의 뒤를 따랐다. 그 음료는 정확히 말해 맛이 없는 것은 아니었지만, 너무 뜨겁고 너무 강한 탓에, 바커 양이 폐기에게 들여보내지기 전 우리 앞에서 기침을 쏟아냈던 것처럼, 우리도 그와 같은 기침으로 이런 종류의 음료에 익숙지 않음을 입증해야만 한다고 느꼈다.

"참 세네요." 폴 양이 빈 잔을 내려놓으며 말했다. "안에 술이 들어 있는 게 분명하다고 생각해요."

"정말 아주 조금만요—보관을 위해 꼭 필요한 만큼만." 바커 양이 대답했다. "아시잖아요, 잼을 오래 두려고 위에 브랜디 페퍼를 뿌리듯이요. 저는 가끔 다미슨 타르트를 먹고도 취한 기분이 들곤 해요."

나는 다미슨 타르트가 체리 브랜디만큼 제이미슨 부인의 마음을 열었을지 회의적이었다. 그러나 그녀는 그제야, 그 순간까지 철저히 숨겨왔던 다가올 소식을 우리에게 밝혔다.

"제 시누이, 글렌마이어 부인께서 저희 집에 머무르러 오실 거예요."

"정말인가요!"라는 합창이 일제히 터져 나왔고, 이어 짧은 침묵이 흘렀다. 우리는 각자 남작의 미망인 앞에 나설 때 옷차림이 과연 적절할지를 재빨리 떠올려 보았다. 왜냐하면 우리 친구들 가운데 누구의 집에든 손님이 도착하면, 크랜포드에서는 늘 작은 연회와 모임이 이어졌기 때문이다. 우리는 이 소식에 적당히, 그리고 꽤 즐겁게 들떠 있었다.

얼마 지나지 않아 하녀들과 등불이 도착했다고 알렸다. 제이미슨 부인은 세단 의자를 타고 갔다. 그 세단은 바커 양의 좁은 현관에 간신히 밀고 들어와, 말 그대로 '통행을 막고' 있었다. 낮에는 구두 수선공으로 일하지만, 세단을 들라는 호출이 오면 오래된 제복—세단 의자와 같은 시대의 작은 망토가 달린 긴 외투, 그리고 호가스의 그림 속 인물들과 비슷한 복장—으로 갈아입는 늙은 의자꾼들이 능숙하게 가장자리를 비비고, 뒤로 물러나고, 다시 들이대는 과정을 거쳐, 마침내 바커 양의 현관문 밖으로 짐을 실어 나갔다.

우리가 칼라슈를 쓰고 가운 자락을 핀으로 고정하는 동안, 조용한 작은 거리를 따라 그들의 빠른 발걸음 소리가 경쾌하게 들려왔다. 바커 양은 우리 주변을 맴돌며 계속 도움을 제안했는데, 아마도 그녀가 자신의 예전 직업을 의식하고, 우리가 그것을 떠올리기를 원치 않았던 것이 분명했다. 그렇지 않았다면 훨씬 더 적극적으로 도우려 했을 것이다.

7장. 방문

8장. 귀부인

다음 날 아침 일찍—열두 시가 막 지난 때—폴 양이 매티 양 댁으로 들렀다. 명목상으로는 대단치 않은 볼일이 있다고 했지만, 그 뒤에 분명 다른 목적이 있었다. 마침내 속내가 드러났다.

"그런데 말이에요, 제가 좀 우스울지도 모르지만… 글렌마이어 부인을 어떻게 불러야 할지 도무지 감이 안 잡혀요. 보통 사람에게 '당신'이라 할 자리에 '귀부인'이라고 말해야 하나요? 아침 내내 생각만 하고 있었어요. 그리고 '부인' 대신 '마님'이라고 해야 할까요? 알리 부인을 알고 지내셨으니, 귀족에게 어떻게 말해야 가장 정확한지 좀 알려주시겠어요?"

불쌍한 매티 양! 그녀는 안경을 벗었다가 다시 쓰고,

또 벗었다. 하지만 알리 부인을 어떻게 불렀는지 기억해낼 수 없었다.

"너무 오래전 일이라서요." 그녀가 말했다. "세상에, 내가 어쩌면 이렇게 어리석을까! 그녀를 두 번 이상 본 기억도 없어요. 피터 경을 '피터 경'이라 부른 것은 기억하지만—그분은 알리 부인보다 훨씬 자주 우리 집에 오셨거든요. 데버려였으면 단번에 알아냈을 텐데. '마님'… '귀부인'… 전혀 자연스럽게 들리지 않네요. 그전엔 한 번도 생각해본 적이 없는데, 이제 말을 꺼내시니 머릿속이 도무지 정리가 안 돼요."

폴 양이 매티 양에게서 똑똑한 해답을 얻을 수 없으리라는 것은 분명했다. 매티 양은 점점 더 혼란에 빠져, 호칭 예절 문제로 완전히 길을 잃은 듯했다.

"음… 제 생각엔요," 폴 양이 말했다. "그냥 포레스터 부인께 이 작은 난처함을 말씀드리는 게 좋겠어요. 가끔은 괜히 긴장하게 되잖아요. 그렇다고 글렌마이어 부인이 우리가 크랜포드 상류 예절을 모른다고 생각하게 하고 싶지는 않죠."

190

"그리고 돌아오시는 길에, 사랑하는 폴 양, 제게 들러서 어떻게 결정하셨는지 알려주시겠어요? 당신과 포레스터 부인께서 정하시는 것이라면 무엇이든 옳을 거예요, 확신해요. '알리 부인'… '피터 경'…" 매티 양이 옛 표현을 떠올리려 중얼거렸다.

"글렌마이어 부인은 누구인가요?" 내가 물었다.

"오, 제이미슨 씨의 형수시죠—그러니까 제이미슨 부인의 남편의 형의 미망인이죠. 제이미슨 부인은 아시다시피 워커 총독의 따님, 워커 양이었고요. '귀부인'. 얘야, 만약 그 방식으로 부르기로 정해지면, 내가 먼저 너에게 연습 좀 해야겠어요. 글렌마이어 부인께 처음 그렇게 불러야 한다고 생각하면, 얼마나 어색하고 얼굴이 뜨거워지겠는지…."

무례하기 짝이 없는 용건으로 제이미슨 부인이 찾아왔을 때, 그것은 매티 양에게는 오히려 한숨 돌릴 만한 일이었다. 나는 예전부터 무심한 사람일수록 조용한 무례함은 더 크다는 것을 느껴왔는데, 이날 그녀는 꽤 노골적으로, 크랜포드 숙녀들이 그녀의 시누이를 방문하지 않기를 바란다는 뜻을 암시했다. 그녀가 어떻게 그 뜻을 그렇게 분명하게 전달했는지조차 설명하기 어렵다. 그녀가 느릿 느릿 자신의 의중을 매티 양에게 풀어놓는 동안, 나는 속 이 뜨겁게 끓어올랐다. 그러나 매티 양은 진정한 숙녀인 지라, 제이미슨 부인이 자신의 '고귀한' 시누이 눈에는 마 치 자신이 '지방의 명문가'들에게만 왕래하는 듯 비치길 바라는 그 속물적 감정을 도저히 이해할 수 없어 했다. 내 가 제이미슨 부인의 방문 목적을 알아차린 후에도 매티 양은 한참이나 어리둥절하고 당혹스러워했다.

그녀가 마침내 그 귀부인의 방문 의도를 알아차렸을 때, 그 무례하게 건네진 암시를 조용한 위엄으로 받아들 이는 모습은 참으로 아름다웠다. 매티 양은 조금도 상처 받지 않았다—그녀는 그런 일을 마음에 담아둘 사람이 아 니었다. 또한 그녀는 제이미슨 부인의 태도를 비난하고 있다는 의식조차 없었다. 그러나 나는 알 수 있었다. 그녀 의 마음 한구석에는 분명 어떤 느낌이 스쳐 지나갔고, 그 것이 그녀로 하여금 평소보다 훨씬 침착하고 안정된 태도 로 그 주제에서 다른 이야기로 부드럽게 옮겨가게 했다는

192

것을. 오히려 당황한 것은 제이미슨 부인 쪽이었고, 그녀가 서둘러 자리를 뜨려는 기색은 너무나 뚜렷했다.

잠시 뒤, 폴 양이 얼굴을 붉힌 채, 분노로 들끓으며 돌아왔다.

"정말이지 어이가 없어요! 마사에게 들었어요. 제이미슨 부인이 여기 왔다고. 그리고 우리는 글렌마이어 부인을 방문해서는 안 된다고요! 네, 저는 이곳과 포레스터 부인 댁 사이에서 제이미슨 부인을 마주쳤는데, 그녀가 대뜸 말하더군요. 너무 갑작스러워서 저는 말문이 막혔어요. 아주 날카롭고 비웃는 한마디라도 했더라면 좋았을 텐데―아마 오늘 밤쯤엔 떠오르겠죠. 그리고 글렌마이어 부인이라 해봐야, 결국 스코틀랜드 남작의 미망인일 뿐이에요! 그 귀족이라는 부인의 정체를 확인하려고 포레스터 부인의 귀족 명부를 들춰봤어요. 스코틀랜드 귀족의 미망인―상원의 의석도 한 번 못 앉아본―게다가 아마 욥처럼 가난할걸요. 그리고 그녀는―어떤 캠벨 씨인가 하는 사람의 다섯째 딸이래요. 그런데 당신은 적어도 교구 목사의 따님이고, 알리 가문과 친척이잖아요. 게다가 모두들 말하길 피터 경은 알리 자작이 될 수도 있었대요!"

매티 양은 애써 폴 양을 달래려 했지만, 소용없었다. 평소 그렇게 상냥하고 유쾌하던 이 부인은, 그 순간만큼은 분노가 끓어넘쳤다.

"그리고 말이에요, 난 오늘 아침 새 모자를 주문했어요. 방문을 대비해 완벽히 갖추려고!" 마침내 그녀의 말에서, 제이미슨 부인의 암시가 왜 그녀에게 더욱 상처가 되었는지 드러났다. "제이미슨 부인은 곧 알게 될 거예요— 그녀의 멋지다는 스코틀랜드 친척들이 없을 때, 나를 프레퍼런스 '조'의 네 번째 자리에 앉히는 것이 얼마나 어려운 일인지!"

첫 번째 일요일, 글렌마이어 부인이 크랜포드에 모습을 드러낸 날, 우리는 교회를 나서며 일부러 서로에게 열심히 말을 걸며 제이미슨 부인과 그녀의 손님에게 등을 돌렸다. 방문조차 금지된 이상, 쳐다보지도 않겠다는 일종의 조용한 항의였다. 비록 속으로는 그가 어떤 사람인지 궁금해 미칠 지경이었지만 말이다. 그 오후, 우리는 마사를 붙잡고 캐묻는 것으로 위안을 삼았다. 마사는 글렌마이어 부인에게 '칭찬'이 될 만한 사회 계층이 아니었기에 그 눈으로 본 모든 것을 거리낌 없이 이야기해주었다.

"음, 부인! 제이미슨 부인하고 같이 계신 작은 숙녀분 말씀이시죠? 저는 신부인 젊은 스미스 부인이 어떻게 차려입었는지를 더 궁금해하실 줄 알았어요."(스미스 부인은 정육점 주인의 아내였다.)

폴 양이 말했다. "세상에! 우리가 스미스 부인 따위에 신경 쓴다고 생각했니?" 하지만 마사가 말을 이어가자 조용히 귀를 기울였다.

"제이미슨 부인의 좌석에 앉은 작은 숙녀분은요, 부인, 약간 오래된 검은 비단옷에 목동 체크 망토를 걸쳤고요. 눈은 아주 반짝이는 새까만 눈이었어요, 부인. 얼굴은 유쾌하면서도 날카로운 인상이었고요. 아주 젊지는 않았지만, 그래도 제이미슨 부인보다는 조금 더 젊었을 거라고 생각해요. 교회 안을 새처럼 이리저리 둘러보시고, 나오실 때는 제가 본 것 중 가장 재빠르게 치맛자락을 쏙 들어 올리시더라고요. 부인, 제가 말씀드릴게요— 그분은 그 누구보다 '코치 앤 호시스'의 디컨 부인하고 훨씬 더 닮

195

았어요."

"쉿, 마사!" 매티 양이 나직이 말했다. "그건 예의 없는 말이야."

"그런가요, 부인? 죄송합니다. 하지만 젬 헌도 똑같이 말했어요. 그녀가 정말로 그런 날카롭고, 활기찬 분이라—"

"숙녀." 폴 양이 고쳤다.

"네, 숙녀요—디컨 부인 같은 숙녀요."

또 다른 일요일이 지나갔다. 우리는 여전히 제이미슨 부인과 그녀의 손님에게 눈길조차 주지 않았고, 돌아서서는 우리가 보기에도 지나칠 만큼 신랄한 말들을 속삭였다. 매티 양은 우리가 이런 비꼬는 말투로 말하는 것을 분명히 불편해했다.

아마 그즈음 글렌마이어 부인도 제이미슨 부인의 집이 세상에서 가장 활기차고 유쾌한 곳은 아니라는 사실을 이미 눈치챘을 것이다. 또는 제이미슨 부인 역시 깨달았을지 모른다—지방의 내로라하는 집들은 대부분 런던에 가 있고, 시골에 남은 이들 또한 글렌마이어 부인이 이웃

196

에 와 있다는 사실을 그다지 대단한 일로 받아들이지 않는다는 것을.

엄청난 변화는 늘 사소한 일에서 비롯된다. 그러니 나는 감히 장담할 수 없다. 무엇이 제이미슨 부인으로 하여금 그토록 단호하던 결정을 바꾸고 다음 주 화요일의 소규모 파티에 초대장을 돌리게 했는지 말이다. 초대장은 멀리너 씨가 직접 돌렸다. 그는 어떤 집에든 뒷문이 있다는 사실을 철저히 무시하는 사람이었고, 그의 여주인보다도 훨씬 요란한 소리로 문을 두드렸다. 작은 쪽지가 겨우 세 장뿐이었건만, 그는 그것들을 큰 바구니에 담아 들고 와 마치 엄청난 무게라도 되는 양 여주인을 감탄시키려 했다—실은 조끼 주머니에도 들어갈 크기였음에도 불구하고.

매티 양과 나는 조용히 의기투합해 '집에 선약이 있다'고 답하기로 했다. 마침 화요일 저녁은 매티 양이 한 주 동안 받은 편지와 쪽지를 모아 촛불 심지용 종이를 만드는 날이었다. 월요일엔 장부가 항상 정확히 정리되었으니, 촛심을 만드는 일은 자연스레 화요일이 되었고 덕분

197

에 우리는 아주 그럴듯한 구실을 갖게 된 셈이었다.

그러나 아직 답장을 적기도 전에 폴 양이 손에 쪽지를 펼쳐 든 채 들어왔다.

"자!" 그녀가 말했다. "아! 당신도 받았군요. 늦었어도 안 오는 것보다는 낫죠. 나는 글렌마이어 부인께 2주만 지나면 결국 우리 사회를 간절히 바랄 것이라고 말해줄 수도 있었어요."

"네," 매티 양이 말했다. "우리는 화요일 저녁에 초대 받았어요. 그러니 그날 당신이 바느질거리를 가지고 와서 우리 집에서 함께 차를 마셔주면 좋겠어요. 원래 그 시간은 지난 주 청구서와 편지들을 정리하고 촉심용 종이로 만드는 제 정기 시간이에요. 하지만 그것만으로 집에 선약이 있다고 말하기엔 조금 부족해 보이죠. 그래서 당신이 와주신다면, 제 양심도 아주 편해질 거예요. 마침 답장은 아직 쓰지 않았고요."

매티 양이 말하는 동안, 나는 폴 양의 얼굴빛이 서서히 변하는 것을 보았다.

"그럼 정말 안 가실 생각인가요?" 그녀가 물었다.

"오, 아니에요." 매티 양이 조용히 말했다. "당신도 안 가실 거라고 생각했는데요?"

"모르겠어요." 폴 양이 대답했다. "아니, 갈 것 같아요." 그녀가 다소 힘차게 말했다. 그리고 매티 양이 놀란 눈길을 보내자, 그녀는 덧붙였다. "있잖아요, 제이미슨 부인이 무슨 말이든, 무슨 일을 하든 우리가 거기에 마음이 상할 만큼 대단한 영향력을 가지고 있다고 생각하게 하고 싶지는 않아요. 그건 우리 스스로를 격하시킬 일이죠. 저는 그런 건 싫어요. 그녀가 한 말이 우리가 일주일, 아니 열흘 뒤까지 영향을 받고 있을 만큼 위력 있었다고 믿게 만든다면, 그건 제이미슨 부인에게 지나친 아부가 될 거예요."

"글쎄요! 어떤 일로 그렇게 오래 상처받고 언짢아하는 건 잘못일지도 모르죠. 그리고 결국 우리를 화내게 하려고 한 말은 아니었을 수도 있어요. 하지만 저는, 솔직히 말씀드리자면, 제이미슨 부인이 우리에게 했던 말들을 제 입으로는 도저히 할 수 없었을 것 같아요. 그래서… 저는 정말 가지 않을 것 같아요."

8장. 귀부인

"오, 그러지 마세요! 매티 양, 가셔야죠. 우리 친구 제이미슨 부인은 다른 사람들보다 훨씬 더 냉담한 성미라서, 당신이 유난히 예민하게 지닌 감정의 섬세함 같은 것은 잘 헤아리지 못해요."

"저는 당신도 그날, 제이미슨 부인이 우리더러 가지 말라고 하러 왔을 때 그런 섬세함을 가지고 있다고 생각했어요." 매티 양이 천진하게 말했다.

그러나 폴 양은 그런 섬세한 감정뿐 아니라, 세상 사람들의 감탄을 받고 싶어 하는 매우 근사한 새 모자도 가지고 있었다. 그래서 그녀는 채 보름도 지나지 않아 자신이 쏟아냈던 분노의 말들을 감쪽같이 잊어버린 듯 보였고, 자신이 '기독교의 큰 원칙'이라고 부르는—"용서하고 잊어버리기"—를 실천할 태세가 되어 있었다.

그리고 그녀는 불쌍한 매티 양에게 한참 동안 이 덕목에 대해 설교하더니, 마침내는 매티 양에게 이렇게까지 말했다. 고인이 된 교구 목사의 딸로서, 새 모자를 하나 장만해 제이미슨 부인의 파티에 참석하는 것이 당신의 '의무'라고. 그리하여 우리는 결국 "유감스럽게도 참석하기 어렵습니다"가 아니라 "기쁘게 참석하겠습니다"라고 답장을 쓰게 되었다.

크랜포드에서의 의복 지출은 거의 전적으로 한 가지 품목에 집중되어 있었다. 바로 모자였다. 머리에 근사한 새 모자만 얹혀 있으면, 숙녀들은 마치 타조처럼 몸이 어떻게 보이든 개의치 않았다. 낡은 드레스, 오래되어 고상한 기품이 감도는 하얀 칼라, 위아래 사방에 꽂힌 셀 수 없이 많은 브로치—어떤 것은 개의 눈이 정교하게 그려져 있고, 어떤 것은 작은 액자처럼 생겨 그 안에 머리카락으로 수놓인 능묘와 수양버들이 들어 있으며, 또 어떤 것은 빳빳한 모슬린 둥지 안에서 달콤하게 웃고 있는 숙녀·신사의 미니어처를 품고 있었다. 이렇듯 영구적인 장식으로는 오래된 브로치를, 그리고 그날의 유행에 맞추기 위해서는 반드시 새 모자를—크랜포드의 숙녀들은 바커 양의 표현대로, 언제나 '정숙한 우아함과 흠잡을 데 없는 품위'로 옷을 갖추었다.

그리고 바로 그 기억할 만한 화요일 저녁, 포레스터 부인, 매티 양, 그리고 폴 양은 크랜포드가 마을로 존재한 이래 한자리에서 본 적 없는 화려한 브로치 진열과 함께, 저마다 새 모자를 쓰고 등장했다. 나는 직접 폴 양의 드레스에서 브로치 일곱 개를 세었다. 두 개는 그녀의 모자에 아무렇게나 꽂혀 있었는데(그중 하나는 스코틀랜드 자갈로 만든 나비여서, 상상력이 풍부하다면 실제 곤충이라고 착각할 법했다), 또 하나는 그물 목도리를 고정하고, 또 하나는 칼라를, 또 하나는 목과 허리 중간쯤 드레스 앞을 장식했고, 또 하나는 몸통 장식의 끝을 꾸몄다. 일곱 번째는 어디에 있었는지 기억나지 않지만, 어쨌든 그녀 어딘가에서 반짝이고 있었다는 건 확실하다.

하지만 손님들의 차림새 묘사는 잠시 뒤로 미뤄 두자. 먼저 우리는 제이미슨 부인의 집으로 향하는 길에 모여들었다. 그 부인은 마을에서 조금 벗어난 큰 저택에 살고 있었는데, 그 집 앞에는 한때 '거리'였던 적이 있는 길이 정원도 뜰도 없이 바로 집으로 이어지고 있었다. 햇빛이 무슨 궤적을 따라 움직이든, 그 집의 정면은 절대 햇살을 받지 못했다. 물론 거실은 뒤편에 있어, 한적하고 아늑한 정원을 바라보고 있었다. 앞쪽 창은 오직 부엌, 가정부의 방,

8장. 귀부인

식료품 저장실 같은 곳에만 나 있어 그마저도 썰렁했으며, 그중 하나는 멀리너 씨가 자리를 지키는 곳으로 알려져 있었다.

실제로 우리는 곁눈질로 창문을 지나칠 때마다 늘 머리 가루를 잔뜩 묻힌 뒤통수를 보곤 했다. 그 가루는 코트 깃에서 허리까지 내려앉아 있었고, 그 위풍당당한 등은 언제나 활짝 펼쳐든 『세인트 제임스 크로니클』을 읽고 있었다. 덕분에 그 신문이 우리에게 도착하기까지 터무니없이 오래 걸렸는데—구독료는 똑같이 냈음에도, 제이미슨 부인은 '귀부인'이라는 이유로 먼저 읽는 것이 관례였다.

하필이면 바로 그 화요일, 신문 배달이 지연되는 바람에 난감하기 짝이 없었다. 폴 양과 매티 양, 특히 폴 양은 그날 저녁 귀족과의 만남을 대비해 궁정 기사를 미리 숙지하려 애타게 기다리고 있었기 때문이다. 폴 양은 혹시나 마지막 순간에라도 신문이 들어오면 바로 볼 수 있도록, 이날은 아예 다섯 시에 단단히 차려입고 준비했다고 했다. 그러나 우리가 익숙한 창문 아래를 지나던 그 시각, 그 가루를 뒤집어쓴 머리는 태연히, 그리고 고요하게 그

203

신문을 읽고 있었다.

"저 남자의 뻔뻔함이라니!" 폴 양은 낮지만 분노 어린 속삭임으로 말했다. "정말 묻고 싶어요. 그 여주인이 저 신문을 그 사람만 보라고 구독료의 4분의 1을 내는지!"

우리는 그녀의 대담한 발상에 감탄하며 쳐다보았다. 왜냐하면 멀리너 씨는 우리 모두에게 거의 공포에 가까운 경외의 대상이었기 때문이다. 그는 크랜포드에 와 살기로 한 자신의 '하사와도 같은 겸손함'을 단 한 번도 잊은 적이 없는 사람처럼 굴었다.

젠킨스 양만이 때때로 용감한 여성의 대표자로 나서 그와 동등한 말투로 맞서려 했지만, 그녀조차도 그 이상은 불가능했다. 그의 가장 친절하고 관대해 보이는 순간조차 그는 심술궂은 앵무새를 연상시켰다. 그는 까칠한 단음절 외에는 거의 말을 하지 않았고, 우리가 기다리지 않아도 된다고 말해도 복도에서 버티고 서 있다가, 정작 우리가 서둘러 손을 떨며 손님맞이 준비를 하는 동안 그를 기다리게 했다는 이유로 깊이 모욕당한 표정을 짓곤 했다.

8장. 귀부인

폴 양은 우리가 위층으로 올라갈 때 작은 농담 하나를 시도했다. 비록 우리에게 건넨 말이었지만, 사실은 멀리 너 씨에게도 한 줌의 재미라도 주려는 의도였다. 우리는 모두 마치 여유로운 듯 보이려 미소를 지었고, 조심스레 멀리너 씨 쪽을 흘끗 바라보며 그의 공감을 기대했다. 그러나 그 나무처럼 굳은 얼굴의 근육 하나도 움직이지 않았고, 우리는 순식간에 표정을 거두었다.

제이미슨 부인의 응접실은 기분 좋은 공간이었다. 저녁 햇살이 방 안으로 부드럽게 흘러들었고, 큰 사각형 창가에는 꽃들이 모여 화사하게 장식하고 있었다. 가구는 흰색과 금색이었다. 후기 양식인 루이 14세 풍—조개껍데기와 소용돌이가 넘치는—그런 스타일이 아니었다. 제이미슨 부인의 의자와 탁자에는 곡선이라고는 찾아볼 수 없었다. 다리는 땅에 가까워질수록 가늘어지며, 모든 모서리가 바르게 각졌고, 단호하리만치 직선적이었다. 의자들은 벽을 따라 일렬로 서 있었고, 네다섯 개만이 벽난로 주위에 둥글게 모여 있었다. 등받이는 흰 막대로 난간처럼 가로지르고, 위에는 금색 장식이 박혀 있었지만, 그 어떤 것도 앉는 이를 편안하게 하려는 마음은 전혀 없어 보였다. 문학을 위한 옻칠 테이블에는 성경, 귀족 명부, 그리고 기도서가 나란히 놓여 있었고, 예술을 위한 사각형 펨브로크 테이블 위에는 만화경, 대화 카드, 퍼즐 카드(빛바랜 분홍 새틴 리본으로 끝없어 보일 만큼 길게 묶여 있었고), 그리고 찻상자 장식을 흉내 내어 그린 상자 하나가 자리했다.

카를로는 털실로 짜인 양탄자 위에 누워 우리가 들어서자 성의 없이 짖어댔다. 제이미슨 부인은 일어서서 우리 각자에게 둔한 미소를 하나씩 나누어주었고, 우리 너머로 멀리너 씨를 무력하게 바라보았다. 마치 그가 우리를 각각 자리에 앉혀주기만을 바라는 듯했다. 왜냐하면, 그가 하지 않으면 그녀는 결코 할 수 없었기 때문이다. 멀리너 씨는 우리가 불가에 놓인 의자들까지 알아서 갈 수 있다고 생각한 모양이었다—그 원형의 배열은 왠지 스톤헨지를 떠올리게 했다. 이유는 알 수 없지만. 다행히 글렌마이어 부인이 우리의 여주인을 구하러 나섰고, 어떻게 된 일인지, 우리는 처음으로 제이미슨 부인의 집에서 형

8장. 귀부인

식에 짓눌리지 않고 자연스러운 자리를 잡을 수 있었다.

글렌마이어 부인은—이제 자세히 볼 시간이 생겼으므로—젊은 시절 매우 아름다웠음이 분명한, 그리고 지금도 여전히 눈에 띄게 사랑스러운 인상을 가진, 밝고 작은 체구의 중년 숙녀였다. 나는 폴 양이 첫 5분 동안 그녀의 옷차림을 샅샅이 평가하는 것을 보았고, 다음 날 그녀가 이렇게 말했을 때 그 말이 사실일 것이라 믿었다.

"얘야! 10파운드면 그녀가 입고 있던 걸—레이스까지 전부—다 살 수 있었어."

귀족 부인도 가난할 수 있다는 의심은 우리에게 은근한 즐거움을 주었고, 또한 그녀의 남편이 평생 한 번도 상원 의석에 앉아본 적 없다는 사실을 어느 정도 받아들이게 해주었다. 처음 그 소식을 들었을 때, 우리는 마치 속은 것처럼 느꼈다—'영주라고 했으면서 알고 보니 영주가 아닌' 것 같은 일종의 기만처럼 말이다.

처음에는 모두가 무척 조용했다. 우리는 귀부인의 관심을 끌 만큼 '고상한' 화제가 무엇일지 곰곰이 생각하고 있었다. 설탕 값이 올랐다는 소식이 있었는데—막 보존 음식을 만들 시기가 다가와 우리 주부들의 마음을 들썩이게 했고—글렌마이어 부인이 없었다면 자연스레 그런 이야기를 나눴을 것이다. 하지만 귀족들이 보존 식품을 먹는지조차 확신할 수 없었고, 더구나 그것이 어떻게 만들어지는지 아는지는 더욱 알 수 없었다. 마침내, 언제나 용기와 재치를 겸비한 폴 양이 침묵을 깨기로 결심했다. 글렌마이어 부인 또한 우리만큼이나 침묵을 어떻게 끊을지 난감해 보였다.

"귀부인께서는 최근에 궁정에 다녀오셨습니까?" 폴 양이 물었다. 그리고 "내가 얼마나 신중하게 신분에 걸맞은 대화를 골랐는지 보시라"는 듯 우리에게 반쯤 소심하고 반쯤 승리감 어린 시선을 던졌다.

"저는 평생 한 번도 가본 적이 없어요." 글렌마이어 부인이 넓은 스코틀랜드 억양으로, 그러나 매우 부드러운 목소리로 대답했다. 그리고 너무 직설적이었나 싶었는지 곧바로 덧붙였다. "우리는 런던에 거의 가지 않았어요—사실, 제 결혼 생활 동안 딱 두 번 갔죠. 그리고 결혼 전에는, 아버지께서 가족이 너무 많으셔서"(—'캠벨 씨의 다섯

208

째 딸'이라는 사실이 우리 모두의 머릿속을 스쳤음이 분명했다—) "집에서 자주 데리고 나가실 여유가 없으셨어요. 에든버러에도 말이죠. 혹시 에든버러에 가보신 적 있으신가요?" 그녀가 갑자기 눈을 밝히며 공통 관심사에 대한 희망을 내비쳤다.

우리 중 그곳에 가본 사람은 아무도 없었다. 다만 폴양에게는 그곳에서 하룻밤을 보낸 삼촌이 한 분 계셨는데, 그 사실은 꽤 흐뭇해 보였다. 한편, 제이미슨 부인은 멀리너 씨가 왜 차를 가지고 오지 않는지에 온 마음이 사로잡혀 있었다. 결국 그 궁금함이 입술에서 새어 나왔다.

"종을 울리는 게 낫지 않을까, 그렇지 않니?" 글렌마이어 부인이 또렷하게 말했다.

"아니—그건 좋지 않을 것 같아. 멀리너는 서두르는 걸 아주 싫어하거든."

우리는 제이미슨 부인보다 이른 저녁을 먹었기 때문에 차를 간절히 원하고 있었다. 내 생각에 멀리너 씨는 차를 내오기 전에 반드시 『세인트 제임스 크로니클』을 다 읽어야만 했던 것 같다.

그녀의 여주인은 안절부절못하며 계속 말했다. "멀리너가 왜 차를 안 가져오는지 모르겠어. 도대체 뭘 하고 있는 걸까."

글렌마이어 부인도 마침내 참기 어려운 조급함을 보였지만, 그 조급함은 묘하게도 사랑스럽기까지 했다. 그리고 시누이에게서 반쯤의 허락을 받자마자, 그녀는 아주 단호하게 종을 울렸다.

멀리너 씨가 위엄 어린 놀라움을 띠고 나타났다.

"오!" 제이미슨 부인이 말했다. "글렌마이어 부인이 종을 울리셨어요. 아마 차 때문이었을 거예요."

몇 분 뒤 차가 들어왔다. 도자기는 섬세했고, 접시는 오래되었으며, 빵과 버터는 종잇장처럼 얇았고, 설탕 덩어리는 새끼손톱만 했다. 설탕은 분명 제이미슨 부인이 가장 아끼는 절약 거리인 듯했다. 나는 가위처럼 생긴 그 작은 은 세공 설탕집게가, 크고 투박한 제대로 된 조각 하나를 집어 올릴 만큼이나 벌어질 수 있었을지 의심스러웠다. 그래서 설탕 그릇에 너무 자주 손이 가는 것처럼 보이지 않으려고, 나는 자잘한 조각 두 개를 한꺼번에 집어 올

210

리려 애써 보았는데, 그 집게가 마치 고의인 양, 날카로운 딸깍 소리를 내며 그 가운데 하나를 기어코 떨어뜨린 것이다. 참으로 악의적이고 부자연스러운 태도였다.

그러나 이런 일이 있기 전에 이미 우리는 한 번 실망을 맛본 뒤였다. 작은 은 주전자에는 크림이, 더 큰 주전자에는 우유가 들어 있었다. 멀리너 씨가 들어오자마자 카를로가 구걸을 시작했는데, 비록 우리도 똑같이 허기져 있었음이 분명하지만, 그런 행동은 우리의 예법상 금지된 것이었다. 제이미슨 부인은, 불쌍한 벙어리 카를로에게 먼저 차를 주는 일을 우리가 분명 기꺼이 용서해 줄 것이라고 말했다. 그녀는 그래서 접시 하나에 크림을 듬뿍 섞어 부어 그가 핥아 마시도록 내려놓았다. 그리고는 그 사랑스러운 작은 녀석이 얼마나 영리하고 분별력 있는지 한참을 이야기했다. 크림 맛을 너무나 잘 알아 우유만 탄 차는 거듭해서 거절한다는 것이었다. 그래서 우유는 우리 몫으로 남겨졌다. 그러나 우리는 속으로, 우리도 카를로만큼이나 영리하고 분별력 있다는 생각을 했고, 마땅히 우리 것이었어야 할 크림을 받아 마시며 꼬리를 흔들어

8장. 귀부인

보이는 그의 감사에 감탄해 달라는 요구를 들었을 때, 상처 위에 모욕까지 덧입는 기분을 떨칠 수 없었다.

차를 마신 뒤에는 서서히 일상의 화제로 녹아들었다. 우리는 글렌마이어 부인이 빵과 버터를 더 가져오자고 먼저 입을 연 것이 몹시 고마웠다. 이 소박한 공감대 덕분에, 궁정 이야기를 했더라면 결코 그만큼 가까워지지 못했을 친밀함이 생겼다. 비록 폴 양은, 여왕 폐하를 실제로 뵌 적 있는 사람에게서 요즘 안부를 들을 수 있기를 바랐다고 말하긴 했지만 말이다.

빵과 버터로 시작된 우정은 카드놀이로 이어졌다. 글렌마이어 부인은 프레퍼런스를 놀랄 만큼 능숙하게 쳤고, 옴브레와 콰드릴에 관해서도 완전한 권위를 지니고 있었다. 심지어 폴 양조차 "마님", "귀부인"이라는 말을 완전히 잊고, 마치 그런 일을 두고 크랜포드 의회를 열어 귀부인의 호칭을 논의한 적이라도 없었던 것처럼, "바스토예요, 부인." "스파딜을 가지고 계시죠, 그죠?" 하고 아무렇지 않게 말을 건넸다.

우리가 지금, 머리에 모자 대신 관을 쓰고서도 차를 마실 수 있었을지 모를 사람 앞에 있다는 사실을 얼마나 철저히 잊고 있었는지를 보여주듯, 포레스터 부인은 글렌마이어 부인에게 기묘한 작은 이야기를 하나 들려주었다. 그것은, 그녀의 가까운 친구들에게만 알려져 있고, 제이미슨 부인조차 알지 못했던 일화였다. 바로 글렌마이어 부인이 포레스터 부인의 칼라에서 감탄하던, 더 나은 시절의 유일한 유품인 아름다운 낡은 레이스와 관련된 이야기였다.

"네." 그 부인이 말했다. "그런 레이스는 이제 사랑으로도, 돈으로도 구할 수 없어요. 외국에 있는 수녀들이 만들었다고들 하죠. 그런데 이제는 그곳에서도 만들지 못한다고 해요. 하지만, 글쎄요, 가톨릭 해방법이 통과된 마당에, 이제 다시 만들 수 있게 되었을지도 모르죠. 저는 놀라지 않을 거예요. 아무튼 그동안은 이 레이스를 정말 소중히 간직하고 있어요. 제 하녀에게 세탁조차 맡길 엄두를 못 내요." (전에 말했던, 작은 자선학교 소녀였지만 '내 하녀'라고 부르니 그럴듯하게 들렸다.) "저는 항상 직접 빨아요. 그런데 한 번은 아슬아슬하게 위기를 넘긴 적이 있어요. 물론 귀부인께서도 아시겠지만, 이런 레이스는 절대 풀을 먹이거나 다림질해서는 안 돼요. 어떤 사람들은 설탕물에 빨고, 어떤 사람들은 커피에 담가 적당한 노란빛을 내죠. 하지만 저는 우유로 빨아내는 아주 좋은 비법을 가지고 있어요. 그러면 레이스가 적당히 빳빳해지고, 아주 고운 크림색이 돼요. 자, 그런데요, 부인. 저는 레이스를 함께 꿰매어 놓았고(이런 고운 레이스의 장점은, 젖으면 아주 작은 덩어리로 접힌다는 거예요), 우유에 담가 두었죠. 그런데 불행히도 제가 잠시 방을 비웠어요. 돌아와 보니 고양이가 식탁 위에 앉아 있었는데, 영 도둑놈 같은 얼굴로, 삼키고는 싶은데 삼키지 못하는 무언가에 반쯤 질식한 듯 꿀꺽거리며 고통스러워 보였어요. 그런데 믿으시겠어요? 처음에 저는 그 애를 불쌍히 여겨서 '불쌍한 고양이! 불쌍한 고양이!'라고 했어요. 그러다가 문득 우유 컵이 텅 비어 있는 게 눈에 들어왔죠―깨끗하게 말끔히 비워져 있었어요! '이 나쁜 고양이!' 하고 제가 말했죠. 화가 나서 한 대 휙 때리기까지 했다고 생각해요. 물론 아무 소용도 없었고, 오히려 레이스가 더 내려가도록

214

도운 꼴이었어요—마치 질식하는 아이 등을 때리는 것처럼요. 저는 너무 속상해서 울 뻔했어요. 하지만 싸워보지도 않고 레이스를 포기할 수는 없다고 결심했죠. 최소한 그 레이스가 그 애한테 탈이라도 나기를 바랐어요. 그런데, 아휴—만약 욥이었더라도, 제가 본 것을 보았다면 참지 못했을 거예요. 고양이가 십오 분도 지나지 않아 완전히 태평한 얼굴로, 가르릉거리며 들어왔으니까요. 심지어 쓰다듬어달라는 눈치까지 보면서요. '아니, 이 고양이야!' 제가 말했죠. '양심이 있다면 그럴 수는 없지!' 그때 문득 생각이 하나 떠올랐어요. 저는 하녀를 부르려고 종을 울렸고, 호긴스 씨께 가서 제 안부를 전하고, 그의 장화 한 짝을 한 시간만 빌려달라고 부탁하라고 했어요. 저는 그 부탁이 전혀 이상하다고 생각하지 않았어요. 그런데 제니 말로는, 진료실의 젊은이들이 제가 장화를 원한다는 소리에 배를 잡고 웃더랍니다. 장화가 오자, 제니와 저는 고양이를 그 안에 넣었어요. 앞발을 곧게 뻗어 넣어 꼼짝 못하도록 해서, 긁을 수 없게 만든 다음, 건포도 젤리 한 티스푼에—(귀부인께서는 용서해주세요)—제가 주석산제

215

한 방울을 섞어 먹였어요. 그 다음 삼십 분 동안 제가 얼마나 초조했는지, 평생 잊지 못할 거예요. 저는 고양이를 제 방으로 데려가 바닥에 깨끗한 수건을 펼쳐 두었어요. 그리고 그 아이가 레이스를 다시 내보였을 때—내려갔던 모양 그대로였어요—저는 거의 그 애에게 입을 맞출 뻔했죠. 제니는 끓는 물을 준비해 두었고, 우리는 레이스를 담그고 또 담갔어요. 그리고 다시 손댈 수 있게 되기 전, 심지어 다시 우유에 담그기 전, 햇볕 아래 라벤더 덤불 위에 펼쳐 말렸죠. 하지만 이제 귀부인께서는, 그 레이스가 한때 고양이 뱃속에 들어갔었다는 것을 절대 짐작하지 못하실 거예요."

저녁이 깊어갈 무렵, 우리는 글렌마이어 부인이 에든버러의 아파트를 정리했고, 급히 돌아가야 할 연고도 없기에 제이미슨 부인 댁에 오래 머물 예정이라는 사실을 알게 되었다. 대체로 우리는 이 소식을 반가워했다. 그녀는 이미 우리에게 유쾌한 인상을 남겼고, 대화 중 무심히 흘러나온 말들로 보아, 여러 고상한 품성들에 더해 "부의 천박함"과는 아주 먼 사람이라는 점을 확인한 것도 우리

8장. 귀부인

를 편안하게 했다.

"걷는 게 아주 불편하지 않으세요?" 각자의 하인이 도착했다고 알리자 제이미슨 부인이 물었다. 이 질문은 그녀가 늘 하던, 거의 의식과도 같은 말이었다. 그녀는 마차 차고에 마차를 보유하고 있었고, 아주 짧은 거리조차 반드시 세단 의자(이동용 가마)를 타고 다녔다. 그러니 우리의 대답도 거의 정해진 것이나 다름없었다.

"오, 천만에요. 밤공기는 정말 즐겁고 고요하답니다." "파티 뒤의 좋은 환기처럼 상쾌하죠!" "별이 얼마나 아름다운지요!" 이 마지막 말은 매티 양이 했다.

"천문학을 좋아하시나요?" 글렌마이어 부인이 물었다.

"그다지 좋아하지 않아요." 매티 양은 약간 당황한 기색으로 대답했다. 그 순간, 천문학과 점성술 중 어느 것이 어느 것인지 기억나지 않았던 것이다. 그러나 어떤 의미로든 그 대답은 사실이었다. 그녀는 프랜시스 무어의 점성술 예언서를 읽고는 조금 겁을 먹곤 했고, 천문학에 관해서는, 사적이고 비밀스러운 대화에서 내게 이렇게 말한 적도 있었다—지구가 끊임없이 움직인다는 말을 도저히

217

믿을 수 없으며, 설령 믿을 수 있다 해도 믿고 싶지 않다고. 그 생각만 해도 머리가 어지럽고 몸이 피곤해지기 때문이었다.

그날 밤 우리는 패튼을 신고 돌아오면서 한 걸음, 한 걸음 유난히 조심히 걸었다. '귀부인'과 차를 마신 뒤라 그런지, 우리의 감각은 유달리 세련되고 섬세해진 듯했기 때문이다.

8장. 귀부인

9장. 시뇨르 브루노니

지난 글에서 설명한 사건들 직후, 나는 아버지의 병환으로 집에 소환되었다. 그리고 한동안 나는 그에 대한 걱정으로, 크랜포드의 사랑하는 친구들이 어떻게 지내고 있는지, 또는 글렌마이어 부인이 그녀의 시누이인 제이미슨 부인 댁에서 여전히 보내고 있는 오랜 방문의 지루함을 어떻게 견디고 있는지 궁금해하는 것을 잊었다. 아버지가 조금 더 건강해지셨을 때, 나는 그를 따라 해변으로 갔다. 그래서 전체적으로 나는 크랜포드에서 추방된 것 같았고, 그해 대부분 동안 그 사랑스러운 작은 마을의 어떤 우연한 소식이라도 들을 기회를 박탈당했다.

11월 말—우리가 다시 집으로 돌아왔고, 아버지가 다시 건강을 되찾았을 때—나는 매티 양으로부터 편지를 받왔다. 그리고 그것은 매우 신비로운 편지였다. 그녀는 많은 문장을 끝내지 않고 시작했고, 흡습지에 쓰인 글자들이 서로 섞이는 것과 거의 같은 혼란스러운 방식으로 그것들을 하나로 엮었다. 내가 알아낼 수 있었던 모든 것은, 만약 아버지가 더 나아지셨다면(그녀는 그러기를 바랐다), 그리고 경고를 받아들여 미카엘 축일부터 성모 영보 축일까지 외투를 입으신다면, 터번이 유행이라면, 그녀에게 말해줄 수 있는지였다. 윔웰의 사자들이 왔을 때, 그중 하나가 어린아이의 팔을 먹어치웠을 때 이후로 본 적도 없고 알려진 적도 없는 그런 화려한 행사가 일어날 예정이었다. 그리고 그녀는 아마도 옷에 신경 쓰기에는 너무 늙었을지 모르지만, 새 모자는 꼭 있어야 했다. 그리고 터번이 유행하고, 지방 명문가들 중 일부가 올 가능성이 있다는 것을 들었기 때문에, 내가 사용하는 모자 제작자에게서 모자를 가져다준다면, 그녀는 단정하게 보이고 싶었다. 그리고 오, 세상에! 그녀가 다음 주 화요일에 그녀를 방문해달라고 간청하기 위해 편지를 썼다는 것을 잊어버리다니 얼마나 부주의한가. 그때 그녀는 나에게 오락거리를 제공할 무언가가 있기를 바랐는데, 그것을 지금 더 자세히 설명하지는 않겠지만, 단지 바다 녹색이 그녀가 가장 좋아하는 색이었다. 그래서 그녀는 편지를 끝냈다. 하지만 추신에, 그녀는 지금 크랜포드에 특별한 매력이 무엇인지 말해주는 것이 좋을 것이라고 생각했다고 덧붙였다. 브루노니 시뇨르가 다음 주 수요일과 금요일 저녁에 크랜포드 집회소에서 그의 놀라운 마술을 선보일 예정이었다.

나는 마술사와는 별개로, 사랑하는 매티 양의 초대를 매우 기쁘게 수락했고, 그녀가 그녀의 작고, 온화하고, 쥐 같은 얼굴을 큰 사라센 머리 터번으로 흉하게 만드는 것을 막고 싶어 특히 간절했다. 따라서, 나는 그녀에게 예쁘고, 단정하고, 중년의 모자를 사주었다. 하지만, 내가 도착했을 때, 그녀가 불을 쑤시기 위해 표면적으로 내 침실로 따라 들어왔을 때, 그것은 그녀에게 다소 실망스러웠다. 하지만 실제로는, 나는 바다 녹색 터번이 내가 여행했던 모자 상자 안에 없는지 보기 위해서였다고 믿는다. 내가 손에 모자를 돌려 앞뒤를 보여주는 것은 소용없었다.

221

그녀의 마음은 터번에 꽂혀 있었고, 그녀가 할 수 있는 모든 것은 체념한 표정과 목소리로 말하는 것뿐이었다—

"네가 최선을 다했다는 건 알아, 얘야. 크랜포드의 모든 숙녀들이 쓰고 있는 모자와 똑같구나. 그리고 그들은 아마 1년 동안 그것들을 썼을 거야. 나는 더 새로운 것을 원했을 텐데, 솔직히—베티 바커 양이 아델레이드 여왕이 쓴다고 말해준 터번과 더 비슷한 것을. 하지만 아주 예쁘구나, 얘야. 그리고 아마 라벤더가 바다 녹색보다 더 오래 갈 거야. 글쎄, 결국 옷이 뭐라고 우리가 그것에 대해 신경을 쓰겠어? 필요한 게 있으면 말해줘, 얘야. 여기 종이 있어. 아마 터번은 아직 드럼블까지 내려오지 않았겠지?"

그렇게 말하며, 사랑스러운 노부인은 부드럽게 혼잣말을 흘리듯 방을 나갔고, 나는 저녁 모임을 위해 옷을 갈아입도록 남겨졌다. 그녀는 조금 전, 폴 양과 포레스터 부인이 올 예정이며, 내가 너무 피곤해 그들과 어울리지 못하는 일이 없기를 바란다고 말했었다. 물론 나는 그러지 않을 터였고, 서둘러 짐을 풀고 옷차림을 갖추기 시작했다. 그러나 아무리 서둘러도, 내가 준비되기 전에 이미 현

222

관에서는 도착하는 소리와 옆방에서는 낮게 일렁이는 이야기 소리가 들려왔다. 내가 문을 여는 찰나, "드럼블 가게에서 그다지 고상한 것을 기대한 내가 어리석었지. 불쌍한 아이! 최선을 다하긴 했을 거야, 틀림없이."라는 말이 귀에 스쳤다. 그래도, 그녀가 터번을 써서 스스로를 망쳐놓는 것보다는, 드럼블과 나를 탓하게 되는 편이 훨씬 나았다.

지금 방에 모여 있는 크랜포드 숙녀 셋 가운데, 언제나 무슨 일인가를 겪는 사람은 폴 양이었다. 그녀는 아침마다 가게에서 가게로 기웃거리며 보내는 습관이 있었다. 무언가를 사려고 다니는 것은 아니고(가끔 실 한 타래나 테이프 한 조각 정도를 빼면), 새로 들어온 물건들을 보고 그에 대해 평을 하고, 마을에 떠도는 자잘한 소식들을 모으기 위해서였다. 또한 그녀에게는 어떤 궁금증이든 충족시키기 위해 곳곳에 조용히 얼굴을 내미는 버릇이 있었는데, 만약 그녀가 그렇게 품위 있고 단정해 보이지 않았다면 무례하다고 여겨졌을지도 모른다. 그리고 지금 그녀가 목을 가다듬으며 모자나 터번 따위의 사소한 이야기가

223

마무리되기를 기다리는 모습을 보면, 우리는 그녀가 매우 특별한 이야기를 준비하고 있다는 것을 눈치챘다. 적당한 침묵이 흐르자—그리고, 보통의 겸손을 가진 사람이라면, 누군가가 자신이 알고 있는 더 중요한 이야기를 슬쩍 숨기고 있다는 태도로 위엄 있게 침묵을 지키고 있는 자리에서 오래도록 잡담을 이어갈 수 없으므로—드디어 그녀가 말을 꺼냈다.

"오늘 고든 가게에서 나오다가, 우연히 '조지' 여관에 들르게 되었어요. 우리 베티의 둘째 사촌이 그곳에서 하녀로 일하니, 베티가 그녀 소식을 듣고 싶어 할 것 같았거든요. 그런데 아무도 보이지 않기에, 그만 계단을 올라갔다가 집회소로 이어지는 복도에 들어섰다는 걸 깨달았죠. 매티 양, 집회소 기억하시죠! 궁정 미뉴에트도 있었잖아요! 아무 생각 없이 계속 걸어갔는데, 갑자기 보니 내일 밤 공연 준비가 한창이었어요. 방은 커다란 칸막이로 나뉘어 있었고, 크로스비의 일꾼들이 그 위에 붉은 플란넬을 못질하고 있었죠. 아주 어둡고 기묘해 보였어요. 저는 완전히 어리둥절해서, 정신이 팔린 채 칸막이 뒤로 걸어

224

가고 있었는데, 그때 신사분 한 분이 앞으로 다가와 제가 부탁할 일이 있는지 묻는 거예요. 정말 신사 중의 신사였어요, 장담하죠. 그는 아주 서툰 영어를 참 예쁘게 구사했는데, 저는 그만 '바르샤바의 타데우시'니 '헝가리 형제들'이니, '산토 세바스티아니'니 하는 소설 속 주인공들이 떠오르더라고요. 제가 그의 지난 삶을 마음속으로 그려보고 있는 사이, 그는 정중하게 나를 방 밖으로 안내했어요.

하지만 잠깐! 제 이야기의 절반도 아직 못 들으셨어요! 계단을 내려가는데, 누구를 만났겠어요? 바로 베티의 둘째 사촌이었어요. 그래서 베티를 위해 말을 걸었죠. 그러자 그녀가 말하기를, 제가 방금 본 사람이 바로 마술사라고 했어요. 바로 그 어눌한 영어를 쓰던 신사분이 브루노니 시뇨르였던 거예요. 그 순간, 그가 다시 계단에서 우릴 지나쳐갔는데, 얼마나 우아하게 절을 하던지! 저도 저도 모르게 절을 했어요. 외국인들은 어쩌면 그리 예의가 고운지—사람이 절로 흡수되는 법이죠.

그가 내려간 뒤, 저는 집회소에서 장갑을 떨어뜨렸다는 생각이 번쩍 들었어요. (장갑은 내내 내 머프 속에서

225

안전하게 있었지만, 그건 나중에야 알았죠.) 그래서 다시 올라갔는데, 방을 가로지르는 큰 칸막이 옆 좁은 통로로 조심스레 들어서는 순간, 아까 저를 안내했던 그 신사분이, 출입구가 없는 방 안쪽—기억하시죠, 매티 양—그곳에서 나오고 있는 거예요. 그리고 아까처럼, 그의 서툰 영어로 제가 무슨 일로 왔는지 묻는 거예요. 물론 그가 그렇게 노골적으로 묻진 않았지만, 저를 칸막이 안으로 들여보내지 않으려는 태도는 뚜렷했어요. 그래서 저는 장갑을 찾는 중이라고 설명했고, 이상하게도 바로 그 순간 장갑이 눈앞에서 나타났죠."

폴 양은—참으로—마술사를 보았다. 살아 있는 진짜 마술사를! 그래서 우리가 그녀에게 던진 질문은 이루 다 헤아릴 수 없었다. "수염이 있었나요?" "젊어 보였나요, 나이 들어 보였나요?" "머리색은요? 금발인가요, 흑발인가요?" 그리고 나는 내 질문을 다듬지 못해 이렇게 물었다. "그러니까… 그는 어떻게 보였나요?"

요컨대, 그날 저녁의 주인공은 단연 폴 양이었다. 그녀가 장미(즉, 마술사)라 할 수는 없으나, 적어도 장미 곁

226

에는 다녀온 셈이었다.

마술이며 손재주며 마법과 주술 이야기가 그날 저녁의 화제였다. 폴 양은 다소 회의적이어서, 엔도르의 마녀가 벌인 일조차도 언젠가는 과학적 설명이 가능할지 모른다고 믿는 편이었다. 반면 포레스터 부인은 유령에서부터 죽음의 전조를 알린다는 '데스워치'에 이르기까지, 세상 모든 신비한 것을 있는 그대로 믿었다. 매티 양은 그 둘 사이에서 흔들렸는데—항상 마지막으로 말한 사람에게 설득되곤 했다. 본심은 아마 포레스터 부인 쪽에 가까웠겠지만, 젠킨스 양의 자매로서 합당한 품위를 지니고자 하는 마음이 그녀를 어느 쪽으로도 치우치지 않게 했다. 젠킨스 양은 촛불 주변에 생겨나는 작은 수지 덩어리를 하인이 '수의'라고 부르는 것을 절대 용납하지 않고, 반드시 '롤리폴리'라고 부르게 했던 사람이었다! 그런 사람의 동생이 미신에 흔들린다니—말이 되지 않았다.

차를 마신 뒤, 나는 아래층 식당에 있는 오래된 백과사전에서 C로 시작하는 명사가 담긴 권을 가져오라는 심부름을 받았다. 폴 양이 다음 날 공연의 속임수를 과학적으로 설명할 자료를 미리 공부하기 위해서였다. 그 일 때문에, 매티 양과 포레스터 부인이 잔뜩 기대하고 있던 프레퍼런스 카드놀이는 무산되었다. 폴 양이 그 책과 삽화에 완전히 몰두해 있었기 때문이다. 우리가 가끔 시간 맞춰 내던 한두 번의 하품 말고는 그녀를 방해하는 것이 차마 잔인하게 느껴질 정도였다. 두 숙녀가 실망을 참아내는 온순한 모습은 참으로 마음을 움직였다. 하지만 폴 양은 더욱 열심히 글을 읽었고, 우리에게 들려준 정보라고는—

"아! 알겠어요. 완전히 이해했어요. A가 공이에요. A를 B와 D 사이—아니, C와 F 사이에 두고, 왼손의 세 번째 손가락 두 번째 마디를 오른손 손목 위로—H. 얼마나 명료한지! 사랑하는 포레스터 부인, 마술과 주술이라는 건 결국 알파벳의 문제일 뿐이에요. 이 한 구절만 꼭 읽어드릴게요?"

포레스터 부인은 몸서리치며 제발 그만 읽어달라고 했다. 어릴 때부터 누가 책을 읽어주는 것은 도무지 이해가 되지 않았다고 말하면서. 나는 매우 소리내어 섞고 있던 카드 한 벌을 와르르 떨어뜨렸다. 그 '신중한 사고' 덕에, 폴 양도 그날 저녁은 프레퍼런스를 하려고 모인 자리였다는 사실을 깨달았고, 마지못해 게임을 시작하자고 제안했다. 그러자 다른 두 숙녀의 얼굴에 퍼져나가는 그 환한 기쁨이란! 매티 양은 폴 양의 공부를 방해했다는 죄책감에 잠시 찔렸고, 양심을 달래기 위해 백과사전을 빌려주겠다고 제안하기 전까지는 카드를 제대로 기억하지도, 게임에 집중하지도 못했다. 폴 양은 고맙다며 흔쾌히 받았고, 베티가 등불을 들고 왔을 때 그 책을 가져가게 하겠다고 했다.

다음 날 저녁, 우리는 눈앞에 닥친 화려한 볼거리 생각에 은근한 설렘을 억누르지 못했다. 매티 양은 일찌감치 옷을 갈아입으러 올라갔고, 내가 준비되는 순간까지 서둘러 재촉했다. 하지만 막상 옷을 갖춰 입고 내려와 보니, "문이 정확히 7시에 열립니다"라는 안내까지는 무려 한 시간 반이나 남아 있었다. 거리는 겨우 스무 걸음 남짓인데 말이다! 그래도 매티 양은, 무엇에 너무 빠져 시간이 흐르는 줄 잊어버리면 곤란하다고 말하며, 7시 5분 전까지는 초도 켜지 않은 채 조용히 앉아 있는 편이 좋겠다고 했다.

229

그래서 매티 양은 졸고, 나는 뜨개질을 하며 시간을 보냈다.

마침내 길을 나섰다. '조지' 여관 마차 통로 아래 문 앞에서 포레스터 부인과 폴 양을 만났다. 폴 양은 그날의 주제를 그 어느 때보다 열띤 억양으로 논하며, X며 B며 하는 알파벳을 우리 머리 위로 우박처럼 날려댔다. 그녀는 심지어, 브루노니 시뇨르의 속임수를 설명하고 간파하기 위해, 여러 '비법'(그녀가 그렇게 불렀다)을 편지 뒷면에 베껴 적어 들고 오는 열의를 보였다.

우리는 집회실에 딸린 외투 보관실로 들어갔다. 매티 양은 그 낯설고 기묘한 오래된 거울 앞에서 예쁜 새 모자를 바로잡으며, 떠나가 버린 젊은 시절과 마지막으로 이곳을 찾았던 때를 떠올리며 두어 번 한숨을 내쉬었다. 집회실은 겨울마다 한 달에 한 번씩 모여 춤추고 카드놀이를 하던 여러 지방 명문가들의 힘을 모아, 약 백 년쯤 전에 여관에 증축된 곳이었다. 이 방에서는 수많은 지방의 미인들이, 나중에 샬럿 왕비 앞에서 추게 될 그 미뉴에트를 처음으로 배워 돌았다고 했다. 거닝 가문의 한 아가씨가

230

한때 이 방을 그 아름다움으로 빛냈다는 말도 전해졌고, 부유하고도 아름다운 미망인 윌리엄스 부인이, 직업상 이유로 이 근방의 어느 집에 머물던 젊은 예술가가 후원자와 함께 크랜포드 집회에 따라 들어온 그날, 그의 늠름한 자태에 마음을 빼앗겼다는 것은 확실한 사실이었다. 그리고 그 모든 이야기가 사실이라면, 불쌍한 윌리엄스 부인은 잘생긴 남편을 얻고도 아주 대단히 손해 나는 거래를 본 셈이었다. 이제는, 크랜포드 집회실 양쪽 벽을 따라 붉게 상기된 볼에 보조개를 지으며 걷는 미인도 없고, 손에 샤포 브라를 든 잘생긴 예술가가 공손한 인사로 여인들의 마음을 빼앗는 일도 없었다. 오래된 방은 을씨년스럽고 침침했으며, 연어빛 페인트는 칙칙한 잿빛으로 바래 있었고, 한때 벽을 장식하던 화려한 화환과 꽃장식의 석고 조각들은 큰 덩어리째 떨어져 나가 있었다. 그럼에도 아직 그곳에는 귀족 사회의 곰팡 슨 기운이 어딘가 남아 있었고, 지나가 버린 시절의 먼지 낀 기억이 매티 양과 포레스터 부인으로 하여금 방에 들어서는 순간 목을 곧추세우고, 마치 여러 고상한 구경꾼들 앞을 지나가는 양, 그들 사

9장. 시뇨르 브루노니

이에서 토피 한 토막을 나누며 심심풀이를 하느라 끼리끼리 모여 있는 꼬마 두 녀석뿐인 줄도 모르고 조심스레 발걸음을 옮기게 만들었다.

우리는 앞에서 두 번째 줄에서 멈춰 섰다. 왜 거기서 굳이 멈췄는지 나는 좀처럼 이해하지 못했다. 그러다 폴 양이 우연히 지나가던 웨이터를 붙잡고, 지방의 명문가들 가운데 누가 올 예정인지 물어보는 것을 듣게 되었다. 웨이터가 고개를 저으며, 그런 듯싶지는 않다고 대답하자, 포레스터 부인과 매티 양은 곧장 앞으로 나아갔고, 우리 일행은 앞줄에 네모 반듯한 대화의 한 무리를 이루게 되었다. 곧이어 그 앞줄은 글렌마이어 부인과 제이미슨 부인이 와서 더욱 늘어나고 풍성해졌다. 우리 여섯은 앞의 두 줄을 가득 채운 채 앉아 있었고, 그런 우리의 귀족적인 고립 상태는, 이따금씩 슬그머니 들어와 뒷자리 의자에 옹기종기 모여 앉는 가게 주인들 무리에게도 그럭저럭 존중받는 듯했다. 적어도, 그들이 내는 시끌벅적한 소리와, 털썩 주저앉을 때 의자를 울리는 둔탁한 쿵 소리로 미루어 보건대 그랬으리라 나는 짐작했다. 그러나, 고집스럽

232

게 올라가기를 거부하며—옛 태피스트리 이야기처럼 두 개의 기묘한 눈을 커튼 구멍 사이로 내보이는—그 초록색 막에 지쳐, 나는 뒤편에서 떠들썩하게 재잘거리는 사람들을 한 번 돌아보고 싶어졌다. 그때 폴 양이 내 팔을 꽉 붙들고는, "그러면 안 돼요. 그렇게 하는 건 '예의'가 아니에요."라며 말렸다. 그 '예의'라는 것이 정확히 무엇을 가리키는지 나는 끝내 알지 못했지만, 분명 대단히 재미없고 진부한 무언가였음이 틀림없었다. 어쨌든 우리는 모두 눈을 바로 앞으로, 몸을 반듯하게 향한 채 앉아서, 사람을 애태우는 그 커튼만 뚫어져라 바라보며, 공공 오락 장소에서 감히 소리를 내는 상스러움의 혐의를 받지 않으려는 마음에, 제대로 알아들을 수 없는 낮은 목소리로 더듬거리며 말 몇 마디를 주고받는 데 그쳤다. 제이미슨 부인은 그 가운데 가장 행운아였다. 그녀는 곧 잠이 들었기 때문이다.

마침내 그 눈들이 사라지고—커튼이 파르르 떨리더니—한쪽이 먼저 들리며 올라가고, 다른 한쪽은 그대로 딱 달라붙어 꿈쩍도 하지 않았다. 커튼은 다시 내려갔다

233

가, 보이지 않는 손이 한 번 더 힘차게 잡아당기자 마침내 확 치솟듯 올라가, 우리의 눈앞에 한 인물을 드러냈다. 터키식 복장을 한 장엄한 신사가 작은 탁자 앞에 앉아 있었고, (나는 그가, 아까 커튼의 구멍 너머로 우리를 엿보던 바로 그 눈으로라고 말해야 할 것이다) 차분하고도 은근히 거만한 위엄을 띤 표정으로 우리를 내려다보고 있었다. "마치 다른 세계에서 온 존재 같군요." 하는 감상적인 목소리가 내 뒤에서 새어 나오는 것이 들렸다.

"저 사람, 브루노니 시뇨르가 아니에요!" 폴 양이 단호하게, 그리고 내가 보기에 그가 분명히 들을 수 있을 만큼 또렷한 목소리로 말했다. 실제로 그는 흘러내린 수염 너머로 우리 쪽을 내려다보며 말없는 책망이 담긴 표정을 지어 보였다. "브루노니 시뇨르는 수염이 없었거든요—하지만 아마 곧 나오시겠죠." 폴 양은 그렇게 스스로를 달래며 참고 있었다. 그 사이, 매티 양은 안경을 통해 무대 쪽을 정찰하듯 바라보고, 안경을 닦은 뒤 다시 들여다보았다. 그리고 돌아서서, 다정하고도 온화한, 그러나 어딘가 서운함이 배어 있는 목소리로 내게 이렇게 말했다.

9장. 시뇨르 브루노니

"보렴, 애야, 역시 터번이 유행이었구나."

하지만 더 말을 주고받을 겨를은 없었다. 폴 양이 '그랜드 터크'라 부르기로 한 그가 자리에서 일어나 자신이 브루노니 시뇨르라고 선언했기 때문이다.

"나는 믿지 않아요!" 폴 양이 도전적이면서도 단호한 어조로 외쳤다. 그는 다시 한 번 그녀를 내려다보았는데, 그 얼굴에는 아까와 똑같이 엄숙한 책망의 기색이 서려 있었다. "믿지 않는다니까요!" 폴 양은 한층 더 확고한 목소리로 반복했다. "브루노니 시뇨르는 턱에 저런 텁수룩한 것을 두른 적이 없었고, 말끔히 면도한 기독교 신사처럼 보였어요."

폴 양의 활달한 발언 덕분에 제이미슨 부인은 그제야 잠에서 깨어났고, 가장 깊은 주의를 기울인다는 표시로 눈을 크게 떴다. 이 행동은 폴 양을 순간 잠잠하게 했고, 그랜드 터크가 계속할 수 있도록 격려하는 효과를 가져왔다. 그는 매우 어눌한 영어로 말을 이어갔는데—너무 어눌하여 문장과 문장 사이에 매듭 하나 이어지지 않았다. 그 자신도 이것을 알아차렸던지, 곧 말을 멈추고 곧장 동작으로 넘어갔다. 그제야 우리는 진심으로 놀랐다. 그가 그 많은 속임수를 어떻게 해내는지 나는 도무지 상상할 수 없었다. 폴 양이 종이쪽지를 꺼내 들고, 그의 가장 흔한 묘기들에 대한 '비법'을 큰 소리로—아니, 거의 들릴 만큼 선명한 속삭임으로—읽어 내려갈 때조차도 마찬가지였다. 만일 내가 누군가가 얼굴을 찡그리고 분노로 상기되는 모습을 본 적이 있다면, 바로 그 순간이었다. 그랜드 터크는 폴 양을 향해 찬찬히 분개한 얼굴을 돌렸다. 그러나 폴 양은 태연히 말했다. "저런 것이야말로 이교도에게서 기대할 수 있는 비기독교적 표정이죠."

폴 양이 회의적이고, 그의 묘기보다 비법과 도표에 더 몰두해 있었다면, 매티 양과 포레스터 부인은 그 반대로, 최고조의 신비와 혼란 속에 빠져 있었다. 제이미슨 부인은 안경이 문제라고 생각했는지, 안경을 들었다 내렸다 하며 계속 닦아댔다. 에든버러에서 여러 기묘한 광경을 보아 온 글렌마이어 부인은 이 마술에 크게 감탄하여, "약간만 연습하면 누구나 할 수 있다"는 폴 양의 주장에 완강히 동의하지 않았다. 폴 양은 자신에게 백과사전을 읽을 두 시간만 주어진다면, 그리고 왼손 세 번째 손가락만 조금 더 유연해진다면, 그가 한 모든 것을 똑같이 해 보일 수 있다고 장담했다.

마침내 매티 양과 포레스터 부인은 완전히 경외감에 사로잡히기 시작했다. 두 사람은 조심스레 속삭였다. 나는 바로 뒤에 앉아 있었기 때문에, 그들의 대화를 듣지 않을 수 없었다.

매티 양이 속삭였다. "이런 걸 보러 오는 게 과연 옳은 일이었을까요? 괜히… 무언가 좋지 않은 것에 힘을 보태는 건 아닐지 걱정돼요…" 그 뒤의 여백은 그녀가 살짝 흔든 고개가 대신 채웠다.

포레스터 부인이 답했다. "저도 같은 생각이 들었어요. 정말 기분이 좀… 불편해요. 너무 이상하잖아요. 방금 그 빵 속에 들어 있던 게 제 손수건이 틀림없어요. 그런데 5분 전까지만 해도 제 손에 있었단 말이죠. 누가 빵을 준비했을까요? 데이킨 일리는 없어요. 그 사람은 교회 관리인이니까요."

갑자기 매티 양이 반쯤 돌아보며 내게 속삭였다.

"얘야, 네가 한번 봐줄래? 너는 이 마을 사람이 아니니 괜한 소문이 생기지 않을 거야. 교구 목사님이 오셨는지 좀 봐주겠니? 만약 와 계시다면, 이 놀라운 분이 교회의 승인을 받은 것이라고 결론지을 수 있겠지. 그러면 내 마음이 한결 편안해질 거야."

나는 객석을 둘러보았고, 키가 크고 마른, 먼지 묻은 듯한 교구 목사가 국립학교 소년들에게 둘러싸여 앉아 있는 것을 발견했다. 그는 수많은 크랜포드 미혼 여성들의 접근을 막아 주는 남자들 틈에서 보호받고 있었고, 그의 온화한 얼굴은 활짝 웃음으로 가득 차 있었다. 그 주변의 소년들도 쪼개질 듯 웃고 있었다.

나는 매티 양에게 "교회도 미소로 승인하고 있어요." 라고 전했고, 그 말은 그녀의 마음을 단숨에 누그러뜨렸다.

나는 헤이터 교구 목사에 대해 단 한 번도 이름을 언급한 적이 없었다. 부유하고 행복하게 지내는 젊은 여성인 나와는, 애초에 그의 길과 마주칠 일이 없었기 때문이다. 그는 늙은 총각이었지만, 열여덟 살의 소녀 못지않게 결

9장. 시뇨르 브루노니

혼 소문이 떠도는 일을 두려워했다. 그래서 거리에서 크랜포드의 숙녀들을 마주치기라도 하면, 가게 안으로 몸을 숨기거나 좁은 골목으로 재빨리 사라지는 것이 그의 상례였다. 프레퍼런스 파티에 초대받고도 응하지 않는 일에 대해서는, 나는 그를 조금도 탓할 수 없었다. 사실을 말하자면, 나는 줄곧 폴 양이 헤이터 씨가 크랜포드에 처음 부임했을 때 제법 열렬히 그를 뒤쫓았다고 의심했다. 그녀가 지금은 그의 이름이 자기 이름과 단 한 번도 연관되는 일이 없도록, 그의 두려움을 똑같이 공유하는 듯 행동하는 것이 오히려 그 의심을 더 굳게 만들었다. 헤이터 씨는 가난하고 무력한 이들 가운데서 자신의 모든 관심을 찾았다. 바로 오늘 밤에도 그는 국립학교 소년들에게 이 공연을 보여주었다. 그리고 그 덕에, 미덕은 오랜만에 스스로 보상을 얻었다. 소년들이 그의 양옆을 단단히 지키며, 마치 그가 여왕벌이고 자신들이 그를 따르는 벌떼인 듯 그의 곁을 떠나지 않았기 때문이다. 그렇게 철통같이 보호받고 있다 보니, 우리가 줄지어 밖으로 나갈 때 그는 우리에게 가볍게 목례를 할 여유까지 있었다. 그러나 폴 양은

9장. 시뇨르 브루노니

그의 존재를 못 본 척했고, 우리가 속았으며, 결국 브루노니 시뇨르를 보지 못했다는 사실만을 우리에게 설득하는데 열심인 체했다.

10장. 대혼란

나는 브루노니 시뇨르가 크랜포드를 방문한 뒤에 일어난 일련의 사건들이 실제로 그와 어떤 관련이 있었는지는 알 수 없지만, 적어도 그 당시에는 우리 모두가 그 모든 일이 어딘가 그와 이어져 있다는 인상을 받았다고 생각한다. 어느 순간부터 불편한 소문들이 마을 곳곳에 떠돌기 시작했다. 강도 사건이 한두 건 있었는데—엄연한, 진짜 강도 사건이었다—범인들은 치안 판사 앞에 끌려가 재판에 회부되었고, 그 일 때문에 우리 모두가 언젠가 강도를 당할지도 모른다는 두려움에 휩싸였다. 나는 매티 양 댁에서 한동안 매일 밤 부엌과 지하실을 도는 순찰이 일종의 의식처럼 이어졌던 것을 기억한다. 매티 양이 난로 포커를 들고 앞장서고, 내가 난로 솔을 들고 뒤를 따르고, 마

241

사는 삽과 부지깽이를 들고 경보를 울릴 준비를 했다. 그런데 그 도구들이 우연히 부딪히기라도 하면, 우리는 놀란 나머지 뒷부엌이나 저장실 같은 곳에 셋이 함께 뛰어들어 문을 걸어 잠그곤 했다. 겁이 가라앉고 나서야 정신을 차리고 다시 두 배의 용기를 내어 순찰을 계속했다. 낮에는 가게 주인들과 시골 사람들에게서, 한밤중에 발굽에 펠트를 댄 말이 끄는 수레가 어둠 속을 돌아다니고, 그 옆을 검은 옷을 입은 남자들이 지키고 있었다는 이야기를 들었다.

폴 양은 늘 큰 용기를 내는 척했지만, 사실 이 모든 소문을 모으고 가장 공포스럽게 엮어낸 장본인이었다. 그러나 우리는 곧 그녀가 호긴스 씨에게서 낡은 모자 하나를 얻어 자택의 현관에 걸어두었다는 사실을 알게 되었고, 적어도 나는 그녀가 정말로 자기 집이 털리는 '작은 모험'을 즐길 수 있을지 의심스러웠다. 그녀는 그렇게 할 것이라 장담했지만 말이다. 매티 양은 자신이 겁이 많은 사람이라는 것을 숨기지 않았다. 하지만 집안 순찰이라는 관리자의 의무만큼은 정확히 수행했다. 다만 그 시간이 점점 앞당겨져, 나중에는 저녁 여섯 시 반이면 순찰을 마치고, "밤을 조금이라도 빨리 넘겨버리기 위해" 일곱 시가 조금 지난 시각에 잠자리에 들곤 했다.

크랜포드는 오랫동안 정직하고 도덕적인 마을이라는 자부심을 품어왔기에, 그 이미지를 깨뜨리는 일은 있을 수 없다고 생각했다. 그래서 이번 사건들이 마을의 명성에 드리운 오점을 더욱 뼈아프게 느꼈다. 그러나 우리는 서로를 위로하며, 강도 사건은 결코 크랜포드 사람이 저지를 일이 아니며, 반드시 외지인이 저지른 짓일 것이라고 단정했다. 그것 때문에 마치 우리가 아메리카 원주민이나 프랑스군 사이에 사는 듯한 경계심을 갖게 된 것이었다. 이러한 비교는 포레스터 부인의 입에서 나왔다. 그녀의 아버지는 미국 전쟁에서 버고인 장군 휘하에서 복무했고, 그녀의 남편은 스페인에서 프랑스군과 싸웠다. 그런 배경 때문인지, 그녀는 이번 사건 역시 작게는 확인된 절도와, 크게는 소문으로만 존재하는 강도 사건과 노상강도까지 모두 프랑스인이 엮여 있다고 믿고 있었다. 그녀는 평생 어느 순간 프랑스 스파이에 대한 깊은 불안감을 품은 적이 있었던 듯했고, 그 생각은 완전히 사라지지 않은 채 때때로 되살아났다. 그리고 이번에는 이렇게 결론을 내렸다.

크랜포드 사람들은 자신을 지나치게 고상하게 여기고, 가까이 살아주는 귀족들에게 깊은 감사심을 갖고 있으므로, 결코 부정직하거나 부도덕한 일을 저지를 리가 없다. 그러므로 범인은 낯선 사람이다. 낯선 사람이라면, 왜 외국인이 아니겠는가? 외국인이라면, 그중에서도 프랑스인이 가장 개연성이 높다.

브루노니 시뇨르는 프랑스인처럼 어눌한 영어를 구사했다. 터키인처럼 터번을 쓰고 있었지만, 포레스터 부인은 스탈 부인이 터번을 쓴 초상화도 보았고, 마술사가 등장했던 것과 똑같은 복장을 한 드농 씨의 판화도 보았다. 즉, 프랑스인도 터번을 쓴다. 결국 브루노니 시뇨르는 프랑스인이며, 영국의 허점과 방어되지 않은 곳을 탐지하러 온 스파이일 것이고, 공범들도 있을 것이다. 게다가 포레스터 부인은 폴 양이 '조지' 여관에서 겪었다는 사건—한 명만 있어야 할 곳에서 두 명을 보았다는 이야기—역

10장. 대혼란

시 그와 연관되어 있다고 확신했다. 프랑스인은 영국인이 모르는 방식과 수단을 갖고 있다고 그녀는 진지하게 말했다. 그리고 그녀는 그 마술사를 보러 간 일도 마음이 내내 편치 않았다고 했다. 비록 교구 목사가 함께 있었다 해도, 그것은 어디까지나 금지된 것을 건드리는 듯한 기분이었다. 요컨대, 포레스터 부인은 우리가 한 번도 본 적 없는 수준으로 흥분해 있었고, 장교의 딸이자 장교의 미망인이라는 점에서, 우리는 자연스레 그녀의 의견에 무게를 두었다.

정말로 나는 이 무렵 들불처럼 퍼져나가던 소문들 가운데 얼마나 참이고 거짓이었는지 알지 못한다. 그러나 당시의 나에게는, 크랜포드에서 약 여덟 마일 떨어진 작은 마을 마든에서 집과 가게들이 밤 사이 벽에 뚫린 구멍을 통해 침입당하고, 벽돌들이 한밤중에 소리 없이 치워지며, 집 안팎 어디에서도 단 한 점의 기척조차 들리지 않았다는 이야기를 믿지 못할 까닭이 없어 보였다. 매티 양은 이 이야기를 듣고 완전히 낙담해버렸다.

"도대체 자물쇠와 빗장, 창문에 단 종, 그리고 밤마다

10장. 대혼란

집을 도는 게 무슨 소용이람?" 그녀가 이렇게 말했다. "그 마지막 속임수는 마술사에게나 어울리는 짓이었지. 이제 나는 브루노니 시뇨르가 그 배후에 있다고 믿어."

어느 날 오후 다섯 시 무렵, 문을 급히 두드리는 소리에 우리는 놀라 벌떡 일어났다. 매티 양은 마사에게 절대로 그녀(매티 양)가 창문으로 먼저 정찰하기 전에는 문을 열지 말라고 전해달라고 했다. 그리고 혹시 문밖의 사람이 그녀의 '누구냐'는 물음에 고개를 들어 검은 크레이프로 얼굴을 가린 모습을 드러낼 경우 대비하여, 그녀는 작은 발판을 들어 그의 머리 위로 떨어뜨릴 준비까지 마쳤다.

그러나 문 앞에 서 있던 사람은 다름 아닌 폴 양과 베티였다. 폴 양은 작은 손바구니를 들고 위층으로 올라왔고, 그녀의 얼굴은 심한 동요로 상기되어 있었다.

"그거 조심해요!" 내가 그녀의 바구니를 받아 들려고 하자 그녀가 재빨리 말했다. "제 은식기예요. 오늘 밤 제 집을 털려는 계획이 분명히 있는 것 같아요. 그래서 매티 양, 당신의 환대에 몸을 맡기러 왔어요. 베티는 '조지' 여관에 사는 사촌과 함께 잘 거예요. 저는 허락만 해주신다면 이곳에서 밤새도록 앉아 있을 수 있어요. 하지만 제 집은 이웃과 너무 멀리 떨어져 있어서, 우리가 아무리 비명을 질러도 들릴 것 같지 않거든요!"

"하지만 무슨 일이길래 그렇게 놀라신 거죠? 집 주변에서 이상한 사람이라도 보셨나요?" 매티 양이 물었다.

"오, 봤죠!" 폴 양이 대답했다. "아주 험상궂게 생긴 남자 둘이 집 앞을 아주 천천히—그것도 세 번이나—지나갔어요. 그리고 30분도 채 지나지 않아 아일랜드 거지 여자가 와서는, 아이들이 굶주려 죽게 생겼다며 여주인을 만나야 한다고 하면서, 베티를 밀치고 안으로 들어오려 했어요. 보셨죠? 여주인이라고 했다는 게 이상했어요. 복도에 남자의 모자가 걸려 있었으니, 차라리 주인이라고 하는 게 더 자연스러웠을 텐데 말이에요. 어쨌든 베티는 그녀의 얼굴에 문을 쾅 닫아버리고는 제게 달려 올라왔어요. 우리는 은숟가락들을 모두 모아 한데 챙겨두고, 응접실 창가에 앉아 토머스 존스가 일을 마치고 지나가는 모습을 지켜보다가, 마침 그가 나타나자 그를 불러 마을까

10장. 대혼란

지 우리를 호위해 달라고 부탁했죠."

우리는 겁에 질릴 때까지 용맹을 큰소리로 떠들던 폴 양을 충분히 놀려댈 수도 있었지만, 그녀 역시 인간으로서의 약함을 우리와 똑같이 지니고 있다는 사실을 깨닫자, 그녀를 이긴다는 마음은 감히 들지 않았다. 그래서 나는 기꺼이 내 방을 그녀에게 내주었고, 그날 밤은 매티 양과 함께 침대를 나누어 쓰기로 했다.

그러나 잠자리에 들기 전, 두 숙녀는 기억의 깊은 곳에 묻혀 있던 강도와 살인에 관한 끔찍한 이야기들을 차례로 끄집어냈고, 나는 두려움에 발끝까지 떨려왔다. 폴 양은 자기의 갑작스러운 공포가 정당하다는 것을 증명하려는 듯, 자신이 직접 겪었다는 끔찍한 사건들을 열심히 늘어놓았다. 매티 양 역시 뒤질 겨를이 없다는 듯, 폴 양의 이야기를 한 층 더 무시무시한 이야기로 덮어씌웠다. 그것은 기묘하게도, 내가 어디선가 읽었던 나이팅게일과 음악가의 오래된 이야기를 떠올리게 했다. 서로 누가 더 훌륭한 음악을 만들 수 있는지 겨루다가, 마침내 불쌍한 필로멜이 떨어져 죽고 말았다는 그 이야기 말이다.

248

그날 이후로도 오래도록 내 마음을 괴롭힌 이야기 하나가 있었다. 컴벌랜드의 어느 커다란 저택에서 일어난 일로, 특별한 장날에 다른 하인들이 모두 축제에 가버린 탓에 어린 소녀 하나가 집을 맡게 되었을 때의 일이었다. 집안 식구들은 런던에 있었고, 그때 한 행상이 지나가며 크고 무거운 짐 보따리를 부엌에 맡겨달라고 했다. 그는 밤에 다시 찾아오겠다고 말했다. 그 소녀는 사냥터지기의 딸이었는데, 심심함을 달래며 집 안을 돌아다니다가 복도에 걸린 총 한 자루를 발견했고, 장식을 살펴보려고 손에 들었다. 순간 총이 발사되어 열린 부엌 문을 지나 보따리를 맞혔고, 느리고 검붉은 피의 실이 틈새로 스며 나왔다. (폴 양은 이 장면을 얼마나 사랑했던지! 단어 하나하나를 음미하며 이야기했다.) 이후의 전개—소녀가 어떻게든 붉게 달군 이탈리아식 다리미로 강도들을 물리치고, 그것을 다시 기름에 담가 검게 만들었다는 부분—은 그녀가 서둘러 말해버린 탓에, 내게는 혼란스러운 조각들로만 남아 있다.

우리는 아침에 과연 무슨 소식이 들려올지 두려움과

10장. 대혼란

경이로 뒤섞인 마음으로 헤어졌다. 나로서는 무엇보다도, 밤이 어서 지나가버리기만을 간절히 바랐다. 혹여 강도들이 어두운 어딘가에 숨어 폴 양이 은식기를 가져나가는 모습을 보고 있었다면, 우리 집을 노릴 이유가 두 배가 될 것만 같아, 마음이 한순간도 편치 않았기 때문이다.

하지만 글렌마이어 부인이 다음 날 찾아오기 전까지는, 우리 귀에 그 어떤 특별한 소식도 들어오지 않았다. 부엌의 부지깽이와 화로 도구들은, 마사와 내가 정교하게 쌓아 올려 놓았던 그 자리 그대로 뒷문에 기대어 있었다. 고양이 한 마리만 스쳐도 요란하게 무너질 만큼 아슬아슬하게 쌓아둔 것이라, 나는 만약 우리가 그런 소리에 놀라 깨어난다면 과연 어떻게 해야 할지 내심 걱정했다. 그래서 매티 양에게 강도들이 우리가 얼굴을 확인할 수 있다고 오해하지 않도록, 이불을 뒤집어써 얼굴을 가리는 것이 어떻겠느냐고 제안했다. 그러나 몸을 부들부들 떨던 매티 양은 그 제안을 단호히 물리치며, 사회의 일원으로서 강도를 붙잡는 것은 우리의 의무이며, 그녀는 분명 최선을 다해 놈들을 붙잡아 아침까지 다락방에 가두어 둘

것이라고 선언했다.

글렌마이어 부인이 오자, 우리는 한순간 그녀가 부러워지기까지 했다. 제이미슨 부인의 집은 실제로 공격을 받았던 것이다. 적어도 부엌 창문 아래 꽃 경계에는 "남자가 있어서는 안 될 자리"에 남자 발자국이 선명히 찍혀 있었고, 카를로는 밤새도록 낯선 기척을 감지한 듯 미친 듯 짖어댔다. 제이미슨 부인은 글렌마이어 부인에게 깨워졌고, 두 사람은 3층의 멀리너 씨 방과 연결된 벨을 흔들었다. 그의 잠옷 모자를 쓴 머리가 계단 난간 위로 불쑥 모습을 드러내자, 두 여인은 자신들의 공포와 그 이유를 빠르게 설명했다. 그러자 그는 곧장 침실로 물러나 방문을 잠그고(아침에는 외풍을 막기 위해서였다고 변명했다), 창문을 활짝 열어, 만약 강도들이 자신에게 온다면 그들과 싸울 것이라고 용감하게 외치기만 했다.

그러나 글렌마이어 부인이 말했듯, 그것은 그리 믿음직스러운 위안이 되지 못했다. 강도들이 그에게 닿으려면 먼저 제이미슨 부인의 방과 그녀 자신의 방을 지나야 했고, 또한 아래층의 무방비한 창과 문을 제쳐두고, 굳이 다

251

락방까지 올라가 집의 '수호자'를 공격하겠다고 마음먹는
다면, 그것은 매우 호전적인 도둑일 터였다. 글렌마이어
부인은 한동안 응접실에서 숨을 죽이며 기척을 들었으나,
마침내 제이미슨 부인에게 잠자리에 들자고 제안했다. 그
러나 그 부인은 지켜보지 않고는 마음이 놓이지 않는다며
소파 위에 따뜻하게 몸을 감싼 채 밤을 지새웠고, 아침 여
섯 시에 들어온 하녀에게 깊이 잠든 모습으로 발견되었
다. 글렌마이어 부인은 침대로 갔으나 밤새 한숨도 자지
못했다고 했다.

폴 양은 이 소식을 듣자마자 크게 만족한 듯 고개를 끄
덕였다. 그녀는 분명 그날 밤 크랜포드에서 무언가 일어
날 것이라고 장담했고, 그 말은 사실이 되었다. 강도들은
처음에는 그녀의 집을 노렸지만, 그녀와 베티가 미리 대
비해 은식기를 치운 것을 보고 계획을 바꿔 제이미슨 부
인 댁으로 향했음이 분명했다. 그리고 카를로가 충직한
개답게 온 힘을 다해 짖지 않았다면 어떤 일이 벌어졌을
지 아무도 알 수 없었다!

불쌍한 카를로! 그의 짖는 날들은 이제 거의 끝나가고

10장. 대혼란

있었다. 동네를 어지럽히던 무리가 그를 두려워했는지, 혹은 그날 밤 자신들의 계획을 망쳐놓은 것에 보복하려 한 것인지, 아니면 사람들의 말대로 과식과 부족한 운동 끝에 중풍이 온 것인지 알 수는 없었다. 하지만 그 사건이 있은 지 이틀 뒤, 카를로는 마침내 죽은 채 발견되었다. 그의 가냘픈 다리는, 마치 어떤 극도의 노력으로라도 피할 수 없는 추격자인 죽음으로부터 도망치려던 것처럼, 달리는 자세로 곧게 뻗어 있었다.

우리는 모두, 수년 동안 우리 곁에서 짖어대며 살아온 오래된 친구 카를로의 죽음을 안타까워했다. 그리고 그의 죽음을 둘러싼 기묘한 정황은 우리를 더욱 불안하게 만들었다. 혹시 브루노니 시뇨르가 이 모든 일의 저편에 있는 것은 아닐까? 그는 단지 명령 한마디로 카나리아 한 마리를 죽였다고 하지 않았는가. 그의 의지는 마치 죽음의 힘을 품은 듯했고, 어쩌면 그는 아직도 이 근방 어딘가에 숨어서, 어떤 무시무시한 일이라도 마음만 먹으면 일으킬 수 있을지도 몰랐다.

이런 공상들은 저녁이면 우리 입술 사이를 속삭이며

253

오갔으나, 아침 햇살이 비추면 용기는 다시 돌아왔다. 일주일이 지나자, 제이미슨 부인을 제외하고는 모두 카를로의 죽음의 충격에서 벗어났다. 그녀, 불쌍한 사람은 남편이 세상을 떠난 이래 어떤 일도 그렇게 깊이 느끼지 못했던 듯 보였다. 사실, 폴 양은—늘 그렇듯 냉소적인 말투로—제이미슨 귀인이 술을 많이 마셔 그녀에게 늘 근심을 안겨주었기 때문에, 어쩌면 카를로의 죽음이 더 큰 고통일지도 모른다고 말했다.

하지만 한 가지는 분명했다. 제이미슨 부인에게는 다른 장소와 공기가 절실했다. 멀리너 씨는 우리가 그녀의 안부를 물을 때마다 엄숙하게 고개를 저으며, 그녀가 식욕을 잃고 밤마다 뒤척인다는 사실을 불길한 조짐처럼 이야기했다. 그리고 사실, 그녀의 원래 건강 상태를 이루던 두 축은 '훌륭한 식욕'과 '탁월한 숙면'이었다. 먹지도 자지도 못한다면, 그녀는 분명 시름에 잠긴 것이다.

크랜포드를 무척 마음에 들어 한 글렌마이어 부인은, 제이미슨 부인이 첼트넘으로 가는 것을 탐탁지 않게 여겼다. 그녀는 그것이 멀리너 씨의 생각임을 여러 번 은근히

10장. 대혼란

내비쳤다. 그는 집이 공격당했을 때 큰 충격을 받았고, 그 후로는 많은 여성을 지켜야 한다는 책임감이 너무 무겁다고 하소연했다고 한다. 어찌 되었든, 제이미슨 부인은 멀리너 씨의 호위를 받아 첼트넘으로 떠났고, 글렌마이어 부인은 집을 맡아 남았다. 겉으로는 하녀들이 구애자들을 몰래 들이지 못하게 단속하는 임무를 맡은 셈이었다. 그녀는 실로 보기 좋은 '용(龍)'과도 같았고, 머지않아 시누이가 첼트넘을 방문한 것이 세상 무엇보다 좋은 일이라는 사실을 스스로 발견했다. 그녀는 에든버러의 집을 이미 세 주었고, 당분간 거처가 없던 터라 제이미슨 부인의 편안한 집을 관리하는 일은 더없이 반가운 자리였다.

폴 양은 자신을 영웅으로 내세우고 싶어 했다. 그녀가 말하길, 그녀가 "그 살인적인 무리"라 부른 두 남자와 한 여자로부터 도망쳤던 단호한 행동은, 영웅담이라 불릴 만하다고 했다. 그녀는 그들의 생김새를 점점 더 극적으로 묘사했고, 들을 때마다 새로운 악인의 특징들이 덧붙여졌다. 처음에는 키가 컸던 남자가 우리의 귀에 들어올 즈음에는 거인처럼 자라 있었고, 검은 머리는 어느새 이마와

등까지 흘러내리는 뒤엉킨 머리로 변했다. 다른 남자는 작고 다부졌다—그러나 이야기가 거듭될수록 그의 어깨에는 혹이 돋았고, 붉은 머리는 점점 당근색으로 짙어졌다. 폴 양은 마침내 그가 사팔뜨기였다고 거의 확신하는 듯했다. 여자는 사나운 눈빛을 하고 있었고, 남자처럼 보였으며, 마침내는 남장을 한 사내일지도 모른다는 추정까지 나왔다. 나중에는 그녀의 턱에 수염이 있었다느니, 목소리와 걸음걸이가 남자 같았다느니 하는 이야기까지 덧붙여졌다.

폴 양은 그날 오후의 사건을 이야기하는 데 열중했지만, 다른 사람들은 그리 자랑스럽지 않았다. 외과 의사 호긴스 씨는 자신의 현관에서 두 악당에게 습격을 받았다. 그가 초인종을 누르고 하인이 응답하기까지의 짧은 공백 사이에, 그는 완전히 제압당해 강도를 당했다. 폴 양은 그것이 "그녀의 남자들"의 소행일 것이라고 확신했다. 그리고 소문을 들은 바로 그날, 치아 검진을 구실로 호긴스 씨를 찾아가 이것저것 질문했다. 그녀는 그 뒤 곧장 우리에게 와, 그가 말해준 이야기를 흥분이 채 가라앉기도 전에 전했다. 어쨌든, 그 사건은 바로 전날 밤에 벌어진 일이었다.

"글쎄요!" 폴 양은 인생과 세상의 본질에 대해 이미 결론을 내려버린 사람 특유의 결단력으로 털썩 자리를 잡으며 말을 꺼냈다. 그런 사람들은 결코 가볍게 걷지도, 쿵 하는 소리 없이 앉지도 않는 법이었다. "글쎄요, 매티 양! 남자란 결국 남자일 뿐이지요. 세상의 모든 아들들은 삼손과 솔로몬을 한데 합쳐 놓은 존재로 여겨지길 바라거든요―결코 패하거나 당황하지 않을 만큼 강하고, 결코 속지 않을 만큼 현명하다고 말이지요. 눈여겨보면 아시겠지만, 그들은 언제나 사건을 예견했다고 말하면서도, 정작 일이 벌어지기 전에 누군가에게 경고해주는 법은 없어요. 제 아버지도 남자였고, 저는 그 종족을 제법 잘 안다고요."

그녀는 숨을 헐떡일 만큼 열을 올려 말했고, 우리는 적절한 침묵을 합창으로 채워넣고 싶었으나, 무슨 말을 해야 할지, 또 어떤 남자가 그녀로 하여금 이토록 성난 훈계를 늘어놓게 만들었는지 알 수가 없었다. 그래서 우리는

10장. 대혼란

그저 조용히 고개를 끄덕이며, "정말 알 수 없는 사람들이죠, 참으로 그렇죠…" 하고 흐릿한 합창을 맞추는 데 그쳤다.

"자, 생각해보세요." 그녀가 말을 이었다. "저는 남아 있는 이빨 하나를 뽑힐 위험까지 감수했어요. 사람을 말하자면 치과 의사의 자비 아래 들어가는 일처럼 무방비한 일이 또 없거든요. 그래서 전 늘, 입이 그들의 손아귀에서 벗어나기 전까지는 최대한 친절하게 웃어드리죠. 그런데 결국, 호긴스 씨는 어제 밤 강도를 당했다는 사실을 인정할 만큼 솔직한 사람이 아니에요."

"강도를 당하지 않았다고요?" 우리는 놀라 중얼거렸다.

"말도 마세요!" 폴 양은 우리가 잠시라도 속아 넘어갔다는 듯 화를 터뜨리듯 말했다. "저는 그가 강도를 당했으리라고 믿어요. 베티가 말한 그대로요. 그는 그 사실을 인정하기 부끄러운 거예요. 바로 자기 집 문 앞에서 털렸다는 건 정말 어리석은 일이지요. 크랜포드 사회가 그를 좋게 보지 않을까 두려운 거죠. 그래서 숨기고 싶은 거예요.

10장. 대혼란

그렇지만 나에게 '지난주에 그의 마당 금고에서 양 목살 하나가 도난당했는데, 아마 그걸 과장해서 들었을 것'이라는 둥, '그것도 고양이가 가져갔다고 본다'는 둥, 그런 말을 늘어놓을 필요는 없었다고요! 제가 보기엔, 굶주린 아이들 이야기를 핑계로 제 집을 기웃거리던, 여자 옷을 입은 그 아일랜드놈이 한 짓임이 틀림없어요."

우리는 호긴스 씨의 솔직하지 못한 태도를 두루 비난하고, 그를 남자 전체를 대표하는 표본으로 삼아 한바탕 남성 일반을 탓한 뒤에야, 마침 그녀가 들어오기 전에 나누고 있던 이야기로 돌아갔다.

즉, 나라의 분위기가 이처럼 소란스러운 가운데, 매티양이 막 포레스터 부인에게서 받은 초대를 어느 정도까지 감히 받아들일 수 있을지에 대한 논의였다. 해마다 그러했듯, 그녀의 결혼기념일을 기려 다섯 시에 차를 마시고, 그 뒤 조용히 풀을 한 판 하자는 초대였다.

포레스터 부인은 길이 많이 위험해진 것 같아 망설이며 우리를 부른다고 했고, 대신 한 사람은 세단을 타고, 나머지는 빠른 걸음으로 의자꾼들의 속보를 따라가면 모두 무사히 오버 플레이스—마을이라기보다, 어둡고 외로운 골목 하나를 사이에 두고 크랜포드에서 약 이백 야드 떨어진 작은 집 무리—에 도착할 수 있을지도 모른다고 제안했다. 폴 양의 집에도 비슷한 쪽지가 도착해 있을 것이라는 데에는 의심의 여지가 없었다. 그래서 오늘 그녀의 방문은 다행스러운 일이 되었고, 우리는 함께 머리를 맞대어 상의할 수 있었다. 사실 우리 모두는 이 초대를 사양하고 싶었다. 그러나 그러는 것은 포레스터 부인에게 너무나도 야박한 일처럼 여겨졌다. 그렇지 않으면 그녀는 그다지 밝지 않았던 자신의 결혼생활을 홀로 되새겨야 할 터였다. 매티 양과 폴 양은 오랫동안 이 기념일의 단골 방문객이었고, 마침내 둘은 친구에 대한 의리를 저버리느니 차라리 '어둠의 길'을 통과하기로 마음을 굳혔다.

그러나 정작 저녁이 되자, 매티 양—감기에 걸려 세단에 타는 것으로 의견이 모아진 사람이었다—은 마치 상자 속 인형처럼 갇히기 직전, 의자꾼들에게 무슨 일이 벌어지더라도 도망치지 말고, 그 안에 그녀를 둔 채 살해당하도록 내버려두지 말아달라고 간청했다. 의자꾼들이 굳게 약속한 뒤에도, 나는 그녀의 얼굴이 순교자의 결심처럼 굳어지는 것을 보았다. 그리고 그녀는 유리 너머로 나에게 슬프고 불길한 고갯짓을 남겼다. 그럼에도 우리는 무사히 도착했다. 다만 누구보다 빨리 '어둠의 길'을 통과하려고 모두 달리듯 걸었기 때문에 숨이 찼고, 가엾은 매티 양은 꽤 몹시 흔들렸을 터였다.

포레스터 부인은 그러한 위험을 무릅쓰고 자신을 찾아온 우리의 수고에 보답하고자 특별한 준비를 해두고 있었다. 평소처럼, 하녀들이 무엇을 올릴지 자신은 전혀 모른다는 듯이 굳이 격식을 차리는 상류층 특유의 무지의 형식이 일단 모두 거행되었고, 그 뒤로는 저녁 내내 하모니와 프레퍼런스 놀이가 이어질 듯하였다. 그런데 어떻게 시작되었는지 알 수 없는 한 흥미로운 이야기가 곧 자리를 잡았는데, 물론 그것은 크랜포드 인근을 들끓게 하는 강도들에 관한 것이었다.

우리는 이미 어둠의 길의 위험을 뚫고 온 터라, 필요할 때 꺼내 쓸 수 있는 약간의 용기라는 평판을 쌓은 셈이었고, 또 아마도 솔직함이라는 면에서 남자들(즉, 호긴스

10장. 대혼란

씨)보다 스스로 우월하다는 것을 증명하고 싶은 마음도 있었으므로, 각자의 두려움과 저마다 세워 둔 은밀한 대비책을 털어놓기 시작했다. 나는 나의 가장 큰 공포가 '눈'이라고 고백했다. 나를 응시하고, 훔쳐보고, 어떤 둔하고 평평한 나무판 같은 표면 위에서 반짝이며 나를 지켜보는 눈. 그리고 공포에 휩싸인 순간에 만약 거울 앞으로 가야만 한다면, 나는 틀림없이 거울을 돌려 뒷면을 나에게 향하게 할 것이라고 말했다. 어둠 속 내 뒤에서 눈이 떠다보는 것을 보게 될까 두려워서였다.

나는 매티 양이 무언가를 고백하려 마음을 다잡는 모습을 눈치챘고, 마침내 그 이야기가 흘러나왔다. 그녀는 소녀였을 때부터, 침대에 들어가려는 바로 그 순간, 마지막 다리를 누군가에게 붙잡힐지도 모른다는 두려움을 품어 왔다고 털어놓았다. 젊고 몸이 날렵하던 시절에는, 한 걸음 물러섰다가 훌쩍 뛰어올라 두 다리를 한꺼번에 침대 위로 올리는 법을 썼다고 했다. 그러나 그런 몸짓은, 우아하게 침대로 미끄러져 들어가는 데 자부심을 갖고 있던 데버러를 늘 못마땅하게 했고, 그 때문에 언젠가부터 그

262

습관을 버렸다고 덧붙였다.

그럼에도 불구하고, 오래된 공포는 자주 그녀를 엄습하곤 했다. 특히 폴 양의 집이 공격당한 이후로는(우리는 어느덧 그 공격이 실제로 있었다고 완전히 믿게 되어 있었다). 그렇다고 해서 침대 밑을 들여다보다가, 그 아래에 숨어 있는 사내의 크고 사나운 얼굴이 자신을 똑바로 노려보고 있는 모습을 마주한다는 것은 생각만으로도 견딜 수 없이 끔찍한 일이었다. 그래서 그녀는 묘안을 하나 떠올렸다. 어쩌면 당신도 눈치챘을지 모르겠지만, 그녀가 마사에게 아이들이 갖고 노는 값싼 1페니짜리 공을 사 오라고 시킨 일이 있었다. 이제 그녀는 밤마다 그 공을 침대 밑으로 굴렸다. 공이 다른 쪽으로 굴러 나오면 아무 탈이 없는 것이고, 나오지 않으면 언제나 한 손을 종 줄 위에 올려 두고, 마치 남자 하인들이 벨을 받고 달려올 것처럼 존과 해리를 부를 작정이었다.

우리는 모두 이 기발한 계책을 찬탄했고, 매티 양은 자신만의 약점을 시인하고 나서야 비로소 만족스러운 침묵 속으로 가라앉았다. 그러면서 포레스터 부인을 바라보며,

263

이제는 당신 차례라는 듯한 시선을 보냈다.

포레스터 부인은 곁눈질로 폴 양을 힐끗 살피더니, 이
야깃거리를 조금 바꾸려는 듯 자신이 요즘 밤마다 빌려
쓰는 소년 이야기를 꺼냈다. 그녀는 이웃 오두막집 가운
데 한 곳에서 사내아이 하나를 데려왔고, 그 부모에게는
크리스마스에 석탄 50kg과 매일 저녁 그의 저녁 식사를
약속했다. 소년이 처음 왔을 때 그녀는 그에게 혹시 닥칠
지도 모를 임무에 대해 차근차근 일러주었다. 그리고 그
가 제법 사리를 분별한다는 생각이 들자, 그녀는 그에게
소령의 칼—소령은 그녀의 고인이 된 남편이었다—을 주
고, 밤마다 칼날이 베개의 머리맡을 향하도록 하여 베개
뒤에 매우 조심스럽게 꽂아 두라고 일렀다.

그가 영리한 아이라는 것은 틀림없다고 그녀는 장담
했다. 소령의 삼각모를 발견하자, 그것을 쓸 수만 있다면,
영국인 둘이나 프랑스인 넷쯤은 아무 때고 겁줄 수 있다
고 큰 소리쳤기 때문이었다. 그러나 그녀는 소년에게, 어
떤 소리가 들릴 경우 모자 따위를 쓸 생각은 아예 하지 말
고, 칼을 뽑아 들고 곧장 그 소리가 나는 쪽으로 달려가라

264

고 거듭 주의를 주었다. 내가, 그처럼 무차별적이고 피비린내 나는 지시로 인해 자칫 사고가 나서, 새벽에 세수하러 일어난 제니에게 그대로 돌진해, 그녀가 프랑스 여인이 아니라는 것을 알아채기 전에 찔러 버릴 수도 있지 않겠느냐고 조심스레 말했을 때, 포레스터 부인은 그런 일은 좀체 일어날 것 같지 않다고 잘라 말했다. 소년은 잠이 몹시 깊어, 아침이면 흔들어 깨우거나 찬물을 끼얹어야 겨우 일어나곤 했기 때문이라는 것이다. 어쩌면 그처럼 깊은 잠은, 그 불쌍한 아이가 저녁마다 배불리 먹기 때문일지도 모른다고 그녀는 덧붙였다. 집에서는 반쯤 굶주린 채 지냈고, 그녀는 제니에게 그 아이가 밤마다 제대로 된 식사를 할 수 있게 해 달라고 당부하곤 했다.

포레스터 부인은 여전히 자신의 진짜 두려움을 고백하지 않은 상태였고, 우리는 그녀가 무엇보다도 무서워하는 것이 무엇인지 털어놓도록 재촉했다. 그녀는 잠시 뜸을 들이며 난로를 쑤시고, 촛불 심지를 손질하고 나서, 마침내 울림 있는 속삭임으로 말했다.

"유령이지요!"

10장. 대혼란

그녀는 마치 이제 말했다, 끝까지 버티겠다는 듯한 표정으로 폴 양을 바라보았다. 그 시선 자체가 도전장이었다. 그러자 폴 양은 곧바로 소화불량, 환영, 착시, 그리고 페리어 박사와 히버트 박사에게 배운 온갖 정신의학적 설명을 들이대며 그녀에게 달려들었다.

매티 양은, 앞서 말했듯, 유령에 대해 약간 기우는 마음이 있었고, 그녀가 조금 이야기한 것들은 모두 포레스터 부인의 편을 드는 것이었다. 그러자 포레스터 부인은 동조를 받고는 용기를 얻어, 유령은 자신의 신앙의 일부라고까지 주장했다. 자기는 군인인 소령의 미망인으로서, 무엇을 두려워해야 하고 무엇을 두려워하지 말아야 하는지를 누구보다 잘 안다고 말하며—

요컨대, 나는 그 전에도 후에도 포레스터 부인이 이처럼 열을 내는 모습을 본 적이 없었다. 평소의 그녀는 온순하고, 얌전하고, 거의 모든 일에 참고 견디는 노부인이었기 때문이다.

그날 밤 데워 가져온 모든 엘더와인도, 폴 양과 주인인 포레스터 부인 사이에 생긴 이 의견 차이를 씻어낼 수는

10장. 대혼란

없었다. 실은 엘더와인이 들어왔을 때, 새로운 논쟁이 일어났다. 쟁반을 간신히 들고 들어온 작은 하녀 제니가, 며칠 전 바로 우리가 돌아가야 할 그 어둠의 길에서, 자기 눈으로 유령을 보았다고 증언해야 했기 때문이다. 나는 이 마지막 이야기에 마음이 썩 편하지 않았으나, 동시에 제니가 처한 입장이 조금 우스웠다. 그녀는 마치 두 명의 변호사에게서 심문과 반대 심문을 받는 증인 같았다. 두 변호사—폴 양과 포레스터 부인—은 유도 질문을 하는 데 아무런 양심의 가책도 느끼지 않는 듯했다.

내가 내린 결론은, 적어도 제니가 본 무언가는 소화불량 따위가 빚어낼 환영은 아니라는 것이었다. 그녀의 증언에 따르면, 흰옷을 입고, 머리가 없는 여인이 길가에 앉아 마치 깊은 슬픔에 잠긴 사람처럼 손을 비비고 있었다는 것이다. 포레스터 부인의 묵묵한 응원 속에, 제니는 이 증언을 단단히 고수했다. 폴 양이 던지는 차가운 경멸의 시선을 정면으로 받으면서도 말이다. 그리고 제니뿐 아니라, 다른 사람들도 그 머리 없는 여인을 여럿 보았다고 했다. 포레스터 부인은 때때로 우리를 향해, 봐요, 내가 이겼

267

죠? 하는 의기양양한 표정으로 눈길을 던졌다. 물론 그녀는 우리의 귀갓길처럼 어둠의 길을 통과하지 않아도 되었고, 곧장 자기 집, 익숙한 침구 속으로 숨어들면 되었기 때문이다.

우리는 집에 가기 위해 옷을 입는 동안 머리 없는 숙녀에 대해서는 신중한 침묵을 지켰다. 왜냐하면 유령의 머리와 귀가 얼마나 가까이 있을지, 또는 그들이 어둠의 길에 있는 불행한 몸과 어떤 영적인 관계를 유지하고 있을지 알 수 없었기 때문이다. 따라서, 심지어 폴 양도 그런 주제에 대해 가볍게 말하지 않는 것이 좋다고 느꼈다. 왜냐하면 그 슬픔에 잠긴 몸통을 화나게 하거나 모욕할까 봐서였다. 적어도, 나는 그렇게 추측한다. 왜냐하면, 그 작업에서 평소의 바쁜 소음 대신, 우리는 장례식의 조문객처럼 슬프게 망토를 묶었기 때문이다. 매티 양은 불쾌한 광경을 차단하기 위해 의자의 창문 주위에 커튼을 쳤고, 남자들은 (그들의 노동이 거의 끝났다는 것에 기분이 좋았기 때문인지, 아니면 내리막길을 가고 있었기 때문인지) 너무나 둥글고 즐거운 속도로 출발해서, 폴 양과 내가

268

그들을 따라잡기 위해 할 수 있는 모든 것을 해야 했다. 그녀는 "나를 버리지 마!"라고 간청하는 것 외에는 숨 쉴 틈이 없었고, 그녀는 내 팔을 너무나 꽉 움켜쥐어서, 유령이 있든 없든, 나는 그녀를 떠날 수 없었다. 남자들이 짐과 빠른 속보에 지쳐, 헤딩리 코즈웨이가 어둠의 길에서 갈라지는 바로 그곳에서 멈췄을 때, 얼마나 안도감이 들었는지! 폴 양은 나를 풀고 남자 중 한 명을 붙잡았다—

"헤딩리 코즈웨이로 매티 양을 데려다줄 수 없나요?— 어둠의 길의 포장도로가 너무 덜컹거려서, 그녀는 그다지 튼튼하지 않아요."

의자 안에서 억눌린 목소리가 들려왔다—

"오! 제발 계속 가세요! 무슨 일이죠? 무슨 일이죠? 아주 빨리 가시면 6펜스를 더 드릴게요. 제발 여기서 멈추지 마세요."

"그리고 나는 1실링을 주겠어." 폴 양이 떨리는 위엄으로 말했다. "만약 당신이 헤딩리 코즈웨이로 간다면."

두 남자는 동의하며 투덜거리고 의자를 들어 올려 코즈웨이를 따라갔다. 그것은 확실히 매티 양의 뼈를 아끼

269

려는 폴 양의 친절한 목적에 부합했다. 왜냐하면 그것은 부드럽고 두꺼운 진흙으로 덮여 있었고, 심지어 그곳에서 넘어지는 것도 일어날 때까지는 쉬웠을 것이다. 그때는 빠져나오는 데 약간의 어려움이 있었을지도 모른다.

10장. 대혼란

11장. 새뮤얼 브라운

　　다음 날 아침, 나는 글렌마이어 부인과 폴 양이 동네에서 양모 스타킹을 뜨는 솜씨로 유명한 한 노부인을 찾아 긴 산책을 나서는 길에 마주쳤다. 폴 양은 얼굴에 반쯤은 친절하고 반쯤은 업신여기는 미소를 띠며 나에게 말했다.

　　"방금 글렌마이어 부인께 우리 불쌍한 포레스터 부인 이야기를 했어요. 유령을 무서워한다나. 이렇게 혼자 지내는 데다, 제니가 들려주는 괴담만 잔뜩 듣고 지내니 그럴 수밖에요."

　　그녀가 너무도 태연하고, 스스로는 미신적 공포 따위와는 전혀 무관하다는 듯한 태도를 보이니, 나는 전날 밤 그녀가 제안한 헤딩리 코즈웨이 길을 택한 것이 얼마나 안도감이 되었는지 차마 고백하기 부끄러워, 얼른 화제를

271

딴 데로 돌렸다.

그날 오후, 폴 양은 아침 산책길에서 겪은—그야말로 '진짜' 모험—을 들려주기 위해 매티 양을 찾아왔다. 두 사람은 뜨개질하는 노부인을 만나려면 들판을 어느 지점으로 가로질러야 하는지 정확한 길을 몰라 잠시 난처해했고, 그래서 크랜포드에서 약 3마일 떨어진, 런던으로 향하는 큰길 가에 있는 작은 여관에 들러 물어보았다. 여관 주인은 남편이 더 잘 안내해줄 것이라며, 그를 데려올 동안 잠시 쉬어가라 했다. 두 사람은 모래가 깔린 응접실에 앉아 있었고, 그때 작은 여자아이가 하나 들어왔다. 그들은 그 아이가 여관 주인의 딸인 줄 알고 몇 마디 말을 붙였으나, 로버츠 부인이 돌아와 말하길, 그 아이는 요즘 그 집에 머물고 있는 한 부부의 외동딸이라고 했다. 그리고 로버츠 부인은 긴 이야기를 풀어놓았는데, 그 가운데 글렌마이어 부인과 폴 양이 확실히 알아들을 수 있었던 것은 몇 가지뿐이었다. 약 여섯 주 전, 두 남자와 한 여인, 그리고 이 아이를 태운 가벼운 스프링 수레가 여관 문 앞에서 고장을 일으켜 멈춰 섰다는 것. 남자들 중 한 명은 크게 다

272

쳤는데—뼈는 부러지지 않고 '단지 흔들렸을 뿐'이라고 여주인은 표현했지만—아마 심한 내상을 입었는지 그 뒤로 점점 쇠약해져 지금까지 여관에 머물며, 그의 아내가 간호하고 있다는 사실이었다. 폴 양이 그 남자가 어떤 사람인지, 외모는 어떠했는지를 묻자, 로버츠 부인은 그는 신사도 아니고 평범한 사람도 아닌 듯 보였다고 했다. 만일 그 부부가 그렇게 점잖고 고요한 사람들이 아니었다면, 그녀는 그 남자가 약장수나 그 비슷한 부류의 사람이라고 생각했을 것이라 했다. 수레에 무엇이 들어 있는지 알 수 없는 큰 상자가 실려 있었기 때문이다. 로버츠 부인은 그 상자를 푸는 일을 도왔고, 그 속에서 그 부부의 속옷과 옷가지를 꺼냈다. 그 사이 다른 남자—아마도 쌍둥이 형제라고 여주인은 말했다—는 말과 수레를 몰고 떠났다는 것이다.

이 지점에서 폴 양은 의심을 품기 시작해, 상자도, 수레도, 말도 모두 사라졌다는 사실이 꽤 이상하다고 말했다. 그러나 선량한 로버츠 부인은 폴 양이 암시하는 바에 크게 분개한 듯 보였다. 폴 양의 말에 따르면, 마치 그녀

273

11장. 새뮤얼 브라운

자신을 사기꾼이라고 모욕한 것처럼 화를 냈다는 것이다. 숙녀들을 설득하기 위한 최선의 방법으로, 로버츠 부인은 그들에게 그 남자의 아내를 보여주겠다고 청했다. 그리고 폴 양이 말했듯이, 글렌마이어 부인의 다정한 말 한마디에 곧바로 눈물을 터뜨린 그 여인의 정직하고, 지치고, 햇볕에 그을린 얼굴은 의심의 여지가 없었다. 그녀는 여주인이 한 마디 재촉하기 전까지 흐느낌을 억누르지 못했고, 그 순간 기독교적 친절을 베풀어준 로버츠 부부에게 감사의 말을 전하고자 애써 울음을 삼켰다.

폴 양은 그전까지의 회의적 태도에서 단번에 돌아서, 이 비통한 이야기의 진실을 열렬히 믿었다. 그리고 놀랍게도, 그 불쌍한 환자가 다름 아닌 그동안 크랜포드에서 온갖 악행의 근원으로 지목해온 브루노니 시뇨르라는 사실을 알게 되었을 때도 그녀의 열성은 전혀 꺾이지 않았다! 그렇다. 그의 아내는 그의 본명이 새뮤얼 브라운—그녀는 그를 "샘"이라고 불렀다—이라고 밝혔다. 그러나 우리 모두는 끝까지 그를 "시뇨르"라고 부르는 것을 더 좋아했다. 그 편이 훨씬 근사하게 들렸기 때문이다.

274

11장. 새뮤얼 브라운

브루노니 부인과의 대화 끝에, 그에게 의사의 진료가 필요하다는 데 의견이 모였고, 이에 드는 비용은 글렌마이어 부인이 전부 책임지겠다고 약속했다. 그래서 그녀는 즉시 호긴스 씨에게 가서, 그날 오후 바로 '라이징 선' 여관으로 가서 시뇨르의 상태를 진찰해달라고 부탁했다. 그리고 폴 양은, 만약 더 세심한 관리가 필요하다면 시뇨르를 크랜포드로 옮겨 호긴스 씨의 눈앞에서 돌보는 것이 좋을 것이라며, 자신이 마땅한 숙소를 알아보고 임대료까지 조정하겠다고 자청했다. 로버츠 부부는 최선을 다해 도왔지만, 이 부부가 여관에 오래 머무는 것이 적잖은 불편이 되고 있음은 분명했다.

폴 양이 돌아가기 전, 매티 양과 나는 그녀 못지않게 그 아침의 모험 이야기에 사로잡혀 있었다. 우리는 저녁 내내 가능한 모든 관점에서 그 이야기를 되새겼고, 다음 날 아침을 손꼽아 기다리며 잠자리에 들었다. 분명 누군가를 통해 호긴스 씨가 어떤 판단을 내렸는지 듣게 될 것이라 믿었기 때문이다. 매티 양의 말처럼, 비록 호긴스 씨가 "잭이 일어섰다네", "발뒤꿈치에 무화과를 던져라" 따

275

위의 말을 하고, 프레퍼런스를 "프레프"라고 줄여 말하긴
했지만, 그녀는 그가 매우 성실하고 능숙한 외과 의사라
고 굳게 믿었다.

실제로, 우리는 크랜포드의 의사로서 그를 꽤 자랑스
러워했다. 그래서 종종 아델레이드 여왕이나 웰링턴 공작
이 병이 났다는 소식을 들으면, 그들이 호긴스 씨를 부르
면 좋겠다고 생각하곤 했다. 하지만 곰곰이 생각해보면,
부르지 않아서 다행이었다. 만약 우리가 아플 때 호긴스
씨가 왕실의 상주 의사가 되어 버렸다면 우리는 누구에게
치료를 받아야 했겠는가? 외과 의사로서 우리는 그를 자
랑스럽게 여겼지만, 남자로서—더 정확히 말해 '신사'로
서—그의 이름과 태도에는 고개를 가로저을 수밖에 없었
고, 젊을 때 체스터필드 경의 편지를 읽고 예의를 다듬었
더라면 좋았을 텐데 하고 아쉬워했다. 그럼에도 불구하
고, 시뇨르의 상태에 대한 그의 진단은 절대적인 것으로
받아들였고, 그가 "주의를 기울이면 회복될 수 있다"고 말
하자, 우리는 더 이상 그의 안위를 걱정하지 않았다.

하지만 우리가 더 이상 두려움을 느끼지 않았다고는

11장. 새뮤얼 브라운

해도, 모두가 마치 큰 불안의 원인이 있는 듯 정성을 다해 움직였다—실제로 호긴스 씨가 그를 맡기기 전까지는 그랬다. 폴 양은 깔끔하고 안락하지만 소박한 숙소를 마련했고, 매티 양은 그를 위해 세단 의자를 보냈다. 마사와 나는 그것이 크랜포드를 떠나기 전에 잘 데워지도록, 빨갛게 달군 숯을 가득 담은 온돌을 들고 그 안을 뜨겁게 해 두었다가, 연기와 열기가 그대로 갇히도록 단단히 닫아두었다. 글렌마이어 부인은 호긴스 씨의 지시에 따라 의료 부문을 맡아, 제이미슨 부인의 약잔이며 숟가락이며 침대 탁자까지 거리낌 없이 뒤져냈는데, 이 자유로운 태도가 매티 양에게는 그 부인과 멀리너 씨가 나중에 무엇이라 할지 모른다는 불안을 조금 안겨주었다.

포레스터 부인은 그가 도착했을 때 먹일 다과로, 그녀의 명성 높은 빵 젤리를 직접 만들었다. 빵 젤리를 선물하는 일은 그녀가 베풀 수 있는 가장 큰 호의의 표시였다. 예전에 폴 양이 그 비법을 물은 적이 있었으나, 단호한 거절을 듣고 돌아섰던 일도 있었다. 그녀는 평생 그 비법을 누구에게도 내어줄 수 없으며, 죽은 뒤에야 유언 집행인

11장. 새뮤얼 브라운

이 알게 되겠지만, 그것을 매티 양—아니, 유언 조항과 그 엄숙함을 기억하며 말하자면 '마틸다 젠킨스 양'—에게 남긴다고 했었다. 그 비법이 매티 양의 손에 들어갔을 때, 그것을 세상에 공개할지, 가보로 간직할지는 그녀가 선택할 일이라고도 덧붙였다. 이렇게 귀하고 독특한 빵 젤리 하나가 우리의 불쌍한 병든 마술사에게 보내진 것이다.

귀족이 거만하다고 누가 말한단 말인가? 루퍼스 왕을 쏜 위대한 월터 경의 후손이며, 왕자들을 죽였던 자의 피가 흐르는 티렐 가문의 출신인 숙녀가, 하루도 거르지 않고 약장수 새뮤얼 브라운을 위해 무슨 맛있는 음식을 마련할지 보러 간다니! 그러나 사실, 이 불쌍한 남자가 우리 공동체 사이로 들어오자마자 불러일으킨 친절한 마음들은 놀라울 따름이었다. 더구나 처음 그가 터키 옷차림으로 나타나자 촉발되었던 크랜포드의 대혼란이, 이번 두 번째 등장—창백하고 허약하며, 충실한 아내나 슬프고 창백한 딸의 얼굴을 바라볼 때만 아주 조금 빛을 띠는 흐린 눈을 한 그의 모습—으로는, 마치 연기처럼 사라져 버린 것도 신기했다.

11장. 새뮤얼 브라운

우리는 어쩐지 모두 두려움을 잊어버렸다. 아마도 처음 우리에게 기이한 경이를 안겨주었던 그 사람이, 정작 겁먹은 말을 다루는 데조차 능숙하지 못하다는 사실을 알게 된 것이, 우리를 다시 본래의 우리로 되돌려놓았기 때문일 것이다. 폴 양은 그녀의 외로운 집과 그곳으로 이어지는 인적 드문 길이 한때 "살인적인 무리"로 들끓었다는 사실을 까맣게 잊은 듯, 저녁이면 작은 바구니를 들고 언제든 찾아왔다. 포레스터 부인은 어둠의 길에서 울부짖는 머리 없는 숙녀도, 남을 해치는 힘은 결코 부여받지 못했을 것이라 하며, 자신의 힘 닿는 작은 선행을 다하려는 이들을 해칠 수는 없다고 말했다. 제니는 떨면서도 이에 동의했지만, 그 이론이 실제로 효력을 발휘한 것은 그녀가 속옷 안쪽에 붉은 플란넬 두 조각을 십자가 모양으로 꿰매어 넣은 뒤부터였다.

나는 매티 양이 그녀의 1페니짜리 공—늘 침대 밑으로 굴리곤 하던 그 공—을 무지개 빛 털실로 감싸고 있는 모습을 발견했다.

"애야," 그녀가 말했다. "저 작은, 늘 근심에 젖은 아이

279

를 생각하면 마음이 아프구나. 아버지가 마술사라 해도, 그 아이는 한 번도 제대로 놀아본 적이 없는 얼굴이지 않니. 내가 소녀였을 때 이렇게 공을 곱게 만들곤 했단다. 그래서 이번에도 한번 멋들어지게 만들어서, 오늘 오후에 피비에게 가져다줄까 싶다. 아마 그 '무리'는 동네를 떠난 모양이야. 요즘은 그들의 폭력과 강도 소식이 전혀 들리지 않으니 말이다."

우리 모두는 강도나 유령 이야기를 꺼낼 겨를 없이, 시뇨르의 위태로운 상태에만 마음이 쏠려 있었다. 사실, 글렌마이어 부인은 농부 벤슨의 과수원에서 사과 몇 개를 훔친 두 소년과, 장날에 헤이워드 미망인의 가판대에서 달걀 몇 개가 사라진 일 외에는 진짜 도둑질은 들은 바 없다고 했다. 그러나 그것을 곧이곧대로 받아들이기란 우리에겐 너무 어려운 일이었다. 우리의 공포가 고작 이런 사소한 기반에서 비롯된 것임을 인정할 수 없었던 것이다.

폴 양은 글렌마이어 부인의 말에 몸을 바르게 세우며, "우리가 그토록 적은 이유만으로 경계를 했다고 생각하신다니—저는 그 견해에 선뜻 동의할 수 없어요."라고 말했

11장. 새뮤얼 브라운

다. "여자로 가장한 사내가 공범들과 함께 제 집에 억지로 들어오려 했던 일, 글렌마이어 부인 본인이 보았다는 제이미슨 부인의 꽃밭의 발자국, 그리고 호긴스 씨의 대담한 강도 사건—이 모든 걸 생각하면 말입니다—" 그러나 그때 글렌마이어 부인이 단호하게 끼어들었다. 그 마지막 사건은, 고양이가 훔쳐간 양 목살 한 덩어리에 억지로 살을 붙여 꾸민 이야기일 뿐이라는 의혹을 강하게 제기하며, 얼굴까지 붉히는 것이었다. 그러니 폴 양이 뻣뻣하게 몸을 세운 것도 놀랄 일이 아니었다. 만약 그녀가 "귀부인"이 아니었다면, 폴 양의 반박은 더 거칠었을 것이다. 하지만 그 자리에서는 "글쎄, 그럴 수도 있겠죠!" 같은 어정쩡한 감탄사 몇 마디 이상은 감히 내놓지 못했다.

그러나 글렌마이어 부인이 떠나자마자, 폴 양은 곧장 매티 양을 향해 길게 축하를 늘어놓기 시작했다. 지금껏 둘 다 결혼을 모면한 것을 말이다. 그녀는 결혼이란 것이 사람을 마지막 순간까지도 믿을 수 없을 만큼 잘 속게 만든다고 주장했다. 사실 여자가 결혼하지 않고 스스로를 지켜낼 수 없다면, 그것은 타고난 지나친 순진함의 증거

11장. 새뮤얼 브라운

라고도 했다. 그리고 글렌마이어 부인이 호긴스 씨의 강도 이야기에 그런 태도를 보인 것만 보아도, 결혼이라는 약점에 휘말린 사람이 어떤 꼴이 되는지 잘 알 수 있다고 말했다. 남자들이 지어낸 얄팍한 목살과 고양이 이야기를 진짜라고 믿을 수 있다면, 그야말로 무엇이든 삼킬 사람이라는 것이다. 다만 그녀는 언제나 남자들의 말을 곧이곧대로 믿지 않기 위해 스스로 단단히 경계를 해왔다고 했다.

우리는 폴 양이 바라듯, 결혼하지 않은 것을 감사히 여겼다. 그러나 나는, 둘 중 하나를 고르자면, 강도들이 크랜포드를 떠났다는 사실에 더 큰 안도감을 느꼈다. 그날 저녁, 불가에 함께 앉아 있던 매티 양의 말을 들으며 더욱 확신하게 되었다. 그녀는 남편이라는 존재를 도둑이나 강도, 유령으로부터의 든든한 보호자로 여기는 듯했고, 폴 양처럼 젊은이들에게 결혼을 항상 경고할 수는 없을 것 같다고 말했다. 물론 결혼은 위험을 수반한다고, 이제 와서야 경험으로 알게 되었다고 고백했지만, 한때는 누구 못지않게 결혼을 고대했던 시절이 있었다며 조용히 미소

282

11장. 새뮤얼 브라운

지었다.

"특정한 사람에게 한 말은 아니었어, 얘야." 그녀는 너무 많은 말을 털어놓은 듯 스스로를 재빨리 다잡으며 말했다. "그저 흔히들 하는 말이 있잖니. 숙녀들은 늘 '내가 결혼하면'이라고 말하고, 신사들은 '만약 내가 결혼한다면'이라고 말하는 것." 슬며시 내뱉은 농담이었지만, 그 말투에는 어딘가 쓸쓸함이 배어 있었다. 우리 둘 중 누구도 웃지 않았던 듯하다. 깜박이는 불빛에 비쳐, 나는 매티 양의 얼굴을 똑바로 볼 수 없었다. 잠시 후, 그녀는 조용히 말을 이어갔다—

"하지만, 사실은… 내가 너에게 진실을 말하지 않은 셈이야. 너무 오래된 일이라 아무도 그때 내가 그것을 얼마나 마음속에 품었는지 몰랐지. 어머니께서는 어쩌면 짐작하셨을지도 모르지만. 그래도 말하자면… 나는 내 평생을 매티 젠킨스 양으로만 살아가게 되리라고는 생각하지 않았던 때가 있었어. 지금 누군가 나와 결혼하고 싶다 하더라도—그리고, 폴 양이 말했듯이, 사람의 마음이 언제 변할지 모르는 법이라지만—나는 그를 받아들일 수 없어.

11장. 새뮤얼 브라운

그도 너무 상심하지는 않기를 바라지만… 나는 그를 받아들일 수 없단다. 그 사람이 아니라면. 한때 내가 결혼하게 되리라 생각했던 단 한 사람. 그는 이제 세상을 떠났고, 내가 왜 결국 '아니요'라고 말하게 되었는지, 어떻게 그런 일이 벌어졌는지… 그는 영영 알지 못했지. 내가 얼마나 자주, 얼마나 오래 돌이켜 생각했는지도…. 하지만, 뭐… 내가 무엇을 생각했느냐는 중요하지 않아. 모든 일은 하느님께서 정하시는 것이고, 나는 지금 아주 행복하단다, 얘야. 나처럼 친절한 친구들을 가진 사람도 없을 테니까."

그녀는 그렇게 말하며 내 손을 자신의 손에 꼭 쥐었다. 만약 내가 홀브룩 씨에 대해 아무것도 모르고 있었다면, 그 침묵 사이에 무슨 말이라도 할 수 있었을 것이다. 하지만 나는 알고 있었고, 자연스레 건넬 만한 말이 떠오르지 않았다. 그래서 우리는 잠시 조용히 앉아 있었다.

"아버지께서는 한때 우리에게," 그녀가 조용히 말을 시작했다. "두 개의 칸으로 된 일기를 쓰게 하신 적이 있었어. 아침에는 그날 하루가 어떻게 흘러가리라 생각하는 바를 한쪽에 적고, 밤에는 실제로 일어난 일을 다른 쪽에

11장. 새뮤얼 브라운

적는 것이었지. 어떤 사람들에게는, 그렇게 자기 삶을 기록하는 것이 꽤 슬픈 방식일 수도 있을 거야." (그 말이 끝나자, 내 손등에 눈물 한 방울이 떨어졌다.) "내 삶이 슬펐다는 뜻은 아니야. 단지 내가 예상했던 것과는 너무나 달랐다는 이야기일 뿐이야. 나는 그 겨울 어느 저녁을 기억해—데버러와 함께 우리 침실 난롯가에 앉아 있었지. 마치 바로 어제의 일처럼 선명해. 그날 우리는 각자의 미래를 그려보고 있었어. 말한 것은 데버러 뿐이었지만, 사실은 우리 둘 다 속으로는 계획하고 있었던 거야. 데버러는 대교구장과 결혼해 그의 훈시문을 써주고 싶다고 했어. 그런데 알다시피, 얘야, 그녀는 결국 결혼하지도 않았고, 내가 아는 한 평생 단 한 명의 미혼 대교구장과도 말을 섞어본 적이 없지. 나는 야심이 없었고, 훈시문 같은 것도 쓸줄 몰랐어. 하지만 집안일을 꾸려나가는 일이라면 잘 해낼 수 있으리라 생각했지. 어머니께서는 나를 '오른팔'이라고 부르셨거든. 나는 늘 아이들을 좋아했어. 가장 수줍은 아기들조차 나에게 오려고 작은 팔을 뻗었지. 소녀 시절 나는 여가의 절반을 이웃 오두막에서 아이들을 돌보

285

며 보냈어. 그런데 어쩐 일인지… 내가 슬프고 조용해진 뒤—아마 그로부터 한두 해쯤 지나—아이들은 나에게서 물러섰고, 나는 그 재능을 잃어버린 것만 같았어. 지금도 아이들을 누구보다 좋아하지만, 아기를 품에 안은 어머니를 볼 때마다 가슴 깊은 곳에서 설명할 수 없는 그리움이 치밀어 올라."

그때, 휘젓지 않은 석탄이 무너져내리며 불꽃이 번쩍 치솟았고, 그 빛 속에서 나는 그녀의 눈이 눈물로 가득 찬 것을 보았다. 그녀는 있었을지도 모를 또 하나의 생을 바라보듯 먼 곳을 응시하고 있었다.

"얘야," 그녀가 고요히 속삭였다. "나는 때때로 꿈을 꾸어. 내가 작은 아이를 품고 있는 꿈을. 언제나 같은… 두 살쯤 되어 보이는 작은 여자아이. 수년 동안 반복해서 꿈에 나타났지만, 그녀는 결코 자라지 않아. 나는 그 아이가 어떤 말소리나 울음을 내는 꿈을 꾼 적은 없는 듯하구나. 참으로 조용하고 고요한 아이야. 하지만 그녀는 무언가 크게 슬프거나 아주 기쁠 때면 나에게 와. 그리고 나는 그 아이의 작은 팔이 내 목을 감싸는 느낌 속에서 잠에서

286

깨어나곤 해. 바로 어젯밤에도—아마도 내가 피비에게 줄이 공 생각을 하며 잠들었기 때문이겠지—나의 작은 아이가 꿈에 나타나서, 잠자리 들기 전 진짜 아기들이 진짜 엄마에게 하듯, 입술을 들어 올려 키스를 청했어." 그녀는 고개를 저으며 미소를 지었다. "하지만 이런 얘기들은 다 허튼소리야, 얘야! 다만, 폴 양 때문에 결혼을 두려워하지는 말아라. 결혼이란—나는 상상하기로—아주 행복할 수도 있는 상태란다. 인생을 살아가다 보면, 어느 정도의 믿음과 순진함이 사람을 더 편안하게 이끌어주기도 해. 모든 일에 의심만 하고, 어려움과 불쾌함만 먼저 보는 것보다는 말이지."

만약 내가 결혼을 두려워하게 될 이유가 있었다면, 그것은 폴 양 때문이 아니라, 불쌍한 브루노니 시뇨르 부부의 처지 때문이었을 것이다. 그럼에도 불구하고, 수많은 근심과 고통 속에서도 서로를 먼저 생각하고, 기쁨도 오직 서로에게서—또는 작은 피비를 통해서—찾아내는 모습을 보는 것은 또 다른 격려이기도 했다.

어느 날 시뇨라가 지금까지의 그들의 삶에 대해 많은

287

이야기를 들려주었다. 계기는 내가 폴 양의 '쌍둥이 형제' 이야기가 사실인지 물어본 것이었다. 너무도 놀라운 닮음이어서, 폴 양이 미혼이 아니었다면 나는 그 말을 의심했을지도 모른다. 하지만 시뇨라, 혹은 우리가 알게 된 대로 그녀가 불리기를 좋아한 브라운 부인은 그 이야기가 전부 사실이라고 했다. 그녀는 시동생이 종종 남편으로 오해받았고, 그것이 그들의 직업에 큰 도움이 되었다고 말했다.

"하지만," 그녀는 말을 이었다. "사람들이 어떻게 토머스를 진짜 브루노니 시뇨르라고 착각할 수 있는지 저는 도무지 이해할 수 없어요. 그래도 사람들이 그렇다니, 저는 믿어야겠지요. 물론 그가 나쁜 사람이라는 건 아니에요. 그가 보내주는 돈이 아니었다면 저희가 '라이징 선'의 계산서를 어떻게 냈을지 모르니까요. 하지만 사람들이 그를 제 남편이라고 생각한다면, 예술에 대해서는 정말 아무것도 모르는 셈이에요. 왜냐하면, 아가씨, 공 묘기에서 제 남편은 손가락을 활짝 펴고, 새끼손가락을 아주 우아하게 뻗어 보이지만, 토머스는 그저 주먹처럼 손을 꽉 쥐어, 그 안에 공을 몇 개고 숨겨둘 수도 있는 모양새거든

288

11장. 새뮤얼 브라운

요. 게다가 그는 인도에 가본 적도 없고, 터번을 어떻게 써야 하는지도 전혀 몰라요."

"인도에 다녀오신 적이 있으신가요?" 나는 놀라서 물었다.

"오, 그럼요! 여러 해를 그곳에서 보냈답니다, 부인. 샘은 31연대의 하사였고, 연대가 인도로 가게 되었을 때 저는 제비를 뽑아 그를 따라가게 되었어요. 남편과 떨어지는 건 제게는 느린 죽음이나 다름없다고 느꼈으니까요. 그래서 말로 다 못할 만큼 감사했죠. 하지만, 정말이지 부인… 만약 제가 그 뒤에 어떤 삶을 겪게 될지 미리 알았다면, 차라리 그 자리에서 죽는 편을 택했을지도 모르겠어요. 물론 저는 샘 곁을 지키고, 그를 위로할 수 있었지요. 하지만 저는 여섯 아이를 잃었습니다."

그녀는 나를 올려다보았다. 나는 그 눈빛을 이전에도 본 적이 있었다―죽은 아이를 둔 어머니들에게서만 나타나는, 무언가를 찾지만 다시는 찾지 못할 것을 향해 허공을 더듬는 듯한, 그 야윈 눈빛.

"그래요. 여섯 아이가 그 잔혹한 인도에서, 제때 피지

11장. 새뮤얼 브라운

도 못한 꽃봉오리처럼 하나둘 시들어 갔어요. 아이 하나가 죽을 때마다, 저는 다시는… 다시는 아이를 사랑하지 않겠다고 마음먹었지요. 하지만 다음 아이가 오면, 그 아이는 자기 몫의 사랑뿐 아니라, 먼저 간 형제자매들에 대한 더 깊은 사랑까지도 함께 지니고 태어났어요. 그리고 피비가 올 때쯤, 저는 남편에게 말했죠. '샘, 아이가 태어나고 내가 다시 걸을 힘이 생기면 당신을 떠날 거예요. 그건 내 심장을 잔인하게 베는 일이겠지만… 이 아이까지 죽는다면 나는 미쳐버릴 거예요. 지금도 미칠 것 같아요. 하지만 내가 우리 아기를 안고 한 걸음 한 걸음 캘커타까지 내려가게 해준다면, 그 광기가 조금은 누그러질지도 몰라요. 그곳에서라면, 여차하면 영국으로 돌아가는 배편을 얻기 위해, 모으고, 아끼고, 구걸하고—죽을 힘까지 다 해볼 거예요. 우리 아이가 살 수 있는 곳으로 돌아가기 위해서요.' 하느님 그를 축복하시길! 샘은 제가 떠나도 좋다고 했고, 자신은 봉급을 모았어요. 저 역시 빨래나 잡일로 벌 수 있는 모든 봉급을 모았고요. 피비가 태어나고 제가 다시 강해졌을 때, 저는 길을 떠났습니다. 정말 외로운 여정이었어요. 울창하고 무거운 숲은 끝없이 어두웠고, 강가를 따라 이어진 길은 길었지요. 하지만 저는 워릭셔의 에이번 강 근처에서 자랐기에, 흐르는 물소리가 마치 집처럼 들려 마음을 붙잡아주었어요. 정거장에서 정거장으로, 인도 마을에서 마을로, 저는 아이를 가슴에 품은 채 걸었습니다. 어느 장교 부인이 작은 그림을 가지고 있었는데—외국인 가톨릭 화가가 그린, 성모님과 아기 예수의 그림이었어요. 성모님이 아이를 팔에 안은 채 온몸을 휘감아 감싸고 있었고, 두 사람의 뺨이 맞닿아 있었죠. 제가 떠나기 전, 그녀에게 작별 인사를 하러 갔을 때 그 부인은 눈물을 흘렸어요. 그분 역시 자녀를 잃었지만, 저는 그래도 구해야 할 아이가 있었죠. 저는 용기를 내어 그 그림을 저에게 주실 수 있겠느냐고 부탁했어요. 그러자 그녀는 더 크게 울며 말했어요. 그녀의 아이들은 이미 그 축복받은 작은 예수님 곁에 있다고. 그러고는 그 그림을 제게 건네며, 이것이 어떤 통의 바닥에 그려졌기 때문에 둥근 형태를 하고 있다는 이야기도 들었다고 했습니다. 몸이 지치고, 마음이 무너질 것 같은 순간—집에 도착할 수 있을

11장. 새뮤얼 브라운

지 의심이 들 때, 남편을 생각할 때, 그리고 어느 날은 아기가 죽고 있다고 느껴질 만큼 절망적일 때—저는 그 그림을 꺼내어 바라봤어요. 그러면 마치 그림 속 어머니가 제게 말을 걸고, 위로해주는 것만 같았어요. 원주민들도 참으로 친절했습니다. 말은 통하지 않았지만, 제 품의 아기를 보고는 쌀과 우유, 때때로 꽃을 가져다줬어요. 그 꽃들 중 몇 송이는 지금도 말려 가지고 있습니다. 이튿날 아침이면 저는 또 지쳐 있었고, 그들은 제가 그들과 더 머물기를 바랐어요. 그 깊고 어두운 숲으로 들어가지 말라며 겁주기도 했죠. 그러나 제 눈엔 죽음이 아이를 빼앗으려 제 뒤를 따라오는 것처럼 보였어요. 그래서 멈출 수가 없었어요. 하느님께서 세상이 만들어진 이래 어머니들을 지켜오신 것처럼, 저도 지켜주시리라 믿으며 계속 걸었죠. 그러다 어느 날, 피비가 앓고 저 역시 지쳐 쓰러질 것만 같던 때—하느님은 저를 어느 친절한 영국인이 사는 곳으로 이끌어주셨어요. 그것은 원주민들 사이 깊은 곳에 자리한 작은 집이었어요."

"그리고 마침내 캘커타에 무사히 도착하셨군요?"

292

"네, 부인. 무사히요! 오… 제가 앞으로 이틀만 더 가면 된다는 것을 알았을 때는, 제 힘으로는 도저히 억누를 수가 없었어요. 우상 숭배처럼 보였을지도 모르지만—저도 잘 모르겠어요—저는 마침 한 토착 신전 가까이에 있었고, 제 아기를 안고 그곳에 들어가 하느님의 크신 자비에 감사를 드렸어요. 다른 사람들이 기쁨이든 절망이든, 그 어떤 순간에도 신 앞에서 기도했던 자리라면, 그 자체로 신성한 곳이라는 생각이 들었거든요. 캘커타에서는 병약한 한 부인의 하녀가 되었는데, 그분이 배 위에서 제 아이를 무척이나 예뻐해 주었어요. 그리고 나서 2년 뒤, 샘은 제대를 하고 저와 아이에게 돌아왔지요. 그때 그는 생업을 정해야 했지만, 제대로 배운 게 없었어요. 다만 먼 옛날, 인도인 곡예사에게 몇 가지 재주를 배운 적이 있었지요. 그래서 마술을 업으로 삼기 시작했고, 그게 제법 잘 되었어요. 일이 커지자, 그는 토머스를 데려다가 조수로 삼았어요—물론 다른 마술사가 아니라, 그저 일손을 거드는 사람으로요. 지금은 토머스가 혼자서 마술사를 자처하고 있지만요. 그래도 그 쌍둥이처럼 닮은 외모는 우리에게

293

11장. 새뮤얼 브라운

큰 도움이 되었고, 둘이 함께 꾸며낸 많은 재주가 훨씬 그 럴싸하게 보였어요. 토머스는 참 좋은 형제예요. 다만 제 남편처럼 기품 있는 자태가 없을 뿐이죠. 그래서 사람들 이 어떻게 토머스를 브루노니 시뇨르로 착각하는지, 저는 이해가 되질 않아요—본인은 그렇다고 하지만요."

"불쌍한 작은 피비!" 말하고 나니, 수백 마일을 아이를 품에 안고 걸었을 그녀의 여정이 떠올랐다.

"정말 그래요! 저는 그녀가 살아남으리라고는 꿈에도 생각하지 못했어요. 춘데라바다드에서 아이가 앓아누웠 을 때는 더욱이요. 그런데 그 착하고 인자한 아가[25] 젠킨 스께서 우리를 받아주셨고, 저는 그분의 도움 덕분에 피 비가 목숨을 건졌다고 믿어요."

"젠킨스라고요?"

"네, 젠킨스요. 저는 아마 그 이름을 가진 사람들은 모 두 착하다고 믿게 될 거예요. 여기서도 피비를 산책시키 러 매일 오시는 그 친절하신 노부인께서 그렇잖아요."

---

25 아가(Aga): 오스만 제국 등지에서 쓰이던 '장군·관리 같은 고위직을 뜻하는 호 칭'. 유럽에서는 이국적인 높은 지위를 가리킬 때 흔히 사용되었다.

11장. 새뮤얼 브라운

그 순간, 하나의 생각이 번개처럼 스쳐 지나갔다. 혹시… 그 아가 젠킨스가 바로 실종된 피터일까? 물론 그는 죽었다는 이야기가 널리 퍼져 있었다. 하지만 또 다른 이야기로는, 그가 티베트의 대 라마가 되었다고도 하지 않았던가. 매티 양은 줄곧 그가 살아 있다고 믿고 있다. 나는 좀 더 알아보기로 했다.

11장. 새뮤얼 브라운

12장. 약혼

크랜포드의 "불쌍한 피터"가 정말 춘데라바다드의 아가 젠킨스였을까, 아니었을까? 누군가 말하듯, 바로 그것이 문제였다.

우리 집에서는, 사람들이 딱히 할 일이 없으면 늘 나를 두고 분별이 없다고 탓하곤 했다. '경솔함'—그것이 내게 붙은 꼬리표 같은 악덕이었다. 누구나 이런 꼬리표 하나쯤은 갖고 있는데, 친구들이 수시로 들춰 비판하는 마음의 약점, 일종의 단골 메뉴 같은 것이다. 그리고 보통 사람들은 그걸 한 번 비판하고 끝내는 것이 아니라, 기회가 있을 때마다 다시 꺼내 비난하기 마련이다. 나 역시 '경솔하다, 부주의하다'는 말을 듣는 데 지칠 대로 지쳤고, 그래서 한 번쯤은 내가 신중함과 지혜의 표본이 될 수 있다는 것을 보여주기로 마음먹었다. 아가 젠킨스에 대한 내 추측은 단 한 줄기 암시조차 하지 않기로 했다. 나는 조용히 증거를 모아 집으로 돌아가, 두 젠킨스 양과 오래 인연이 있는 우리 아버지께 그 모든 것을 보여드릴 작정이었다.

사실을 찾는 동안, 나는 아버지가 예전에 들려준 한 이야기—그가 주재했던 숙녀 위원회에 대한 이야기—를 자주 떠올리게 되었다. 아버지는 그 자리가 디킨스의 한 묘사를 떠올리게 한다고 하셨다. 모든 사람이 저마다 가장 잘 아는 곡조를 골라, 각자 만족스럽게 제멋대로 부르는 합창 말이다. 그 자선 위원회에서도 똑같았다. 모든 숙녀가 제 머릿속에 떠오른 주제 하나씩을 붙잡고, 그 이야기만 열심히 늘어놓았고, 그래서 정작 논의해야 할 의제는 조금도 진전되지 못했다. 그러나 그 위원회조차도, 내가 불쌍한 피터의 키와 생김새, 마지막 목격 시점 같은 분명한 정보를 얻어내려 애쓸 때의 크랜포드 숙녀들에 비할 바는 아니었다.

이를테면, 내가 폴 양에게 질문했던 때를 기억한다. 시기도 완벽했다고 생각했다. 포레스터 부인 댁에서 그녀

12장. 약혼

를 만났고, 두 분 모두 피터를 알고 있었으니 서로의 기억을 도와줄 거라 기대했던 것이다. 그래서 나는 그에게, 마지막으로 피터에 대해 들었던 것이 무엇인지 물었다. 그러자 그녀는 내가 이미 언급한 적 있는, 피터가 티베트의 대 라마가 되었다는 터무니없는 소문을 꺼냈다. 그리고 이것을 신호로, 두 숙녀는 곧장 각자의 생각의 길로 달아나기 시작했다. 포레스터 부인은 『랄라 루크』의 베일에 싸인 예언자 이야기로 출발해, 그가 대 라마의 모델이라고 생각하는지, 피터는 그렇게 흉하게 생기지 않았다는 둥—주근깨만 아니었다면 꽤 잘생긴 사람이었다는 둥—말을 이어갔다. 그녀가 피터 이야기를 다시 꺼내는 것을 보고 나는 잠시 안도했지만, 그도 잠시뿐. 그녀는 순식간에 롤랜드의 '칼리도르' 화장품 이야기로 옮겨가, 온갖 화장품과 머릿기름의 효능을 줄줄 읊어 내려갔다. 말이 너무 술술 이어져서, 나는 결국 폴 양 쪽으로 귀를 돌렸다. 그녀는 라마(llama*페루의 동물)에서 시작해 페루 채권, 주식 시장, 합자 은행에 대한 낮은 평가, 특히 매티 양의 돈이 들어 있는 바로 그 은행의 사정까지 줄줄이 이어가는 중이

12장. 약혼

었다. 나는 끼어들어 "피터 씨가 대 라마라는 소문을 들은 게 정확히 몇 년이었나요?" 하고 묻느라 애를 썼지만, 둘은 곧바로 라마가 육식동물인지 아닌지를 두고 논쟁을 벌이기 시작했다. 그 논쟁도 공정한 출발은 아니었다. 포레스터 부인이, 언성이 오르락내리락한 끝에, 자신은 항상 육식과 초식을 헷갈린다고 고백했기 때문이다. 그녀는 수평과 수직도 늘 혼동한다고 말하며, 그러나 곧 귀엽게 사과했다. 그녀가 젊던 시절, 길고 어려운 단어는 그저 철자법을 배우기 위한 용도로만 쓰였기 때문이라고.

이 대화에서 내가 얻어낸 사실이라고는, 피터가 마지막으로 소식이 들려온 곳이 인도—"혹은 그 인근"—이라는 점뿐이었다. 그리고 그의 행방에 관한 이 빈약한 정보가 크랜포드에 전해진 해는, 폴 양이 인도산 모슬린 드레스를 샀던 해였는데, 그 옷은 이미 오래전에 닳아 없어졌다(우리는 이야기를 계속하려면, 그것을 빨고, 기운 뒤, 마침내 창문 블라인드가 되어 쇠락해가는 과정까지 추적해야 했다). 또 그 해는 웜웰이 크랜포드에 왔던 해이기도 했는데, 매티 양이 피터가 코끼리를 타고 있는 모습을 더

299

12장. 약혼

생생하게 상상해보고 싶어 코끼리를 직접 보기를 원했기 때문이었다. 그녀는 보아뱀까지 보았는데, 그것은 피터의 환경을 상상하는 데 있어서 그녀가 바라던 범위를 훨씬 넘어선 광경이었다. 그리고 젠킨스 양이 어떤 시를 통째로 외워 모든 크랜포드 모임에서 "피터는 중국에서 페루까지 인류를 굽어보고 있다"고 말하던 해이기도 했다. 모두가 그것을 그럴듯하고 웅장하다고 여겼다. 왜냐하면, 지구본을 오른쪽이 아니라 왼쪽으로 돌리기만 한다면, 인도는 실제로 중국과 페루 사이에 놓여 있기 때문이었다.

내 생각에는, 내가 벌인 이런저런 탐문과, 그로 인해 친구들의 마음속에 불러일으켜진 궁금증이, 우리 모두를 주변에서 벌어지는 일들에 눈멀고 귀먹게 만든 듯했다. 해는 평소처럼 뜨고 빛났으며, 비는 평소처럼 크랜포드에 내리는 듯했고, 나는 어떤 비범한 사건의 전조라 할 만한 징후를 전혀 알아차리지 못했다. 그리고 내게 확실한 것은, 매티 양도, 포레스터 부인도, 심지어 우리가 일종의 '예언자'처럼 여기던 폴 양조차—사건이 벌어지기도 전에 무언가를 예견하는 재주가 있음에도, 친구들을 괜히 불안

12장. 약혼

하게 할까 하여 그 예지를 드러내지 않던—그 폴 양조차
도, 그 놀라운 소식을 들고 왔을 때는 숨이 막힐 정도로 놀
라워했다는 점이다.

하지만 나는 여기서 마음을 다잡아야 한다. 지금 이렇
게 먼 시간이 지난 뒤에도 그 일을 떠올리면 숨이 가빠지
고 문장이 흐트러진다. 감정을 다스리지 않으면, 철자까
지 흐트러질 것이 뻔하다.

우리는—매티 양과 내가—평소와 다름없이 앉아 있었
다. 그녀는 파란 친츠 안락의자에 앉아, 등을 창가의 빛에
두고, 손에는 뜨개질을 들고 있었고, 나는 세인트 제임스
크로니클을 소리 내어 읽고 있었다. 몇 분만 더 지나면, 우
리는 크랜포드에서 방문 시간이 되는 정오 전에 으레 하
던 대로 옷차림을 조금 고치러 자리에서 일어났을 것이
다. 나는 그 장면과 그날을 지금도 또렷이 기억한다. 우리
는 따뜻한 계절이 시작된 뒤 시뇨르가 얼마나 빠르게 회
복하고 있는지 이야기하다가, 호긴스 씨의 솜씨를 칭찬하
면서도 그의 교양과 태도 부족을 안타까워하고 있었다(이
것이 바로 그때의 화제였다는 사실이 지금 생각하면 기묘

301

12장. 약혼

한 우연처럼 느껴지지만, 사실 그렇다). 그때 문 두드리는 소리가 났다—방문객의 노크—세 번 또렷하게. 우리는 모자와 칼라를 갈아입으려고 각자의 방으로 서둘러 달려갔다. 물론 "달려갔다"는 것은 말뿐이고, 매티 양은 류머티즘 기운이 있어 빨리 걷지 못했지만, 마음만은 그랬다.

바로 그때, 계단을 올라오며 폴 양이 우리를 불러 세웠다. "가지 마세요—기다릴 수 없어요—지금 열두 시가 아닌 건 알아요—하지만 옷은 신경 쓰지 마세요—당신들에게 꼭 말해야 해요."

우리는 그녀가 들었을 그 서두르는 발소리의 주인이 우리였다는 흔적을 감추기 위해 최선을 다해 태연한 표정을 지었다. 무엇보다, 젠킨스 양이 한때 잼을 묶으며 '가정의 성역'이라고 곱게 불렀던 그 뒷 응접실에서, 오래되어 닳아 없어지기 좋을 법한 낡은 옷을 여유롭게 입고 있었다는 인상을 주고 싶지 않았기 때문이다. 그래서 우리는 오히려 더 과하게 점잖은 태도를 취했고, 폴 양이 숨을 고르며, 놀람에 차 두 손을 번쩍 들었다가 말없이 내려놓으며—마치 입으로는 다 담아낼 수 없는 소식을 몸짓으로만

12장. 약혼

드러내려는 것처럼—우리의 궁금증을 한껏 자극하는 동안, 잠시 동안 무척이나 고상한 사람들처럼 굴었다.

"어떻게 생각하세요, 매티 양? 어떻게 생각하세요? 글렌마이어 부인이 결혼하신대요—아니, 결혼하실 예정이에요—글렌마이어 부인과… 호긴스 씨가… 호긴스 씨가 글렌마이어 부인과 결혼하신대요!"

"결혼이라고요!" 우리가 동시에 외쳤다. "결혼! 이건… 말도 안 돼!"

"결혼이라니!" 폴 양이 특유의 단호한 어조로 말했다. "저도 당신들처럼 '결혼이라고요?' 하고 되물었죠. 그리고 속으로는 '귀부인께서 스스로를 얼마나 우스꽝스럽게 만드시는 걸까!'라고 말할 뻔했어요. '미친 짓!'이라고도 말하고 싶었지만, 제가 그 말을 들은 곳이 하필이면 가게였기 때문에 참았어요. 여성의 섬세함이 대체 어디로 사라진 건지 모르겠어요! 매티 양, 당신이나 저는, 우리 결혼 이야기가 식료품 가게에서, 그것도 점원들 귀에 들어가며 떠도는 것을 알았다면 부끄러워서 견디지 못했을 거예요!"

303

12장. 약혼

"하지만…," 매티 양이 마치 충격에서 가까스로 숨을 돌리는 사람처럼 한숨을 내쉬며 말했다. "아마도 사실이 아닐지도 몰라요. 우리가 괜한 오해를 하고 있는 걸 수도 있잖아요."

"아니에요." 폴 양이 단호하게 잘라 말했다. "저는 그걸 확인하기 위해 직접 움직였어요. 피츠애덤 부인이 요리책을 가지고 계신다는 걸 알고 있었거든요. 그래서 곧장 그 댁으로 가서, 남자들이 살림하는 일이 얼마나 어려운지를 핑계 삼아 축하 인사를 슬쩍 꺼냈지요. 그러자 피츠애덤 부인은 몸을 곧추세우더니, 자기가 알기로는 그 소문이 사실인 것 같다고 하셨어요—제가 어디서 들었는지는 도무지 모르겠다는 말도 덧붙이셨고요. 그녀 말로는, 오빠와 글렌마이어 부인이 마침내 '합의'에 이르렀다나요. '합의'! 얼마나 거친 말인지! 하지만 귀부인께서는 앞으로 여러모로 세련됨의 부족을 감수하셔야 할 거예요. 제가 알기로, 호긴스 씨는 매일 밤 빵과 치즈, 그리고 맥주로 저녁을 때우는 분이니까요."

"결혼이라니…!" 매티 양이 다시 중얼거렸다. "정말 생

12장. 약혼

각조차 못 했어요. 우리가 아는 두 사람이 결혼한다는 걸 듣게 될 줄이야. 정말 가까이까지 왔네요…"

"너무 가까워서, 저는 그 말을 들었을 때 열둘을 셀 동안 심장이 멎은 것 같았어요." 폴 양이 말했다.

"누구 차례가 다음이 될지 모르는 일이죠. 여기 크랜 포드에서라면… 글렌마이어 부인도 자신은 안전하다고 생각하셨겠죠." 매티 양이 은근한 연민이 섞인 목소리로 말했다.

"흥!" 폴 양이 고개를 홱 젖히며 말했다. "불쌍하고 사랑스러운 브라운 대위의 노래 〈티비 파울러〉 기억하시죠? 그 구절요—

'그녀를 틴톡 꼭대기에 앉혀라, 바람이 남자를 그녀에게 불어다 줄 것이다.'"

"그건 '티비 파울러'가 부자라서 그런 거였다고 생각해요."

"글쎄요! 제가 보기에 글렌마이어 부인에게도… 제가 감히 갖고 싶지 않을 종류의 매력이 있었던 것 같아요."

나는 놀라움을 감추지 못하고 말했다. "그런데… 글렌

12장. 약혼

마이어 부인이 어떻게 호긴스 씨를 좋아하게 된 걸까요? 호긴스 씨가 그녀를 좋아한 건 놀랍지 않지만요."

"오, 글쎄요." 매티 양이 조심스럽게 말했다. "호긴스 씨는 부자고, 인상도 무척 좋잖아요. 그리고 성격도 온화하고 친절하고요."

"그녀는 그저 '자리'를 얻기 위해 결혼한 거예요. 그게 전부죠. 아마 수술실도 통째로 가져가겠지요." 폴 양이 스스로의 농담에 약간은 메마른 웃음을 흘리며 말했다. 그러나 흔히 그렇듯, 자신이 상당히 신랄하고 기지 넘치는 말을 했다고 생각하는 사람들처럼, 그녀도 방금 '수술실' 이야기를 꺼낸 순간부터 점차 표정이 누그러지기 시작했다. 그리고 우리는 곧바로 생각을 돌려, 제이미슨 부인이 이 소식을 어떻게 받아들일지 추측하기 시작했다.

자신의 하녀들에게 구혼자들이 들이대지 못하도록 감시하라고 맡겨둔 바로 그 사람이, 정작 자기 구애자를 들여놓은 셈이라니! 그것도 제이미슨 부인이 이름부터 목소리, 안색, 마구간 냄새 나는 장화, 그리고 약 냄새가 밴 몸까지 몽땅 상스럽다고 금기시했던 바로 그 남자를! 그가

12장. 약혼

과연 제이미슨 부인의 집에서 글렌마이어 부인을 만난 적이 있었을까? 만약 그렇다면, 염소산 석회로도 그 집이 다시 '정결'해졌다고 여주인을 설득하지 못했을 것이다. 혹은 그들의 만남이, 우리가 신분 차이에 불편함을 느끼면서도 두 사람 모두에게 참으로 친절했다고 인정할 수밖에 없었던, 그 병든 마술사의 방 안에서 이루어졌던 것일까?

더구나 이제 와서 드러난 것은, 제이미슨 부인의 하녀 중 한 명이 병들었고, 그 하녀를 호긴스 씨가 몇 주 동안 돌보고 있었다는 사실이었다. 그러니 자, 늑대가 이미 우리 안으로 들어왔고, 이제 양치기 소녀를 데리고 달아나는 모양이었다. 제이미슨 부인은 뭐라고 할까?

우리는 흐린 하늘 위로 솟아오른 로켓을 올려다보는 아이처럼, 앞날의 어둠을 들여다보며—곧 울릴 요란한 소리와 폭발, 그리고 찬란한 불꽃을 상상하며—기대로 잔뜩 부풀어 있었다. 그러다가 결국 현실로 되돌아와, (우리 셋 모두 똑같이 아무것도 모르고, 아무 근거도 없으면서도) 그것이 언제 일어날지, 어디서 치러질지, 호긴스 씨의 연수입은 얼마나 되는지, 글렌마이어 부인이 칭호를 버릴

지, 그리고 크랜포드의 그 엄격한 하녀 마사와 다른 하인들이 과연 "글렌마이어 부인과 호긴스 씨"라는 어색한 호칭을 입에 올릴 수 있을지 등을 두서없이 질문하기 시작했다.

그리고 또—그들이 우리를 받아줄까? 제이미슨 부인이 허락할까? 아니면 우리는 존귀하신 제이미슨 부인과, '신분이 떨어진' 글렌마이어 부인 중 하나를 선택해야만 할까?

우리 마음속 선택은 이미 분명했다. 모두 글렌마이어 부인을 더 좋아했다. 그녀는 밝고, 친절하고, 사교적이고, 유쾌했다. 반면 제이미슨 부인은… 둔하고, 무기력하고, 과장되고, 지루했다. 그러나 오랫동안 그녀의 '지배'를 인정해온 터라, 그녀가 금지할 것이 뻔한 일을 아무리 마음속으로만 생각한다 해도, 그것은 작은 반역처럼 느껴졌다.

그때 포레스터 부인이 우리가 기워 넣은 모자와 덧댄 칼라 차림 그대로 있는 방 안으로 들어와 우리를 놀라게 했다. 그러나 우리는 그녀가 그 소식을 어떻게 받아들일지에만 온 신경이 쏠려 있었기 때문에, 그런 옷차림 따위는 단번에 잊었다. 우리는 공정하게도, 그 소식을 전하는 역할을 폴 양에게 넘겨두었다. 물론 조금만 불공정해질 마음만 있었다면, 우리가 먼저 달려들어 말할 수도 있었다. 왜냐하면 포레스터 부인이 들어오자마자 폴 양이 하필 5분 동안이나 극히 부적절한 기침 발작에 시달렸기 때문이다.

나는 그 순간, 포레스터 부인을 바라보며 손수건 너머로 간절한 눈빛을 보냈던 폴 양의 표정을 절대 잊지 못할 것이다. 그 눈은 이렇게 말하는 듯 완벽히 분명했다.

"지금 잠시 내가 말을 할 수 없다 하더라도, 내 차례를 빼앗지 말아줘. 그건 내 것이야."

그리고 우리는 그녀의 소중한 '권리'를 빼앗지 않았다.

포레스터 부인의 놀라움은 우리와 다르지 않았고, 오히려 그녀의 분노는 더 컸다. 그녀는 자신의 계급 전체를 대신해 상처 입은 듯했으며, 그런 행동이 귀족 사회에 어떤 오명을 남기는지 우리보다 훨씬 더 뚜렷하게 보았기 때문이다.

12장. 약혼

그녀와 폴 양이 떠나고 난 뒤, 우리는 애써 마음을 가라앉히려 했다. 그러나 매티 양은 들은 소식으로 깊이 동요하고 있었다. 그녀가 세어보니, 제시 브라운 양을 예외로 하면, 아는 이가 결혼한다는 소식을 들은 것이 15년이 훌쩍 넘었다는 것이다. 그녀가 말하길, 그 사실이 너무 충격적이어서, 이제는 다음에 무엇이 일어날지조차 짐작할 수 없을 것 같다고 했다. 이것이 나만의 착각인지, 실제로 그런 것인지는 모르지만, 나는 한 집단에서 약혼 소식이 돌면, 그 집단의 미혼 여성들이 유난히 들뜬 모습으로—그리고 평소보다 신경 쓴 옷차림으로—나타나는 것을 종종 보아왔다. 마치 묵묵히, 무의식적으로 말하는 듯했다. "우리 역시 미혼 여성입니다."

이 소식이 전해진 뒤의 2주 동안, 매티 양과 폴 양은 보닛, 드레스, 모자, 숄 이야기를 그 어느 해보다도 더 많이 했다. 그러나 그것이 꼭 약혼 때문만은 아니었을지도 모른다. 따뜻하고 기분 좋은 3월이었으니 말이다. 밝은 햇살 아래에서는 메리노나 비버 같은 양모 소재가 아무래도 어울리지 않았고, 자연히 옷차림에 마음이 더 갔을 수

12장. 약혼

도 있다. 어쨌든 글렌마이어 부인의 옷차림이 호긴스 씨의 마음을 사로잡은 것은 아니었다. 그녀는 친절을 베풀기 위해 동네를 다닐 때 오히려 더없이 초라한 차림이었다. 그러나 교회 등에서 그녀를 언뜻 볼 때면, 그녀는 친구들과 눈이 마주치는 것을 피하는 듯하면서도, 얼굴에는 오히려 희미한 젊은 빛이 감돌았다. 입술은 예전처럼 굳게 다문 모습이 아니라, 더 붉고 떨리는 듯이 살아 있었고, 눈길은 무엇이든 오래 머물렀다. 마치 크랜포드를, 그리고 그 속에 담긴 것들을 새롭게 사랑하게 된 사람처럼.

호긴스 씨 또한 밝고 환해 보였다. 그는 새로 맞춘 장화를 신고, 교회 중앙 통로를 삐걱거리며 올라갔다. 그 장화는 가시적일 뿐 아니라 들리기까지 하는, 그의 '신분 변화'를 알리는 표식이나 다름없었다. 이유는 분명했다. 그가 지금까지 신고 다닌 장화는 크랜포드에서 순회 진료를 시작한 지 25년이 된 바로 그 한 켤레였기 때문이었다. 단지 그 장화는 위도 아래도, 뒤축도 밑창도, 검정 가죽도 갈색 가죽도 셀 수 없을 만큼 덧대어 수선되었을 뿐이다.

크랜포드의 숙녀들 가운데 누구도, 어느 쪽에게든 축

12장. 약혼

하를 전함으로써 그 결혼을 인정하려 하지 않았다. 우리는 우리 나름의 군주, 제이미슨 부인이 돌아올 때까지 이일을 아예 없는 것처럼 여기고 싶었다. 그녀가 돌아와 우리에게 신호를 주기 전까지는, 그 약혼을 스페인 여왕의 다리처럼—분명 존재하지만 입 밖에 꺼내지 않는 것이 훨씬 나은 사실—취급하는 편이 낫다고 여겼다. 그러나 이런 말 조심—당사자들에게 묻지 못하면, 정작 우리가 알고 싶은 것을 어떻게 캐낼 수 있겠는가?—은 점차 억압적으로 느껴졌고, 침묵의 위엄이라는 우리의 원칙은 호기심의 불길 앞에서 서서히 힘을 잃어가고 있었다. 마침 그때, 우리 생각을 단숨에 다른 곳으로 돌려놓는 발표가 있었다. 크랜포드의 주요 상점 주인, 필요에 따라 식료품·치즈·모자점 주인을 오가던 그 사람이, 봄 패션이 도착했으며, 다음 주 화요일에 하이 스트리트의 그의 방에서 전시할 것이라고 한 것이다. 매티 양은 바로 이 소식을 기다리고 있었다. 새 비단 드레스를 살 시기였다. 내가 드럼블에 패턴을 보내달라고 제안하긴 했지만, 그녀는 바다빛 터번에 대한 쓰라린 기억을 잊지 않았다는 듯 조용히 내 제안

12장. 약혼

을 거절했다. 나는, 이번에는 그녀 곁에 직접 있어 노랑이나 진홍 실크의 위험한 유혹을 막아줄 수 있어 감사했다.

여기서 내 이야기를 조금 해야겠다. 나는 앞서 아버지가 젠킨스 가문과 오래 알고 지낸 사이였다고 말한 적이 있다. 사실은, 어쩌면 먼 친족 관계가 있었던 것인지도 모르겠다. 아버지는 매티 양이 '공포 소동' 무렵에 보낸 편지를 보고, 내가 겨울 내내 크랜포드에 머무는 것을 흔쾌히 허락했다. 나는 그 편지에서 그녀가 내 '집 수호 능력'과 '용기'를 한껏 과장했으리라 의심한다. 그러나 이제 날이 길어지고 밝아지자, 아버지는 내 귀환을 점점 더 강조하기 시작했다. 나는 단지, 시뇨라가 말한 아가 젠킨스의 이야기, 그리고 폴 양과 포레스터 부인의 대화에서 간신히 추려낸 '불쌍한 피터'의 모습과 실종을 서로 맞춰볼 수 있지 않을까 하는 기묘하고 쓸쓸한 희망 때문에, 떠나지 않고 머물러 있었을 뿐이다.

12장. 약혼

13장. 지불 정지

존슨 씨가 새 패션을 선보이기로 한 바로 그 화요일 아침, 집에는 편지 두 통이 도착했다. 나는 '우편 배달부'라고 말했지만, 사실은 우편 배달부의 아내였다. 남편은 절름발이 구두 수선공이었는데, 마을 사람들에게 매우 깨끗하고 성실한 사람으로 존경받았다. 다만 크리스마스나 성금요일 같은 특별한 날이 아니면 편지를 직접 배달하는 일이 없었다. 그리고 그런 날이면, 원래 아침 여덟 시에 도착해야 할 편지가 오후 두세 시가 되어서야 모습을 드러냈다. 모두가 가난한 토머스를 좋아해, 그런 명절이면 누구나 그를 붙잡아 환대했기 때문이다.

그는 늘 이렇게 말했다. "아, 오늘은 먹느라 배가 터질 지경이었지요. 서너 집은 아예 저랑 같이 아침을 먹어야 한다고 난리였으니까요."

그가 마지막 아침 식사를 끝낼 무렵에는, 또 다른 집에서 막 점심을 시작하곤 했다. 그 많은 유혹 속에서도 톰은 언제나 술 취한 적 없고, 공손했고, 늘 미소를 잃지 않았다. 젠킨스 양은 그를 두고 늘 이렇게 말했다.

"참을성을 배우라는 하늘의 가르침이지요. 토머스가 아니었다면 평생 드러나지 않았을 인내심이 사람들 마음 속에서 깨어날 거라고 나는 믿어요."

물론 '인내심'은 젠킨스 양 자신의 마음에서는 거의 잠자고 있었다. 그녀는 언제나 편지를 기다렸고, 우편 배달부가 오거나 지나갈 때까지 테이블을 두드렸다. 크리스마스와 성금요일에는 아침부터 교회 갈 때까지, 다시 교회에서 돌아온 뒤 두 시까지 내내 두드렸다. 단, 불을 손봐야 할 때는 부지깽이를 쿵 떨어뜨렸고, 그때마다 왜 조심하지 않았느냐며 매티 양을 꾸짖었다.

그러나 톰에 대한 그녀의 환영과 그의 저녁 식사만큼은 늘 후했다. 젠킨스 양은 기병대장처럼 그 앞에 서서는 그의 아이들 이야기를 캐물었다. 무엇을 하고 있는지,

13장. 지불 정지

어느 학교에 다니는지, 새아이가 또 생길 것 같으면 잔소리도 잊지 않았다. 그러나 막내들까지도 1실링과 민스파이—모든 아이에게 주던 그녀의 연례 선물—를 보내주었고, 아버지와 어머니에게는 반 크라운을 더 얹어주었다.

편지는 사랑스러운 매티 양에게 그다지 큰 의미는 없었다. 그렇다고 해서 그녀가 토머스를 향한 환대나 그의 몫을 줄일 리는 없었다. 다만 그녀는 그 의식을 조금 부끄러워했다. 이는 젠킨스 양에게는 이웃을 돌보고 충고를 건네는 '영광스러운 기회'였다. 매티 양은 돈을 한꺼번에 그의 손에 살짝 쥐여주곤 했고, 젠킨스 양은 각 동전을 하나하나 따로 건네며 말했다.

"자, 이건 네 거. 이건 제니 거…"

매티 양은 그가 밥을 먹을 때면 마사를 부엌 밖으로 불러내 주었고, 내가 본 적으로는, 톰이 받은 음식이 파란 면 손수건에 순식간에 사라지는 것을 못 본 척해준 적도 있었다. 반대로 젠킨스 양은 그가 접시에 음식을 남기기라도 하면 거의 나무라다시피 했고, 한 입 먹을 때마다 꼬박꼬박 참견을 잊지 않았다.

316

13장. 지불 정지

나는 다시 그 화요일 아침, 아침 식탁 위에서 우리를 기다리고 있던 두 통의 편지 이야기로 돌아가야겠다. 내 편지는 아버지에게서 온 것이었다. 매티 양의 편지는 인쇄된 초대장이었다. 아버지의 편지는, 한마디로 말해, 전형적인 남자들의 편지였다. 곧, 무척 담백하고 지루해서, 그가 건강하다는 사실, 비가 많이 내렸다는 사실, 무역이 몹시 침체되어 있다는 사실, 그리고 불쾌한 소문이 여기저기 떠돌고 있다는 것 외에는 특별한 내용이 없었다. 그러고는 이렇게 덧붙였다. 매티 양이 여전히 타운 앤 카운티 은행의 주식을 갖고 있는지 아느냐고. 그 은행에 관해 좋지 않은 소문이 들린다는 것이었고, 비록 그가 오래전부터 예상해왔고, 젠킨스 양이 그들의 작은 재산을 그곳에 투자하려 할 때 이미 경고했던 일—그 영리한 여인이 그의 알기로는 유일하게 저지른 실수이자 유일하게 그의 조언을 거슬렀던 순간—이기는 했지만 말이다. 그래도 혹시 무슨 일이 생기더라도, 내가 도움이 될 수 있는 동안은 매티 양 곁을 떠날 생각은 하지 말라고 당부하며 편지는 끝났다.

13장. 지불 정지

"애야, 너 편지는 누구한테서 온 거니? 내 건 '에드윈 윌슨'이라고 서명돼 있는 아주 점잖은 초대장이란다. 타운 앤 카운티 은행 주주들의 중요한 회의가 21일 목요일, 드럼블에서 열린다는데 나보고 참석해달래. 날 이렇게 챙겨주다니 참 고맙기도 하지."

나는 '중요한 회의'라는 말이 마음에 걸렸다. 비록 사업에 밝지 않았지만, 그 말은 아버지가 우려한 바가 사실일지도 모른다는 생각을 더욱 굳혀주었다. 그러나 불길한 소식이란 대개 말하지 않아도 제 발로 찾아오기 마련이므로, 내 걱정을 굳이 입 밖으로 꺼내지는 않기로 했다. 그저 아버지가 건강하시고, 그녀에게 안부를 전한다는 말만 전했다.

매티 양은 초대장을 이리저리 뒤집어 보며 흐뭇하게 바라보았다. 마침내 입을 열었다.

"데버러에게도 예전에 이런 편지가 온 적이 있었지. 하지만 그땐 놀라지 않았어. 모두가 그녀가 얼마나 총명한 여자인지 알고 있었으니까. 나는 저 사람들에게 크게 도움을 줄 수 있을지 모르겠어. 회계라도 이야기한다고

13장. 지불 정지

하면, 나는 오히려 방해나 될 테니까. 난 머릿속으로는 계산을 전혀 못하거든. 데버러는 정말 가고 싶어 했지. 그 일을 위해 새 보닛까지 주문했으니까. 그런데 때가 되자 심한 감기에 걸렸어. 그래서 저 사람들은 그들이 어떤 일을 처리했는지 아주 공손한 보고서를 보내왔지. 아마 이사를 선출했을 거야. 그런데 말이다, 혹시 이번에도 내가 이사를 고르도록 돕기를 원하는 걸까? 그렇다면 나는 주저 없이 네 아버지를 택하겠지!"

"아버지는 그 은행에 주식이 없으신걸요." 내가 말했다.

"오, 맞다! 기억나. 데버러가 주식을 사는 걸 아주 심하게 반대하셨지. 하지만 데버러는 뭐랄까, 완전히 '사업하는 여자'였으니까, 늘 스스로 판단했지. 그리고 보렴, 이렇게 많은 해 동안 8퍼센트씩 이자도 나왔잖니."

그 문제는 내가 반쯤밖에 모르는 상태로 이야기하기에는 너무 불편한 주제였다. 그래서 대화를 돌리기로 하고, 몇 시에 패션을 보러 가는 것이 좋을지 여쭈었다.

"글쎄, 애야," 그녀가 말했다. "이런 일이야. 예의상 12

13장. 지불 정지

시 이전에는 가면 안 돼. 하지만 그렇게 하면 크랜포드 사람들이 전부 모여 있을 테고, 그 많은 사람들 앞에서 옷감이니 장식이니 모자니 하는 것들을 지나치게 궁금해하는 건 결코 고상하지 않아. 이런 경우, 지나친 호기심은 늘 점잖지 않지. 데버러는 최신 유행이 아무리 새로워도 마치 이미 알고 있던 것처럼 보이는 재주가 있었단다. 알리 부인에게서 배운 버릇이었지—그분은 런던에서 매번 새 유행을 보셨으니까. 그래서 나는 우리가 오늘 아침, 식사를 마치자마자 슬쩍 내려가자고 생각했어. 나도 차 반 파운드를 사야 하거든. 그러고 나서 위층으로 올라가 천천히 물건을 살펴보고, 내 새 비단 드레스를 어떻게 지어야 할지 정확히 볼 수 있을 테지. 그럼 정오 이후에는 옷에 대한 생각 없이, 마음 편히 갈 수 있겠지."

우리는 곧 매티 양의 새 비단 드레스 이야기로 빠져들었다. 그러다 나는 이것이 그녀가 평생 처음으로 스스로 중요한 것을 선택해야 하는 순간이라는 사실을 깨달았다. 젠킨스 양은 취향이 무엇이든 늘 결단력이 강했고, 그런 사람들은 놀라울 정도로 순전히 의지의 힘만으로 세상을 끌어가는 법이다.

매티 양은 반짝이는 비단 주름을 떠올리며 거의 어린아이처럼 설렘에 젖어 있었다. 마치 드레스 값을 위해 따로 챙겨 둔 다섯 개의 소버린으로 가게의 모든 비단을 다 살 수 있기라도 한 것처럼. (나 역시 은화 3펜스를 쓰려고 장난감 가게에서 두 시간을 우왕좌왕했던 일을 떠올리며) 그녀가 충분히 즐거운 고민을 할 수 있도록, 아침 일찍 가게로 향하게 되어 무척 기뻤다. 만약 경쾌한 바다빛 녹색을 만날 수 있다면 그 색으로 하기로 했다. 없으면 그녀는 연한 옥수수색을, 나는 은회색을 제안했다. 그리고 우리는 가게 문 앞에 이를 때까지 드레스 폭의 수를 깊이 있게 토론했다. 먼저 차를 사고, 그다음 비단을 고르고, 마지막으로 한때는 단순한 다락방이었으나 지금은 패션 전시장으로 꾸며진 위층으로 올라가는 철제 나선 계단을 오를 예정이었다.

존슨 씨 가게의 젊은 점원들은 가장 좋은 표정과 가장 좋은 크라바트를 하고, 놀랄 만큼 민첩하게 카운터 위를 이리저리 움직였다. 그들은 당장 위층으로 안내하고 싶어

13장. 지불 정지

했다. 그러나 우리는 '먼저 일, 그 다음 즐거움'이라는 원칙을 지키며 차를 사는 일부터 했다.

이때 매티 양의 산만한 면모가 드러났다. 언제든 본인이 녹차를 마셨다는 사실을 알게 되면, 그녀는 그날 밤 반은 잠을 자지 않는 것이 의무라고 여겼다. (나는 그녀가 모르는 사이 녹차를 마시고도 아무렇지 않았던 경우를 여러 번 봤다.) 그래서 녹차는 집안에서 금지였다. 그런데 오늘은 비단 이야기를 하던 중 녹차를 달라고 요청한 것이다. 다행히 오해는 곧 풀렸고, 마침내 비단들이 제대로 펼쳐졌다.

그때쯤 가게는 제법 붐비기 시작했다. 장날이었기 때문에, 주변의 농부들과 시골 사람들도 많이 들어왔다. 그들은 머리를 매만지고, 눈꺼풀 아래로 수줍게 주위를 둘러보며, 화려한 점원들과 우아한 숄들, 여름 프린트 천 사이에서 자신들이 어색하다는 것을 의식하는 듯 보였다. 그래도 집에 있는 아내나 딸들에게 이 '도시의 화려함'을 조금이라도 전하고 싶은 마음은 숨기지 못하는 듯했다. 그 가운데 정직해 보이는 한 남자는 용기를 내어 우리가

13장. 지불 정지

서 있던 카운터로 다가와, 숄을 몇 개 보여달라고 당당하게 요청했다. 다른 시골 사람들은 식료품 쪽에서만 머물렀지만, 이 남자에게는 아내나 딸에게 주고 싶은 선물이 분명 있는 듯했고, 그래서 수줍음 따위는 모두 잊은 듯했다.

그러다 나는 문득 생각했다. 도대체 이 남자와 매티 양 중 누가 점원들을 더 오래 붙들어 둘까? 그는 보여주는 숄마다 "이게 가장 아름답다"고 감탄했고, 매티 양은 새로 꺼내오는 비단 꾸러미마다 미소 짓고 한숨 지었다. 색 하나가 다른 색을 돋보이게 하고, 쌓아 올린 더미는 마치 무지개마저도 초라해 보이게 만들 정도였다—적어도 그녀의 눈에는.

"정말 걱정이에요." 그녀가 머뭇거리며 말했다. "어떤 것을 골라도, 결국엔 다른 걸 선택할 걸 그랬다고 후회할 것 같아요. 이 사랑스러운 진홍색 좀 보세요! 겨울엔 얼마나 따뜻할까요. 그런데 곧 봄이 오잖아요. 모든 계절에 어울리는 드레스를 각각 하나씩 가질 수 있으면 얼마나 좋을까요." 그녀는 목소리를 낮추었다. 크랜포드에서는 누

13장. 지불 정지

구나, 갖고 싶지만 가질 수 없는 무언가를 이야기할 땐 늘 그렇게 속삭였으니까. "그래도요," 그녀는 다시 밝은 목소리로 이어갔다. "그렇게 많이 가지고 있다면, 그걸 관리하느라 얼마나 손이 갈지 몰라요. 그러니 하나만 사는 게 좋겠죠. 그런데… 애야, 도대체 어느 걸 고르면 좋을까요?"

이제 그녀는 노란 점이 흩뿌려진 라일락 빛 천 위를 맴돌았고, 나는 화려한 천들 사이에서 존재감이 거의 사라질 만큼 소박했지만 은근히 품질 좋은 세이지 그린 실크를 꺼내 들었다. 그때 우리의 시선은 옆에서 물건을 고르고 있던 남자에게로 옮겨갔다.

그는 30실링 쯤 되는 숄을 골랐고, 얼굴 가득한 기대감으로 미소를 짓고 있었다. 분명 집에서 기다릴 몰리나 제니에게 건넬 깜짝 선물을 떠올리고 있었을 것이다. 그는 바지 주머니에서 가죽 지갑을 꺼내어, 숄과 식료품 코너에서 받은 몇 가지 꾸러미 값을 치르기 위해 5파운드 지폐를 내밀었다. 그리고 바로 그 순간, 그는 우리의 시선을 완전히 사로잡았다. 점원이 당혹스러운 표정으로 지폐를 이리저리 비추고 있었기 때문이다.

13장. 지불 정지

"타운 앤 카운티 은행 지폐군요! 확신할 수는 없지만, 오늘 아침에 이 은행 지폐에 주의하라는 경고를 받은 것 같습니다. 존슨 씨께 가서 확인해보겠습니다. 하지만… 현금이나 다른 은행 지폐로 받아야 할 것 같군요."

나는 한 사람의 표정이 그렇게 순식간에 낙담과 혼란으로 무너지는 모습을 본 적이 없었다. 그 급격한 변화는 거의 측은할 정도였다.

"젠장!" 그가 테이블을 주먹으로 내려치며 말했다. 마치 어느 쪽이 더 단단한지 시험이라도 하듯이. "지폐랑 금이 그냥 길바닥에 굴러다니기라도 하는 양 말하네!"

매티 양은 그 남자에게 마음을 빼앗겨, 방금 전까지 그렇게 고민하던 비단 드레스를 완전히 잊어버린 듯했다. 나는 그녀가 은행 이름을 듣지 못했다고 믿고 싶었고, 또 듣지 않기를 바랐다. 그래서 불과 1분 전까지만 해도 혹평하던 노란 점박이 라일락 천을 들고 감탄하는 척했지만, 소용이 없었다.

"어느 은행이라고요? 그러니까, 그 지폐는 어느 은행에서 발행된 건가요?"

13장. 지불 정지

"타운 앤 카운티 은행입니다."

"보여주시겠어요." 그녀는 조용히 말했다. 그리고 점원이 농부에게 돌려주려는 지폐를 부드럽게 받아 들여 살펴보았다.

곧 존슨 씨가 돌아와 말했다. "유감스럽지만, 제가 방금 확인한 바로는… 그 은행 지폐는 사실상 휴지 조각이나 다름없다고 합니다."

"이해가 안 되네요." 매티 양이 작은 목소리로 내게 속삭였다. "저게… 우리 은행 아닌가요? 타운 앤 카운티 은행?"

"맞아요." 내가 말했다. 그리고 아무 일도 아니라는 듯 라일락 비단을 들어 빛에 비추며 말했다. "이 라일락 실크는 새 모자의 리본과 아주 잘 어울릴 것 같아요."

그러나 속으로는, 농부의 지폐가 거절당한 그 순간부터 새로운 불안이 고개를 들기 시작했다. 은행이 정말 그렇게 위험한 상태라면, 내가 과연 매티 양이 이 값비싼 비단을 사도록 두는 것이 옳은 일일까―그런 의문이 조용히, 그러나 끈질기게 마음속에서 울리고 있었다.

13장. 지불 정지

하지만 그 순간 매티 양은 그녀에게만 어울리는, 드물게 드러나는 부드럽고 품위 있는 태도를 조용히 불러올렸다. 그리고 내 손 위에 자신의 손을 살며시 얹으며 말했다.

"애야, 잠시만 비단은 잊어도 좋겠구나… 저는 당신 말씀이 이해가 되지 않아요, 손님." 그녀는 이제 농부를 응대하던 점원을 향해 고개를 돌렸다. "이 지폐가… 위조인가요?"

"아닙니다, 부인. 지폐 자체는 진짜입니다. 다만 보시다시피, 합자 은행에서 발행한 것이고—오늘 아침에 그 은행이 곧 부도날지도 모른다는 경고를 받았습니다. 존슨 씨는 의무를 다하는 것뿐입니다. 돕슨 씨께서도 그 점은 이해하실 거예요."

하지만 돕슨 씨는 점원의 공손한 인사에 미소 한 줄로도 답하지 못했다. 그는 지폐를 멍하니 손가락 사이에서 뒤집어보며, 방금 골랐던 숄이 든 꾸러미를 침울한 표정으로 바라보고 있었다.

"땀 흘려 한 푼 한 푼 버는 가난한 사람에겐 참 가혹한 일이죠." 그가 낮게 말했다. "하지만 어찌하겠습니까. 그 숄은 다시 가져가시오. 리즐은 당분간 그 오래된 망토로 버티게 해야겠군. 그리고 아이들에게 주기로 약속한 저 무화과는… 가져가겠습니다. 하지만 저 담배랑, 다른 것들은—"

"그 지폐를 제가 5소버린에 사겠습니다, 선한 분." 매티 양이 조용하지만 단단한 목소리로 말했다. "이건 분명 큰 오해입니다. 저는 이 은행 주주 중 한 사람이고, 만약 사정이 좋지 않았다면 제게 알려졌을 테니까요."

점원이 계산대 너머에서 그녀에게 몇 마디를 속삭였다. 매티 양은 그를 잠시 의심스러운 눈빛으로 바라보았다.

"그럴지도 모르죠." 그녀가 천천히 말했다. "하지만 제가 사업을 안다고 할 순 없어요. 다만… 만약 정말 은행이 무너지고, 정직한 사람들이 우리 지폐를 받았다는 이유만으로 돈을 잃게 된다면—"

그녀는 문득, 자신이 길고 복잡한 문장 속으로 빠져들어 네 사람의 시선을 받고 있다는 것을 깨닫고 말을 멈추

13장. 지불 정지

었다.

"아무튼요… 금으로 그 지폐를 바꾸는 게 제게는 더 마음 편할 것 같아요." 그녀는 농부를 향해 부드럽게 고개를 돌렸다. "그러면 당신은 아내분께 그 숄을 가져다줄 수 있겠지요. 저는 며칠 정도 드레스 없이 지내도 괜찮아요." 그리고 내 쪽을 향해 조용히 덧붙였다. "모든 일은 곧 밝혀질 거예요. 분명히요."

"하지만… 잘못된 방향으로 밝혀진다면요?" 내가 조심스럽게 말했다.

"그렇다면, 주주로서 제가 이 선량한 분께 돈을 돌려드린 것이야말로 당연한 양심의 도리였을 뿐이지요." 그녀가 잔잔하게 말했다. "제 마음속에서는 아주 분명해요. 다만… 아시다시피, 저는 사람들처럼 말을 분명하게 잘하진 못해요. 그러니, 돕슨 씨, 괜찮으시다면 그 지폐를 제게 주시고, 이 소버린으로 구매를 계속하시면 됩니다."

그 남자는 고스란히 드러난 말없는 감사의 눈으로 매티 양을 바라보았다. 고마움을 말로 표현하기에는 서툴고 어색한 사람인지라, 그는 잠시 머뭇거리며 손가락 사이에

329

서 지폐만 만지작거렸다.

"이게 정말 손해라면… 나 대신 다른 분이 손해를 보는 건 내키지 않아요. 하지만… 가족을 둔 사람에게 5파운드는 큰돈이죠. 그리고, 말씀하신 것처럼, 하루이틀 지나면 이 지폐도 다시 금처럼 제값을 찾을지도 모르고요."

"그럴 가능성은 없습니다, 친구." 점원이 단호히 말했다.

"그렇다면 제가 받아야 할 이유가 더 분명해졌네요." 매티 양이 잔잔히 대답했다.

그녀는 소버린을 조용히 밀어두었고, 남자는 천천히 지폐를 내려놓으며 교환을 마쳤다. "고맙습니다. 비단은… 며칠 뒤에 다시 보러 올게요. 그때면 더 많은 색을 갖다놓으셨겠죠. 얘야, 이제 위층으로 갈까?"

우리는 마치 이미 드레스를 주문해 둔 사람처럼, 소매의 굴곡부터 치마의 흐름까지 세심하고 호기심 어린 눈길로 새 유행을 살폈다. 아래층에서 있었던 그 작은 소란이 매티 양의 관심을 조금이라도 흐트러뜨렸다고는 느껴지지 않았다. 그녀는 한두 번, 우리가 이렇게 조용하고 여유

330

롭게 보닛과 숄을 둘러보고 있음에 대해 나와 은근한 미소를 나누기도 했다. 하지만 내 눈에는 우리의 '조용한 관람'이 그리 철저히 비밀스럽지는 않았다. 망토와 맨틀 사이로 슬며시 숨어 움직이는 그림자가 보였고, 나는 몸을 돌려 재빠르게 그 정체와 마주했다.

폴 양이었다. 그녀 역시 아침 차림으로(이가 없음을 가리기 위해 베일을 깊게 드리운 모습이 인상적이었다), 우리와 같은 목적을 가지고 온 것 같았다. 하지만 그녀는 '두통이 심해서 대화를 나눌 기분이 아니다'라는 말만 남기고, 잽싸게 자리를 떠났다.

가게로 내려오자, 늘 정중한 존슨 씨가 우리를 기다리고 있었다. 그는 금과 지폐의 교환 사실을 들었고, 진심 어린 배려로 매티 양을 위로하려 했다. 하지만 그 친절함에는 조금의 부족한 재치가 섞여 있었다. 그는 그녀의 주식이 이미 휴지조각이나 다름없으며, 은행은 파운드당 1실링도 갚지 못할 것이라는, 듣기 괴로운 사실을 조심스럽게 전했다.

나는 그가 과장된 소문을 들었기를 바랄 뿐이었다.

13장. 지불 정지

매티 양은 여전히, 아주 조금은 믿지 않는 듯 보였다. 하지만 그것이 진짜 disbelief인지, 아니면 크랜포드의 숙녀들이 늘 지키던 자제력—즉, 하층민 앞에서 놀람이나 당혹스러운 감정을 드러내면 품위를 잃는다고 믿던 오래된 규칙—때문인지 나는 가늠할 수 없었다.

우리는 말없이 집으로 향했다. 부끄럽지만, 나는 마음 속 깊은 곳에서 매티 양의 결정에 조금 언짢아하고 있었다. 그녀가 간절히 필요로 하던 새 비단 드레스를, 나는 누구보다 바라던 참이었다. 평소의 매티 양은 그토록 우유부단해서 누구 말에도 흔들리곤 했는데, 이번만큼은 도무지 설득의 여지가 없었고, 결국 그 결과가 못내 아쉬웠다.

어쩐지 정오가 지나자, 우리 둘 다 패션 구경에 대한 호기심은 충분히 채워졌다고 인정했고, 몸이 어딘가 나른하고 피로해 다시 외출하기는 싫어졌다—사실 그것은 몸의 피로라기보다 마음의 침전 같은 것이었다. 그러나 우리는 여전히 그 지폐 이야기를 입에 올리지 않았다. 그런데 문득, 이상한 충동이 나를 붙들었고, 나는 매티 양에게 물어버렸다. 혹시 타운 앤 카운티 은행의 지폐를 받는 사

332

람마다 소버린으로 바꿔주는 것이 자신의 의무라고 생각하느냐고. 말을 내뱉는 순간, 나는 내 혀를 잘라버리고 싶었다. 그녀는 조용한 슬픔이 어린 눈으로 나를 올려다보았다. 마치 이미 고통으로 지친 마음에 내가 새로운 혼란을 더해버린 것 같았다. 그녀는 한동안 아무 말도 하지 않았다. 그러다 마침내, 내 사랑하는 매티 양은, 단 한마디의 원망도 없이, 이렇게 말했다.

"얘야, 나는 내 마음이 사람들이 말하듯 강하다고 느껴본 적이 없어. 바로 눈앞에 놓인 일도 무엇이 옳은지 결정하기가 종종 너무 힘들단다. 오늘 아침, 불쌍한 남자가 내 옆에 서 있는 걸 보고 내가 해야 할 일을 알아볼 수 있었던 건… 정말 감사한 일이었어. 그런데 만약 이러이러한 일이 생기면 나는 어떻게 해야 할까, 계속 생각하고 또 생각하는 건… 내겐 너무 버거워. 그래서 나는 그냥, 실제로 무엇이 일어나는지 기다리고 보고 싶어. 그리고 그때가 되면, 내가 괜히 조바심만 내지 않는다면… 분명 도움을 받을 거라고 믿어. 알다시피, 사랑아… 나는 데버러와 같지 않아. 데버러가 살아 있었다면, 그 애는 분명 이런 사

333

13장. 지불 정지

태가 되기 전에 다 알아서 챙겼겠지."

우리는 둘 다 저녁을 거의 먹지 못했다. 대신, 아무 상관 없는 이야기들을 억지로 꺼내 조금이나마 쾌활함을 가장하려 했다. 응접실로 돌아오자, 매티 양은 책상을 열고 장부를 펼쳐들었다. 나는 아침의 말 때문에 괜스레 죄책감이 들어, 그녀에게 도움을 자처할 엄두를 내지 못했다. 그녀의 눈은 이마에 깊은 주름을 만들며, 장부의 줄을 따라 위아래로 힘겹게 움직였다. 얼마 후, 그녀는 장부를 닫아 잠그고, 의자를 끌어 내 옆에 앉았다. 나는 불 앞에서 우울함에 잠겨 있었고, 그녀의 손에 조용히 내 손을 포갰다. 그녀는 꼭 잡아주었지만, 아무 말도 하지 않았다.

잠시 후, 억지로 침착함을 유지하는 목소리로 그녀가 말했다.

"만약 그 은행이 무너진다면… 나는 1년에 149파운드 13실링 4펜스를 잃게 될 거야. 그러면… 나는 1년에 13파운드만 남게 되겠지."

나는 그녀의 손을 세게, 꽉 잡았다. 하지만 무슨 말을 해야 할지 전혀 떠오르지 않았다. 잠시 후—이미 너무 어

13장. 지불 정지

두워 그녀의 얼굴을 볼 수 없을 때—그녀의 손가락이 내 손 안에서 떨리는 것을 느꼈다. 그리고 그녀가 다시 말하려 한다는 걸 알았다. 흐느낌이 섞인 목소리였다.

"이런 말이 잘못된 건 아니길… 죄는 아니길 바라지만… 오! 나는 불쌍한 데버러가 이것을 보지 않고 떠난 것이 너무나 기뻐. 그 애는… 세상에서 내려오는 걸 견디지 못했을 거야. 그렇게 고결하고, 품위 높은 정신을 가졌던 아이였으니까."

그녀가 언니에 대해 한 말은 이것이 전부였다. 그 언니가 두 사람의 작은 재산을 그 불운한 은행에 넣자고 고집했던 바로 그 언니에 대해. 그날 밤, 우리는 평소보다 늦게 촛불을 켰고, 촛불이 우리 침묵을 부끄럽게 할 때까지, 둘은 조용히 슬픔 속에 앉아 있었다.

그러다 차를 마신 뒤 우리는 억지로 쾌활함을 되찾은 듯 일에 착수했고, 그러자 잠시나마 그 억지의 쾌활함이 실제가 되었다. 그리고 글렌마이어 부인의 약혼이라는 끝없는 화제로 이야기가 흘러갔다. 매티 양은 그것을 좋은 일로 믿으려 할 뻔했다.

13장. 지불 정지

"남자들이 집안에서 번거롭다는 말을 하려는 건 아니야. 나는 아버지를 보고 판단해—아버지는 깔끔함 그 자체였지. 여자로서도 보기 드물 만큼 조심스럽게 신발을 닦고 들어오셨거든. 그래도, 남자들은 어려움 앞에서 무엇을 해야 할지 아는 데가 있어서… 바로 곁에 의지할 사람이 있다는 건 참 든든한 일이야. 글렌마이어 부인은… 여기저기 떠밀리며 어디에 마음을 둘지 헤매는 대신, 폴 양과 포레스터 부인처럼 따뜻하고 친절한 사람들 곁에서 이제 제대로 된 집을 얻게 되겠지. 그리고 호긴스 씨는 정말 아주 좋은 분이야. 예의가 조금 투박할 수 있지만… 나는 세련되지는 않아도 누구보다 진실하고 다정한 이들을 많이 봤단다."

그녀는 잠시 홀브룩 씨에 대한 조용한 상상에 잠겼고, 나는 그녀를 방해하지 않았다. 나는 이미 며칠 동안 품어온 계획을 조용히 다듬고 있었기 때문이었다. 그런데 은행의 파산 위협이 그 계획에 뜻밖의 절박함을 더했다. 그날 밤, 매티 양이 잠자리에 든 뒤, 나는 몰래 촛불을 다시 켜고 응접실에 앉았다. 그리고 아가 젠킨스에게 편지를

13장. 지불 정지

썼다. 그가 정말 피터라면 가슴을 울릴 편지였지만, 그가 단지 어떤 낯선 사람이라면 건조한 사실의 나열처럼 보일지도 모르는 그런 편지였다. 편지를 마무리할 즈음, 교회 시계는 이미 두 시를 알리고 있었다.

다음 날 아침, 공식적인 발표와 비공식적인 소문이 동시에 퍼졌다. 타운 앤 카운티 은행이 지급을 중단했다는 소식이었다. 매티 양은 한순간에 파산한 셈이었다.

그녀는 차분하게 말하려고 애썼다. 그러나 주당 고작 5실링으로 살아가야 한다는 현실에 다다르자, 그녀는 끝내 몇 방울의 눈물을 참지 못했다.

"나는 내 신세 때문에 우는 게 아니야, 얘야." 그녀는 눈물을 훔치며 말했다. "아마도… 만약 어머니가 이 일을 아신다면 얼마나 마음 아파하실까, 그 생각이 너무 어리석음에도 불구하고 자꾸 떠올라서 우는 것 같아. 어머니는 언제나 자신보다 우리를 더 걱정하셨지. 그래도 세상에는 나보다 덜 가진 이들도 많고, 나는 사치스러운 편도 아니고… 게다가 감사하게도, 양 목살 값과 마사의 월급, 그리고 집세만 내면 나는 누구에게도 한 푼 빚진 일이 없

13장. 지불 정지

어. 불쌍한 마사! 그 애는… 나를 떠나는 걸 슬퍼할 거야."

그녀는 눈물 사이로 나를 향해 미소를 지었다. 그리고 아마도 그 순간, 그녀는 내가 눈물은 보지 못하고 미소만 보아주기를 바랐을 것이다.

13장. 지불 정지

14장. 어려울 때의 친구들

　매티 양이 변화된 형편 속에서 마땅히 해야 한다고 여긴 절약을 그 즉시 실천하는 모습을 보는 것은 나에게 깊은 본보기가 되었다. 그녀가 마사에게 가서 그 사실을 알리고 있는 동안, 나는 아가 젠킨스에게 보낼 편지를 들고 살며시 집을 나섰다. 정확한 주소를 알아내기 위해 브루노니 시뇨르의 숙소로 간 것이다. 나는 시뇨라에게 비밀을 지켜달라고 당부했다. 그녀의 군인다운 태도에는 언제나 과묵하고 절제된 면이 있었기에, 강한 흥분이라도 받지 않는 이상 불필요한 말을 하지 않았고, 그래서 오히려 더욱 믿음이 갔다. 게다가, 시뇨르는 며칠 안에 여행과 마술 공연을 다시 시작할 수 있을 만큼 회복되어 있었고, 그와 그의 아내, 그리고 어린 피비는 곧 크랜포드를 떠날 예정이었다. 내가 갔을 때 그는 붉고 검은 대형 포스터를 들여다보고 있었다. 그 포스터에는 브루노니 시뇨르의 기예가 커다랗게 적혀 있었고, 다만 다음 공연을 펼칠 도시 이름만 비어 있을 뿐이었다. 그는 아내와 함께 붉은 글씨가 어디에 들어가야 가장 돋보일지 한창 논의 중이었는데, 마치 성서의 예식문이라도 다루는 것처럼 진지했다. 그래서 내가 조용히 물어볼 틈을 얻기까지는 한참 시간이 걸렸고, 그동안 나도 모르게 여러 선택지에 대해 의견을 내기도 했다. 그리고 시뇨르가 곧바로 그 판단에 의문을 제기하고 이유를 설명하자, 나는 다시 그 의견들을 똑같은 진지함으로 후회해야 했다.

마침내 나는 소리 나는 대로 적힌, 어딘가 기묘한 주소를 받아 들었고, 집으로 돌아가는 길에 우체통에 그것을 넣었다. 그러고는 잠시, 불과 몇 분 전까지만 해도 내 손에 쥐어 있던 편지와 나를 가르는 작은 나무판의 벌어진 틈을 멍하니 바라보았다. 그 편지는 이제 내 손에서 벗어나, 삶처럼 되돌아올 수 없는 길을 떠난 것이다. 바다 위를 흔들리며 지나고, 물결에 얼룩지고, 야자수가 드리운 길을 지나 열대의 향을 품게 될지도 모른다. 불과 한 시간 전까지만 해도 너무나 익숙하고 평범하던 종잇 조각이, 이제는 갠지스 너머의 낯설고 거친 나라로 달려가는 셈이었다.

하지만 나는 이런 상념에 오래 머물 수 없었다. 매티 양이 나를 찾을까 서둘러 집으로 돌아갔다. 문은 울음으로 눈이 부은 마사가 열어주었다. 나를 보자마자 그녀는 다시 흐느끼기 시작했고, 내 팔을 덥석 붙잡고 안으로 끌어들인 뒤 문을 쾅 닫았다. 그러고는 매티 양이 말한 것이 모두 사실이냐고 다그치듯 물었다.

"전 절대 그녀를 떠나지 않을 거예요! 정말이에요. 전 그대로 말했어요. 어떻게 감히 저한테 해고 통지를 할 수 있냐고요. 제가 여주인이라면 그런 건 차마 못 했을 거예요. 저도 피츠애덤 부인의 로지처럼, 한 집에서 7년 반이나 살다가 임금 때문에 파업한 사람처럼 그렇게 못됐을 수도 있겠죠. 하지만 전 그런 식으로 돈을 좇아 사는 사람이 아니에요. 좋은 여주인을 만났다는 걸 제가 알고 있는데, 여주인은 좋은 하녀를 얻었다는 걸 모르든 말든요—"

14장. 어려울 때의 친구들

"하지만, 마사—" 내가 조심스럽게 끼어들자, "저한테 '하지만, 마사'라고 하지 마세요." 그녀는 단호하게 잘라 말했다.

"이성적으로 생각해봐—"

"저 이성 안 들을 거예요! 이성이라는 건 꼭 다른 사람이 하고 싶은 말이 있다는 뜻이잖아요. 하지만 전 제가 할 말이야말로 충분한 이유라고 생각해요. 이유가 되든 안되든, 전 할 말 할 거고, 그대로 지킬 거예요. 저축 은행에 모아둔 돈도 있고, 입을 옷도 충분해요. 그리고 저는 매티 양을 떠나지 않을 거예요. 하루에 한 시간마다 해고를 말해도요!"

그녀는 마치 나를 맞서려는 듯 팔짱을 끼고 섰다. 실제로, 나는 그녀에게 어떻게 이의를 제기해야 할지 거의 알 수 없었다. 매티 양이 점점 기력이 약해지는 지금, 이 다정하고 성실한 여인의 보살핌이 그 어느 때보다 절실하다는 사실을 누구보다도 잘 알고 있었기 때문이다.

"글쎄—" 내가 마침내 입을 열었다.

"'글쎄'로 시작하시니 다행이네요! 아까처럼 '하지만'으로 시작하셨다면, 저는 들을 마음도 없었을 거예요. 자, 이제 말씀해 보세요."

"네가 매티 양에게 큰 위로가 된다는 건 알고 있어, 마사—"

"그럼요, 제가 직접 말했어요. 제가 떠나면 평생 후회하실 거라고요." 마사가 이긴 사람처럼 끼어들었다.

"하지만, 그녀는 이제 너무 적게—정말 너무나 적게—가지고 살아야 해서, 지금으로서는 너에게 먹일 양식도 제대로 마련할 수 없을 거야. 어쩌면 그녀 본인조차도 부족할지 몰라. 이건 네가 매티 양을 진심으로 아끼는 사람이라는 걸 알기 때문에 말하는 거야. 하지만 알다시피, 매티 양은 이런 이야기가 입 밖으로 새나가는 걸 원하지 않을 테니까."

이 말은 매티 양이 전했던 것보다 훨씬 더 어두운 전망이었는지, 마사는 손 닿는 가장 가까운 의자에 털썩 주저앉아 부엌에서 소리 내어 울기 시작했다.

한참 만에 그녀는 앞치마를 내리고, 눈물로 얼룩진 얼굴로 나를 똑바로 바라보며 물었다.

14장. 어려울 때의 친구들

"그래서, 그래서 매티 양이 오늘 푸딩을 주문 안 하신 거예요? 단 게 땡기지 않는다고, 당신이랑 그냥 양고기 갈비를 먹겠다고 하셨는데… 그게 이유였나요? 하지만 제가 가만히 있을 줄 아세요? 절대 아무 말도 하지 마세요. 제가 푸딩을 만들 거예요. 매티 양이 좋아하시는 걸로요. 돈은 제가 낼 거고요. 그러니까 꼭, 반드시 드시게 해주세요. 사람 마음이 슬플 때 따뜻한 음식 한 접시가 얼마나 큰 위로가 되는지 모르세요."

나는 마사의 격정이 당장 푸딩 만들기라는 실질적인 행동으로 향한 것이 오히려 다행이라고 느꼈다. 그 덕분에 그녀가 매티 양을 떠날지 말지에 대한 논쟁으로 번지는 일을 피할 수 있었기 때문이다. 그녀는 깨끗한 앞치마를 매고, 버터와 달걀, 그리고 필요한 재료들을 사러 나갈 준비를 시작했다. 집에 이미 있는 재료는 단 한 조각도 쓰지 않겠다는 듯, 그녀는 낡은 찻주전자—그녀만의 비상금이 담긴—를 꺼내 필요한 만큼의 돈을 집어 들었다.

응접실에 있는 매티 양은 매우 조용했고, 그만큼 몹시 침울해 보였다. 하지만 이내, 나를 생각해서 억지로라

14장. 어려울 때의 친구들

도 미소를 지으려 애썼다. 아버지께 편지를 써서 와 달라고 요청하기로 하는 데에는 오래 걸리지 않았다. 그 편지가 발송되고 나서야, 우리는 장차 어떻게 해야 할지 차분히 의논을 시작했다.

매티 양의 생각은 단출했다. 작은 방 하나를 얻고, 그곳을 꾸리는 데 꼭 필요한 만큼의 가구만 남기고 나머지는 팔아, 집세를 치른 뒤 남은 얼마 되지 않는 돈으로 조용히 살아가겠다는 것이었다.

하지만 나는 좀 더 욕심이 났다. 그리고 덜 체념적이었다. 중년을 넘긴 여성이, 그리고 옛날식 숙녀 교육을 받은 사람이 신분을 크게 잃지 않으면서 생계를 잇거나 보탤 수 있는 일이 무엇이 있을지 모조리 떠올려 보았다. 그러나 곧 그것마저도 무의미하게 느껴졌고, 결국 나는 스스로에게 물었다. 도대체 매티 양이 할 수 있는 일이 무엇이 있을까?

가르치는 일은, 물론, 가장 먼저 떠오르는 방안이었다. 만약 매티 양이 아이들에게 무엇이라도 가르칠 수 있다면, 그것만으로도 그녀는 그토록 사랑해 마지않는 작은

345

요정들 사이에 있게 될 테니까. 나는 그녀가 가진 '재능'들을 하나하나 떠올려 보았다. 한때 그녀는 피아노로 「아! 엄마에게 말씀드릴게요?」를 칠 수 있다고 말한 적이 있었는데, 그것도 아주, 아주 오래전 이야기였다. 그 희미한 음악적 재능의 그림자는 이미 오래전에 스러져버린 지 오랬다. 또 그녀는 한때 모슬린 자수를 위해 무늬를 아주 곱게 베낄 수 있었다. 복사할 도안 위에 은박지를 얹고 둘을 창문에 비스듬히 대어 스캘럽과 아일렛 구멍을 따라 그려내던 그 방식으로 말이다. 그러나 그것이 그녀가 '그림'이라는 재능에 가장 가까이 닿았던 순간이었고, 그것이 딱히 큰 소득이 될 만한 기술이라고는 도저히 생각되지 않았다.

견실한 영어 교육의 분야—공예나 지구본 사용 같은 것들—에 관해서도 사정은 비슷했다. 크랜포드의 상인들이 딸들을 보내던 숙녀 신학교의 교장 부인이야 그런 교육을 가르친다고 했지만, 매티 양의 시력은 이미 예전 같지 않았다. 나는 그녀가 모직 자수의 올 수를 헤아릴 수 있을지, 혹은 요즘 크랜포드에서 유행하는 충성스러운 모

14장. 어려울 때의 친구들

직 자수에서 아델레이드 여왕의 얼굴에 필요한 미묘한 색의 차이를 과연 구별할 수 있을지 의심스러웠다.

지구본 사용에 관해서는—나 자신도 평생 이해해 본 적이 없었으니—그녀의 능력을 판단할 자격이 없을 지도 모른다. 하지만 적도니 회귀선이니 하는 신비로운 원들은 매티 양에게 그저 상상의 선들에 지나지 않을 것이고, 황도 12궁의 표식들은 흑마술의 남은 조각쯤으로 보였을지도 모른다.

그녀가 스스로 가장 자랑스러워하는 기술이라면, 색지로 깃털 모양을 오려 만든 촛불 점화기—그녀는 꼭 "스필"이라고 불렀다—를 만드는 일과, 섬세한 무늬를 바꿔 가며 가터를 뜨는 솜씨뿐이었다. 나는 한 번 정교한 가터 한 켤레를 선물 받고는, 그것을 거리에 떨어뜨려 사람들이 감탄하게끔 하고 싶을 정도라고 농담을 한 적이 있는데, 그 작은 농담(정말 지극히 작은 농담이었다)이 그녀의 품위 감각을 얼마나 괴롭혔는지 나중에야 깨달았다. 그녀는 언젠가 내가 정말로 그 유혹을 이기지 못할까 봐 얼마나 진지하고도 걱정스럽게 경계했던지, 그 말을 꺼낸 것

347

을 깊이 후회할 수밖에 없었다. 이 섬세한 가터, 화려한 스 필 한 다발, 혹은 재봉실이 신비로운 방식으로 감긴 카드 세트는 모두 매티 양이 애정을 담아 보내는 전형적인 '호 의의 징표'였다.

그러나 누가 제 아이들에게 이런 기술을 배우게 하려 고 돈을 지불할까? 아니, 과연 매티 양에게 그런 소중한 손재주를 '돈'이라는 세속적인 가치를 위해 팔라고 할 수 있을까?

결국 나는 읽기, 쓰기, 산수로까지 내려올 수밖에 없었 다. 그러나 그녀는 매일 아침 성경 한 장을 읽을 때면 긴 단어를 앞두고 항상 조용히 기침을 했다. 여러 번의 기침 을 섞는다 해도 족보 장을 끝까지 읽어낼 힘은 없어 보였 다. 글씨는 곱고 단정했으나—철자는! 철자가 문제였다. 그녀는 철자가 엉뚱하면 엉뚱할수록, 또 더 수고스러울수 록 편지를 받는 이에게 그만큼 더 큰 정성을 보인다고 생 각하는 듯했다. 그래서 나에게 보내는 편지에서는 정확 하게 쓰던 단어들이, 아버지께 보내는 편지에서는 난해한 수수께끼가 되어버렸다.

아니! 그녀가 크랜포드의 젊은 세대에게 가르칠 수 있는 것은 아무것도 없었다. 그들이 매티 양의 인내심, 겸손함, 다정함, 그리고 할 수 없는 것들까지 기꺼이 받아들이는 조용한 만족을 빠르게 배우고 그대로 받아들일 아이들이 아니라면 말이다. 나는 또 생각하고, 다시 생각하며 방황했다. 그러다 마침내, 울음으로 얼굴이 잔뜩 부어오른 마사가 저녁을 알리러 들어왔다.

매티 양에게는 몇 가지 작은 버릇들이 있었는데, 마사는 그것을 대개 자신이 신경 쓸 가치도 없는 변덕쯤으로 여기곤 했다. 그리고 그 버릇들을, 쉰여덟이나 된 노부인이 스스로 고쳐야 할 '어린애 같은 기벽' 정도로 여기는 듯했다. 그러나 오늘만큼은 모든 것이 가장 세심한 정성으로 갖춰져 있었다. 빵은 매티 양이 마음속에 품고 있던, 그녀의 어머니가 늘 그랬다고 믿어온 '완벽한 모양' 그대로 잘려 있었고, 커튼은 이웃 마구간의 썰렁한 벽돌 담은 가리면서도, 막 봄빛을 터뜨리며 피어나는 포플러 잎들은 모두 보이게끔 조심스레 드리워져 있었다. 마사가 매티 양에게 사용하는 말투는, 평소 그 거칠고 성마른 하인이

14장. 어려울 때의 친구들

어린아이들에게만 아껴두던 부드러운 어조였고, 나는 그녀가 성인에게 그런 목소리를 내는 것을 한 번도 들은 적이 없었다.

나는 그만 푸딩 이야기를 매티 양에게 미처 하지 못했다는 사실을 잊고 있었고, 오늘 따라 그녀가 식욕이 거의 없어 보였기에, 혹여 제대로 드시지 않을까 걱정되었다. 그래서 마사가 고기를 치우는 틈을 타 슬쩍 비밀을 털어놓았다.

매티 양의 눈에는 순식간에 눈물이 그렁그렁 고였고, 마사가 그것을 높이 들어 들고 온 순간—지금껏 본 것 중 가장 정교하게 만든 '웅크린 사자' 모양의 푸딩이었다—놀라움도, 기쁨도 말로 표현하지 못할 정도로 가슴이 벅차 보였다.

마사는 "자, 보세요!" 하고는 승리감이 배인 얼굴로 그것을 매티 양 앞에 내려놓았다. 매티 양은 감사의 말을 하려 했으나 도저히 입을 열 수 없었고, 대신 마사의 손을 꽉 잡아 따뜻하게 흔들어 주었다. 그 순간 마사는 또 울음을 터뜨렸고, 나 역시 간신히 차분함을 유지하고 있을 뿐이

350

었다. 마사는 흐느끼며 방을 뛰쳐나갔고, 매티 양은 몇 번 목을 가다듬은 뒤에야 겨우 말했다.

"애야, 나는 이 푸딩을 유리 덮개 아래에 두고 싶구나."

건포도 눈을 달고 웅크린 사자가 유리 덮개 아래 놓여 벽난로 선반의 '명예의 자리'에 올려져 있는 모습을 상상하니, 나의 조금은 히스테릭한 상상력이 간질거렸고, 참지 못하고 웃음이 터졌다. 그 모습에 매티 양은 살짝 놀란 듯했다.

"정말이지, 애야, 지금까지 유리 덮개 아래 놓여 있던 것들 중에 이것보다 훨씬 못생긴 것도 많았단다."

나 역시 그러했기에, 얼른 표정을 가다듬었다. 하지만 이번에는 울음이 겨우겨우 차오르는 것을 참고 있어야 했다. 그리고 우리는 둘 다 푸딩을 먹기 시작했다. 정말 훌륭한 푸딩이었다. 단지—한 숟가락, 한 숟가락 먹을 때마다 목이 메여 오는 듯했다. 가슴이 너무나 차올라 있었기 때문이다.

그날 오후 우리는 말이 적었다. 생각해야 할 것이 너무 많았기 때문이다. 오후는 고요하고 평온하게 흘러갔

351

다. 그런데 차 주전자가 들어오는 모습을 보자, 문득 내 머릿속에 새로운 생각이 떠올랐다. 왜 매티 양이 차를 팔지 않으면 안 될까? 그 당시 존재하던 동인도 차 회사의 대리인이 된다면 어떨까?

이 계획에 반대할 이유가 하나도 떠오르지 않았다. 오히려 장점이 훨씬 많았다. 물론, 매티 양이 '장사' 비슷한 일을 한다는 것이 주는 어떤 품위의 손상만 견딜 수 있다면 말이다. 하지만 차는 기름지지도, 끈적거리지도 않았다—이 둘은 매티 양이 특히 못 견디는 것들이었다. 가게 창문을 낼 필요도 없고, 단지 '차 판매 허가'를 알리는 작은 공고만 있으면 되었다. 그것마저도 아무도 보지 않을 법한 곳에 걸 수 있으리라 기대했다. 차는 무겁지도 않으니 그녀의 연약한 팔 힘을 시험할 일도 없을 것이다.

단 하나의 걸림돌은, 어쨌든 '사고파는 일'이라는 점뿐이었다.

나는 매티 양이 던지는 질문에 멍하니 대답하고 있었고, 매티 양도 마찬가지로 거의 넋이 나간 듯했다. 그때 계단에서 쿵쿵거리는 소리와 문밖의 속삭임이 들렸다. 문은 보이지 않는 손에 밀린 듯 한 번 열렸다 닫히기까지 했다.

잠시 후, 마사가 얼굴을 붉히며 들어왔고, 뒤에는 키가 크고, 부끄러움으로 온 얼굴이 진붉게 달아오른 젊은 남자를 질질 끌어오고 있었다. 그는 머리를 매만지는 것 외에는 무엇으로도 당황함을 감출 줄 모르는 듯했다.

"저, 부인… 얘는 그냥 젬 헌이에요." 마사가 소개랍시고 말했는데, 숨이 찬 걸 보니, 아마도 그를 이 '귀족 같은' 매티 양의 응접실로 끌고 오기 위해 한바탕 몸싸움을 치른 듯했다.

"그리고 저, 부인… 얘가 저랑 당장 결혼하고 싶대요. 그리고 또, 저, 부인… 저희 둘이 겨우 살길을 찾으려면, 세입자를 들여야 하거든요. 조용한 세입자 딱 한 명만요. 어떤 집이든 다 괜찮고요. 그러니까… 오, 사랑하는 매티 양, 제가 이런 부탁 드려도 된다면… 혹시 저희 집에 하숙하는 데 반대하실 이유가 있으실까요? 젬도 저만큼이나 간절히 원해요." 그리고는 옆의 젬에게 소리쳤다. "이 덩치 큰 바보야! 왜 나 좀 받쳐주질 못해! …그래도 얘도 정말, 정말 간절히 원한단 말이에요—그렇지, 젬? …아시다

14장. 어려울 때의 친구들

시피, 귀족 앞에서 말하라고 하니까 얼어붙은 것뿐이에요."

"그게 아니에요." 젬이 불쑥 끼어들었다. "당신이 너무 갑자기 몰아붙여서 그래요. 난 아직 이렇게 빨리 결혼할 생각은 없었는데… 그렇게 성급한 말은 남자를 단번에 얼어붙게 만들죠. 제가 결혼을 반대하는 건 아닙니다, 부인." 그는 매티 양을 향해 고개를 돌렸다. "다만 마사는 일단 마음을 정하면 너무 들이대는 구석이 있어서요. 그리고 결혼이라는 건… 음, 결혼은 정말 남자를 못 박아두는 일이죠. 뭐, 막상 하고 나면 괜찮을 거라 생각합니다만."

"저, 부인." 마사는 그가 말하는 내내 그의 소매를 잡아당기고, 팔꿈치로 찌르고, 어떻게든 멈추게 하려고 애쓰고 있었다. "그 사람 말은 신경 쓰지 마세요. 곧 정신을 차릴 거예요. 어젯밤에도 결혼하자고 묻고 또 물었거든요. 그리고 제가 몇 년은 더 기다려야 한다고 했더니 더 달려들었고요. 지금은 그저 기쁜 소식이 갑자기 닥쳐와서 당황한 것뿐이에요. 하지만 아시잖아요, 젬. 세입자 들이려는 건 당신도 저만큼 간절하다는 거." (그녀는 젬을 또 한

14장. 어려울 때의 친구들

번 크게 쿡 찔렀다.)

"그래요! 매티 양이 우리 집에 들어오신다면야 말이 달라지죠. 하지만 그렇지 않으면, 저는 집에 낯선 사람 들이는 건 내키지 않아요." 젬의 이 둔한 말투에 마사가 불같이 속이 뒤집히는 것이 보였다. 그녀는 세입자가 '그들이 그토록 간절히 원하는 가장 중요한 목표'인 것처럼 보이게 만들고 있었고, 사실상 매티 양이 그들과 함께 살아주는 것이 그들에게는 큰 은혜가 되는 셈이었다.

매티 양은 두 사람의 기세에 완전히 압도되어 어찌할 바를 몰랐다. 마사—좀 더 정확히 말하면 마사의 갑작스러운 결혼 결심—이 그녀를 완전히 흔들어 놓았고, 동시에 마사가 마음 깊이 품고 온 '그 계획'을 생각하는 데까지 미처 나아가지 못하게 했다. 매티 양이 조심스레 입을 열었다.

"마사, 결혼은 정말… 매우 엄숙한 일이란다."

"정말 그렇습니다, 부인." 젬이 끼어들었다. "그렇다고 마사에게 불만이 있다는 뜻은 아닙니다."

"당신은 내가 결혼 날짜를 정해달라고 자꾸만 조르지

355

않았나요?" 마사의 얼굴은 활활 달아올랐고, 울음이 목 끝까지 차올라 있었다. "그리고 지금은 내 여주인 앞에서, 이 모든 사람들 앞에서 나를 이렇게 부끄럽게 만들고 있어요!"

"아니, 그러지 마! 마사, 그러지 마! …남자도 숨 좀 고를 시간이 필요한 거라고." 젬은 그녀의 손을 잡으려 했지만 마사는 단단히 뿌리쳤다.

마사에게 생각보다 상처가 깊었다는 걸 알아챈 젬은, 흩어진 정신을 다잡으려는 듯 깊게 숨을 들이켰다. 그리고 십 분 전이었다면 상상도 못 했을, 의외로 곧고 단정한 태도로 매티 양에게 말했다.

"부인, 마사에게 친절을 베푸신 분들을 존중해야 한다는 건 저도 잘 알고 있습니다. 저는 오래전부터 마사를 언젠가 제 아내가 될 사람으로 여겨왔습니다. 그리고 마사는 종종 부인을, 지금까지 만난 분들 중 가장 친절한 숙녀라고 말하곤 했습니다. 솔직히 말씀드리자면, 저는 평범한 세입자들을 들여 번거로워지는 건 달갑지 않습니다. 하지만… 만약 부인께서 저희 집에서 지내주신다면, 마사는 분명 최선을 다해 부인을 편안하게 해드릴 겁니다. 그리고 저는… 제가 드릴 수 있는 최선의 친절로, 가능한 한 부인께 방해되지 않도록 살겠습니다. 서투른 사람으로서 제가 할 수 있는 가장 큰 예우가 그거라 생각합니다."

매티 양은 안경을 벗었다가 닦고, 다시 쓰는 일을 반복하며 분주했다. 그러나 마침내 그녀가 할 수 있었던 말은 단 하나뿐이었다.

"제발, 나 때문에 결혼을 서두르는 일은 하지 마라. 정말로. 결혼은 너무나 엄숙한 일이야."

"하지만 마틸다 양은 분명 당신의 계획을 생각해볼 거예요, 마사." 나는 그 계획이 갖는 장점들이 떠올라, 그 기회를 놓치고 싶지 않아 재빨리 말을 이었다. "그리고 그녀도 나도, 당신의 친절을 결코 잊지 않을 거예요. 젬, 당신의 것도요."

"아, 네, 부인! 저도 정말 좋은 마음에서 하는 겁니다. 다만… 갑자기 결혼으로 몰아붙여지는 것 같아서 좀 얼떨떨할 뿐이죠. 그래서 말을 제대로 못 하고 있는지도 모르겠습니다. 그렇지만 결혼할 마음은 충분히 있어요. 다만

357

적응할 시간을 좀 주시고… 그러니 마사, 아가씨—내가 좀만 다가가도 울고 때리고 그러는 게 무슨 소용이야?"

이 마지막 말은 작은 목소리로 내뱉은 것이었고, 그것이 오히려 마사를 벌떡 일어서서 방 밖으로 뛰쳐나가게 했다. 그녀는 곧 젬이 뒤따라 나가 달래게 되었다. 그러자 매티 양은 그 자리에 앉아 서럽게 울음을 터뜨렸다. 그녀는 자신이 이렇게 설명했다.

"마사가 이렇게 빨리 결혼하는 생각이 나를 너무 놀라게 해서… 내가 그 아이를 서두르게 했다고 여겨질까 봐, 그런 생각만 해도 결코 나 자신을 용서할 수 없을 것 같아."

나는 솔직히 둘 중 젬에게 조금 더 동정심이 갔다. 하지만 매티 양도 나도, 이 성실한 한 쌍이 보여준 호의를 마음 깊이 느끼고 있었다. 다만 그에 대해서는 거의 말을 하지 않았고, 대신 결혼이라는 것이 지닌 가능성과 위험에 대해 한참 이야기했다.

다음 날 아침, 아주 이른 시간에, 나는 폴 양에게서 쪽지를 받았다. 너무나 신비롭게 포장되어 있었고, 비밀을

358

지키기 위해 봉인이 덕지덕지 붙어 있어서, 종이를 찢기 전에는 펼칠 수도 없었다. 글을 읽어보니 표현이 지나치게 뒤틀려 있고 신탁처럼 모호해서 의미를 거의 알아볼 수 없었다. 하지만 한 가지는 알아낼 수 있었다―나는 11시에 폴 양 댁으로 가야 한다는 것. 숫자 11은 숫자로도, 철자로도 쓰여 있었고, A.M.에는 밑줄이 두 번이나 그어져 있었다. 마치 내가 밤 11시에 갈까 봐 걱정이라도 한 듯이. 크랜포드에서는 모두가 보통 10시면 자리에 드는걸 생각하면 우스울 정도로.

쪽지에는 폴 양의 이니셜을 거꾸로 쓴 P.E.만 적혀 있었다. 하지만 마사가 "폴 양의 안부와 함께"라며 건넸기 때문에, 누가 보냈는지 따로 추측할 필요도 없었다. 그리고 이 쪽지가 비밀이어야 했다면, 마사가 그것을 전한 순간 내가 혼자였던 것이 참으로 다행이었다.

나는 약속대로 폴 양 댁으로 갔다. 문은 리지가 일요일 옷차림을 하고 열어주었다. 마치 평일에 무슨 대단한 일이 기다리고 있기라도 한 것처럼. 위층 응접실도 그 분위기에 걸맞게 엄숙하게 꾸며져 있었다. 테이블에는 가장

359

좋은 녹색 카드 천이 깔려 있었고, 그 위에는 필기구가 정갈하게 놓여 있었다. 작은 시포니에에는 갓 부은 카우슬립 와인 한 병과 레이디스핑거 비스킷이 올려져 있었다. 폴 양 자신은 손님을 맞이하기 위한 듯한 근엄한 차림이었다. 아직 11시밖에 되지 않았는데도 말이다. 포레스터 부인은 이미 와 있었고, 조용하면서도 깊이 슬프게 울고 있었다. 내가 들어서자 새 눈물이 또 흘렀다. 우리가 그렇게 침울하고 비밀스러운 분위기 속에서 인사를 마칠 즈음—또 다른 똑똑똑 소리가 나더니 피츠애덤 부인이 도착했다. 걸어온 기운과 흥분으로 얼굴이 새빨갛게 달아올라 있었다.

이제 손님은 모두 모인 듯했다. 그러자 폴 양은 불을 건드리고, 문을 열었다 닫았다 하고, 기침을 하며 코를 풀고—이 회의를 본격적으로 시작하기 위한 의식을 나름대로 치렀다. 그리고 나를 맞은편에 앉히는 데 각별히 신경을 쓴 뒤, 마침내 이렇게 물었다.

"저, 그… 슬픈 소문이 사실인가요? 매티 양이 정말… 전 재산을 잃었다는 일이?"

14장. 어려울 때의 친구들

물론, 내가 할 수 있는 대답은 하나뿐이었다. 그리고 나는 내 앞에 앉은 세 사람의 얼굴에서 그보다 더 꾸밈없는 슬픔이 드러난 모습을 본 적이 없었다.

　"제이미슨 부인이 여기 계셨다면 좋았을 텐데요!" 포레스터 부인이 마침내 이렇게 말했다. 그러나 피츠애덤 부인의 표정을 보니, 그녀는 그 바람을 결코 찬성하지 않는 듯했다.

　"하지만 제이미슨 부인이 없어도 됩니다." 폴 양이 약간 상처받은 자존심이 비치는 목소리로 말을 이었다. "우리, 크랜포드 숙녀들은—제 응접실에 이렇게 모인 이상—무언가 결의를 내릴 수 있습니다. 우리는 누구도 부유하다고 할 수는 없지만, 모두가 우아하고 세련된 취향을 유지하기에 충분한, 고상한 수입을 갖고 있고, 설령 그럴 수 있어도 천하게 과시하는 일은 하지 않을 사람들입니다." (이때 그녀가 손에 숨겨둔 작은 카드를 힐끗 보는 것을 나는 눈치챘다. 거기에 미리 적어둔 문구들이 있었으리라.)

　"스미스 양." 모두에게는 평소처럼 '메리'로 불리던 나였지만, 오늘만큼은 의례를 갖춰 이렇게 불렀다. "나는 어제 오후, 이 숙녀분들과 조용히 상의했습니다—그것을 제 의무로 여겼습니다—우리 친구에게 닥친 불행에 대해 말이지요. 그리고 우리는 한목소리로 동의했습니다. 우리가 여유를 가진 동안, 그녀—마틸다 젠킨스 양—을 돕기 위해 우리가 낼 수 있는 몫을 드리는 일은 의무일 뿐 아니라, 기쁨—진정한 기쁨이라는 것을요, 메리!"

여기서 그녀의 목소리가 조금 떨렸고, 다시 말을 잇기 전 안경을 닦아야 했다.

"다만 모든 세련된 여성의 마음속에 존재하는, 섬세한 독립심을 고려하여"—(나는 그녀가 분명 다시 카드를 읽고 있다고 느꼈다)—"우리는 우리의 작은 기부를 은밀하고 조심스러운 방법으로 전하고 싶습니다. 앞서 말씀드린 그 감정을 상하게 하지 않기 위해서요. 그리고 오늘 아침 당신을 모신 이유는, 당신의 아버지께서—사실상—그녀의 모든 금전 문제를 맡아 조언해 오셨으니, 당신이 그와 상의하여, 우리가 드리는 이 기부가 마틸다 젠킨스 양이 마땅히 받아야 할 법적 수입처럼 보일 수 있는 형식을 마련할 수 있을 것이라고 생각했기 때문입니다. 아마 당신

14장. 어려울 때의 친구들

의 아버지는 그녀의 투자 내역을 아실 테니, 그 '빈칸'을 채울 수 있겠지요."

폴 양은 연설을 마치고, 주위를 둘러보며 동의를 구했다.

"제가 숙녀 여러분의 뜻을 제대로 표현했지요? 그리고 스미스 양이 답을 생각하시는 동안, 제가 작은 다과를 권해드릴게요."

나는 거창한 대답을 할 수 없었다. 내 마음속 감사는 말로 표현하기에는 너무 컸다. 그래서 나는 그저 더듬거리며, "폴 양의 말씀을 아버지께 그대로 전해보겠습니다. 그리고… 만약 사랑하는 매티 양을 위해 어떤 방도가 마련될 수 있다면—"

라고 말하다가, 그만 완전히 무너져 내려버렸다. 지난이틀, 사흘 동안 억눌러 온 울음이 한꺼번에 북받쳐 올라, 카우슬립 와인 한 잔으로 진정시키기 전에는 말을 멈출 수조차 없었다. 더 큰 문제는—모든 숙녀들이 함께 울기 시작했다는 것이다. 심지어, 감정을 드러내는 일은 약함이자 자제력 결여라고 백 번은 말하던 폴 양마저 울었다.

363

그녀는 얼마 뒤 울음을 그쳤지만, 나 때문에 모두가 울음을 터뜨리게 되었다는 조급한 분노로 나를 잠시 흘겨보았다. 게다가, 그녀는 내가 그녀의 연설에 화답하는 연설을 하지 못한 것을 못내 아쉬워하는 듯했다. 만일 미리 연설 내용을 알았고, 내 마음속에서 일어날 감정들을 적어둘 작은 카드가 있었다면, 나도 기꺼이 그녀의 기대를 충족시켜 드렸을 것이다. 하지만 그런 준비는 없었고, 결국 우리가 겨우 마음을 가다듬자 말을 꺼낸 사람은 포레스터 부인이었다.

"저는 친구들 사이에서는 말씀드릴 수 있어요. 저는… 아니에요, 제가 꼭 가난한 것은 아니지만, 그렇다고 부자라고도 할 수 없지요. 사랑하는 매티 양을 위해서라면 부자였으면 얼마나 좋겠는지요. 하지만 괜찮으시다면, 제가 드릴 수 있는 금액을 종이에 적어 봉인하겠습니다. 더 많으면 좋았을 텐데요. 정말이에요, 사랑하는 메리."

그제야 나는 왜 종이와 펜, 잉크가 준비되어 있었는지 이해했다. 숙녀들 각자는 매년 기부할 수 있는 액수를 적어 서명하고, 그 종이를 은밀하게 봉인했다. 만약 그들의 제안이 받아들여진다면, 아버지는 비밀을 지키겠다는 약속 아래 그 종이를 열어볼 수 있었다. 그렇지 않으면, 각 봉서는 작성자에게 곧바로 되돌아갈 예정이었다. 의식을 모두 마치자, 나는 자리에서 일어나 집으로 돌아가려 했다. 그러나 숙녀들 각자는 나와 따로 이야기를 나누고 싶은 듯 보였다.

폴 양은 먼저 나를 붙들어 응접실에 머물게 하더니, 제이미슨 부인이 부재한 틈에 자신이 이 "운동"—그녀가 직접 붙인 명칭이었다—을 주도한 이유를 길게 설명했다. 이어, 믿을 만한 소식통에게 들었다며, 제이미슨 부인이 시누이에 대해 몹시 불쾌한 상태로 곧 귀가할 예정이며, 그녀는 집을 당장 비워야 하고 오늘 오후 바로 에든버러로 돌아갈 것이라는 말을 전했다. 물론 이런 이야기는 피츠애덤 부인 앞에서는 전할 수 없는 내용이었다. 특히 폴 양은 글렌마이어 부인의 호긴스 씨와의 약혼이 제이미슨 부인의 노여움 앞에서는 도저히 지속되기 어렵다고 여기고 있었으니까. 매티 양의 건강에 대한 몇 가지 진심 어린 질문을 끝으로, 폴 양과의 긴 면담은 마무리되었다.

14장. 어려울 때의 친구들

계단을 내려오자, 포레스터 부인이 식당 응접실 입구에서 나를 기다리고 있었다. 그녀는 조용히 나를 방 안으로 이끌고 문을 닫았다. 그리고는 몇 차례 무언가를 말하려 애썼지만, 그 말문은 너무나도 어려운 듯했으며, 나는 제대로 이야기가 진행될 수 있을지조차 의심하기 시작했다. 마침내, 떨리는 목소리가 조심스럽게 흘러나왔다. 마치 큰 허물을 자백하는 듯한 표정으로—그녀는 자신이 얼마나 적은 액수로 살아가고 있는지를 고백했다. 그 고백은, 종이에 적힌 작은 기부금이 매티 양에 대한 그녀의 사랑과 존중을 결코 충분히 나타내지 못했다고 우리가 오해할까 두려워서였다고 했다.

그러나 그녀가 그렇게 간절히 내놓은 그 금액은 사실 그녀의 연간 생활비의 20분의 1을 훌쩍 넘는 액수였다. 그 돈으로 그녀는 집을 유지하고, 몸종 한 명을 두고, 무엇보다 티렐 가문 출신다운 단정한 품위를 지켜야 했다. 그리고 전체 수입이 고작 백 파운드에도 미치지 못하는 마당에, 그 중 20분의 1을 내놓는다는 것은, 세상의 장부로는 보잘것없는 희생일지 모르지만—또 다른 장부에서는 전

366

혀 다른 가치를 지닌, 수많은 절약과 자기희생의 조각들을 요구하는 일이었다.

그녀는 거듭 말했다. 부자였으면 좋겠다고. 그 소원에는 자신을 위한 바람은 조금도 담겨 있지 않았다. 오직 매티 양의 삶에 조금이라도 더 많은 안락을 보태고 싶다는, 간절하고 따뜻한 갈망만이 담겨 있었다.

내가 그녀를 충분히 달래고 자리를 뜰 수 있게 되기까지는 적지 않은 시간이 걸렸다. 그리고 집을 나서자마자, 거의 반대되는 성격의 고민을 털어놓기 위해 나를 붙잡는 피츠애덤 부인을 만났다. 그녀는 자신이 감당할 수 있고 기꺼이 드릴 의향이 있는 액수를 있는 그대로 적어 내는 것이 마음에 걸렸다고 말했다. 만약 자신이 바라는 만큼의 많은 금액을 매티 양에게 드린다면, 차마 다시는 그녀의 얼굴을 볼 수 없을 것 같다는 것이었다.

"매티 양 말이에요!" 그녀는 계속했다. "제가 달걀과 버터 같은 것을 싣고 시장에 다니던 그저 촌뜨기 소녀였을 때, 저는 그녀가 정말 훌륭한 숙녀라고 생각했어요. 우리 아버지는 아무리 넉넉해도 제가 반드시 어머니가 하시

367

던 대로 하길 바라셨고, 그래서 저는 매주 토요일마다 크랜포드에 와서 판매와 가격을 살피고, 여러 가지 일을 챙겨야 했죠. 그런데 어느 날, 콤허스트로 이어지는 샛길에서 그녀를 만난 기억이 지금도 생생해요. 그녀는 길보다 한참 높게 솟은 보도를 걷고 있었고, 한 신사가 그녀 옆에서 말을 타고 이야기를 나누고 있었어요. 그런데 그녀는 손에 모아든 앵초 꽃을 내려다보며 하나하나 뜯어내고 있었고… 저는 그녀가 울고 있었다고 믿어요. 그런데도 그녀는 지나가다가 돌아서서는 저를 향해 뛰어오더니—오, 얼마나 다정하게요—죽음을 앞둔 제 가엾은 어머니의 상태를 물었어요. 그리고 제가 울음을 터뜨리자, 제 손을 꼭 잡고 위로해주었죠. 신사는 묵묵히 그녀를 기다리고 서 있었고… 그녀 자신의 마음도 무언가로 가득 차 있었던 게 분명한데도요. 교구 목사의 딸, 그것도 알리 홀을 드나들던 그 양반이, 저 같은 촌소녀에게 그렇게 다정히 말을 건네다니… 저는 그 순간을 영광으로 여겼고, 그 후로 줄곧 그녀를 사랑해왔어요—제가 감히 그럴 자격이 있었는지는 몰라도요. 그러니, 애야, 아무도 모르게 제가 조금 더 보탤 수 있는 방법이 있다면… 정말 고맙겠어요. 그리고 제 오빠도 기꺼이 그녀를 무료로 돌봐드릴 거예요—약도, 거머리 치료도, 필요한 건 전부요. 그와 그 귀부인도—(얘 야, 내가 이야기하던 그 시절엔 내가 귀부인의 시누이가 될 날이 오리라고는 꿈에도 몰랐지요!)—무엇이든 그녀를 위해 해드릴 거예요. 우리 모두가요."

나는 그녀의 진심을 확신한다고 말하며, 매티 양에게 돌아가고 싶은 마음에 여러 가지를 약속했다. 두 시간이 나 자리를 비운 데다, 마땅한 설명도 할 수 없는 상황이었 으니 그녀가 걱정하는 것도 당연했다. 하지만 매티 양은 집을 정리하고 내놓을 큰 결심을 앞두고, 자잘한 준비에 몰두해 있었기 때문에 시간 흐름을 거의 의식하지 못한 듯했다.

절약을 위한 일을 하나라도 하고 있다는 사실 자체가 그녀에게는 일종의 위안이 되는 듯했다. 생각이 잠시 멈 추는 순간마다, 그 불쌍한 청년과 그의 위조 5파운드 지폐 가 떠오르며, 마치 자신이 큰 잘못을 저지른 듯한 감정이 스며든다고 했다. 만약 자신이 이렇게 괴롭다면—이 실패

14장. 어려울 때의 친구들

로 인해 훨씬 더 많은 비참함을 알고 있을 은행 이사들의 마음은 어떻겠냐고, 그녀는 진심으로 걱정했다. 나는 그녀가 그 불운한 피해자들과—그리고 그녀가 상상 속에서 죄책감에 짓눌리고 있다고 여긴 이사들 사이에서—동정을 반반으로 나누는 모습에 거의 화가 날 지경이었다. 사실 그녀는 두 가지 중 스스로 가난하게 지내는 것이 자책감보다 훨씬 가벼운 짐이라고 생각하는 듯했다. 하지만 나는, 적어도 그 이사들만큼은 그녀의 의견에 동의하지 않으리라고 속으로 의심했다.

오래 간직해온 작은 보물들이 하나둘 꺼내져, 그것들의 금전적 가치가 조사되었다. 다행히 그 가치가 크지 않았기에 망정이지, 그렇지 않았더라면 매티 양이 어머니의 결혼반지나, 아버지가 셔츠 주름을 기이하게 망쳐버리던 그 어색하고 둔탁한 브로치 따위를 스스로 내놓도록 마음을 다잡기란 쉽지 않았을 것이다. 어쨌든 우리는 그것들의 금전적 가치를 기준으로 조금 정리해두었고, 다음 날 아침 아버지가 도착했을 때를 대비해 모든 준비가 갖추어져 있었다.

14장. 어려울 때의 친구들

우리가 그날 겪은 온갖 사무 절차를 일일이 말해 당신을 지치게 하고 싶지는 않다. 사실 그것들을 설명하지 못하는 이유는, 그때 내가 우리가 무슨 일을 하고 있었는지 전혀 이해하지 못했고, 지금도 여전히 기억이 흐릿하기 때문이다. 매티 양과 나는 여러 가지 계정과 계획과 보고서, 각종 문서를 앞에 두고 고개를 끄덕이며 동조했지만, 나는 물론이고 매티 양 역시 그 내용 중 단 한 줄도 제대로 이해했다고는 믿기 어려웠다. 아버지는 명석하고 과단성 있는 분이었고, 사업 감각도 탁월했다. 우리가 아주 작은 의문이라도 제기하거나 이해가 되지 않는다는 기색을 조금이라도 비치면, 그는 날카로운 어조로 "에? 에? 대낮처럼 분명한데? 뭐가 문제지?" 라고 되물었다.

하지만 우리가 그가 제안하는 말의 의미를 조금도 파악하지 못했으니, 무엇이 문제인지, 혹은 문제라는 것이 있는지조차 알 수 없어 반박을 말해보려야 할 수가 없었다. 얼마 지나지 않아 매티 양은 신경질적으로 "네," "그렇죠," 하고 기계적으로 동의하는 상태에 빠져버렸고, 멈추는 순간마다 필요하든 아니든 그 말들을 덧붙였다. 그런

14장. 어려울 때의 친구들

데 내가 한 번은 매티 양이 떨리는 목소리로 "단호하게 그렇다"고 말했을 때 거기에 덩달아 합창하듯 "맞습니다" 하고 거들었다가, 아버지가 나를 향해 번개처럼 돌아서더니 "결정할 게 도대체 뭐가 있는데?" 라고 물었다.

나는 지금까지도 그 질문의 답을 알지 못한다. 다만 그에게 공정함을 위해 말하자면, 그는 자신의 일도 매우 불안정한 때였고 시간을 내기 어려운 가운데서도, 드럼블에서 굳이 건너와 매티 양을 도우려 했다는 점만은 인정해야 한다.

매티 양이 점심을 주문하러 방을 나가 있던 동안—아버지께 정갈하고 고운 식사로 예를 다하고 싶다는 마음과, 이제 모든 재산이 사라진 뒤로는 그런 욕망조차 누릴 권리가 없다고 느끼는 양심 사이에서 깊이 갈팡질팡하고 있던 그 순간—나는 아버지께 전날 폴 양 댁에서 있었던 크랜포드 숙녀들의 모임 이야기를 모두 전했다. 내가 말하는 내내 아버지는 손을 들어 눈가를 몇 번이고 훔쳤다. 그리고 내가 전날 저녁 마사가 매티 양을 하숙인으로 맞아들일 수 있다고 했던 말을 꺼내자, 아버지는 갑자기 자리에서 일어나 창가로 걸어가더니, 유리창에 손가락으로 조용히 드럼을 치기 시작했다. 한참 그렇게 있다가 그는 불시에 몸을 돌려 내게 말했다.

"봐라, 메리. 착하고 순한 삶이 어떻게 주변에 친구를 만드는지. 이런! 내가 목사였으면 이걸 가지고 제대로 된 교훈 하나 만들 텐데… 하지만 지금은 말을 끝맺을 수가 없구나. 그래도 네가 내가 말하려는 뜻은 느끼고 있을 거다. 점심 먹고 함께 걸으면서 이 계획들을 더 이야기해보자."

점심—갓 구운 뜨끈하고 향긋한 양갈비와, 차가운 등심을 얇게 썰어 바삭하게 지진 요리—가 들어왔다. 마지막 요리는 마사가 보는 앞에서 남김없이 비워져 그녀를 몹시 흡족하게 만들었다. 그 후 아버지는 다소 투박한 말투로 매티 양에게, 나와 단둘이 상의할 일이 있다며 혼자 산책을 나가겠다고 말했다. 그리고 돌아오면 우리가 생각한 계획을 그녀에게 전해줄 수 있을 것이라고 덧붙였다. 우리가 막 나가려 할 때, 매티 양이 나를 다시 불러 세웠다.

14장. 어려울 때의 친구들

"기억해, 얘야. 이제 나만 남았어—내가 무슨 일을 하더라도 상처받을 사람은 아무도 없다는 뜻이야. 옳고 정직한 일이라면 무엇이든 기꺼이 할 거야. 그리고 데버러가… 그녀가 지금 어디에 있는지 안다면, 내가 조금 덜 점잖더라도 그리 신경 쓰지 않을 거라고 생각해. 알잖니, 얘야. 그녀는 모든 걸 알고 있을 테니까. 단지… 내가 무엇을 할 수 있는지 보게 해주렴. 그리고 내가 할 수 있는 만큼, 가난한 이들에게 꼭 갚게 해줘."

나는 그녀에게 따뜻하게 입맞추고 아버지를 뒤따라 달려갔다. 우리의 대화 끝에 도달한 결론은 이러했다. 모든 이가 동의한다면, 마사와 젬은 가능한 한 빨리 결혼하여 매티 양의 지금 집에서 그대로 살아갈 것, 그리고 크랜포드 숙녀들이 해마다 보내기로 한 기부금은 집세의 대부분을 충당하여, 매티 양이 하숙비로 지불하는 금액을 마사가 필요에 따라 작은 안락을 마련하는 데 쓰도록 하자는 것이었다. 가구를 처분하는 문제에 관해서는 아버지는 처음에 회의적이었다. 오래된 교구 목사관의 가구는 아무리 정중히 다루고 소중히 여겼다 하더라도 시세가 거의 없을 것이고, 설령 조금의 값이 난다 하더라도 타운 앤 카운티 은행의 빚이라는 바다 앞에서는 한 방울에 불과하다는 것이었다. 하지만 내가, 그렇게라도 해야만 매티 양의 여린 양심이 '할 수 있는 만큼 했다'는 위안을 얻을 것이라고 말하자, 아버지는 마침내 고개를 끄덕였다. 특히나 내가 5파운드 지폐 사건을 털어놓았을 때는, 그 일을 허락한 나를 꾸짖으면서도 결국 내 말을 받아들였다.

그 뒤 나는, 매티 양이 차를 팔아 작은 수입을 보탤 수 있을지도 모른다는 내 생각을 조심스레 말했다. 놀랍게도—나는 이미 거의 포기한 생각이었는데—아버지는 상인다운 기민함으로 그 계획을 단번에 붙잡았다. 아버지는 아직 태어나지도 않은 병아리의 수를 세듯, 곧장 매티 양이 크랜포드에서 팔 수 있는 차의 연간 이익을 스무 파운드가 넘을 것이라 계산했다. 작은 식당 응접실은 품위가 손상되지 않는 범위에서 가게로 꾸며질 예정이었다. 식탁이 계산대가 되고, 창문 하나는 그대로 두고 다른 하나는 유리문으로 바꾸는 식이었다. 내가 이런 번뜩이는 생각을 냈다고 아버지 눈에 조금 더 높이 평가된 듯 보였다. 나는

14장. 어려울 때의 친구들

다만 우리가 둘 다 매티 양의 눈에는 떨어지지 않기만을 바랄 뿐이었다.

하지만 그녀는 우리의 모든 준비를 조용한 인내와 만족으로 받아들였다. 그녀는 우리가 그녀를 위해 최선을 다할 것임을 알고 있었고, 다만 한 가지—크랜포드에서 높이 존경받았던 아버지를 생각하여, 자신이 빚졌다고 할 수 있는 푼돈 하나까지도 반드시 갚고 싶다고 했다.

아버지와 나는 은행 이야기는 가능한 한 적게, 아니 웬만하면 다시는 입에 올리지 않기로 이미 합의한 뒤였다. 몇몇 계획은 분명 그녀에게 조금 어렵게 느껴지는 듯했지만, 그녀는 아침에 내가 이해 부족으로 아버지에게 된통 핀잔을 듣는 모습을 충분히 보았기 때문인지, 지금은 더 묻기를 주저했다. 그래서 모든 논의는, 그녀 쪽에서 "누구도 나 때문에 결혼을 서두르는 일만은 없었으면 한다"는 작은 희망을 남긴 채 순조롭게 마무리되었다. 차를 판다는 제안에 이르렀을 때, 그것이 그녀에게는 다소 충격인 듯했다. 개인적인 품위가 훼손될까 두려운 것이 아니라, 새로운 일에 필요한 '행동력' 자체를 믿지 못했기 때문이

376

다. 그녀는 자신이 적합하지 않을 수 있다는 두려움 앞에서, 오히려 조금 더 궁핍하게 사는 쪽을 조용히 원했을지도 모른다. 그러나 아버지가 단단히 마음을 굳혔다고 느끼자, 그녀는 미세한 한숨과 함께 "노력해 보겠다"고 말했다. 잘되지 않으면 그만두면 될 일이라는 말도 덧붙였다. 그래도 좋은 점이 하나 있다며 덧붙였다. 그녀의 생각에 남자들은 차를 사지 않는다는 것이었다. 그녀가 유독 두려워하는 이는 남자들이었으니 말이다. 그들은 목소리가 크고 날카롭고, 장부 정리도, 거스름돈 세는 것도 너무 빨랐다! 반면, 아이들에게 사탕을 파는 일이라면 얼마든지 할 수 있다고 그녀는 확신했다.

14장. 어려울 때의 친구들

15장. 행복한 귀환

    내가 크랜포드를 떠나기 전에, 매티 양을 위한 모든 준비는 안정되고 아늑하게 정리되었다. 심지어 그녀가 차를 팔겠다는 일에 대해서도 제이미슨 부인의 승인을 얻어냈다. 그 여현자는, 매티 양이 그런 일을 함으로써 크랜포드 사회에서 누려온 특권을 상실하게 되는지 여부를 며칠 동안이나 숙고했다. 나는, 그녀가 마침내 내린 판단이 글렌마이어 부인을 은근히 곤란하게 만들려는 작은 의도가 섞여 있지 않았을까 하고 생각했다. 그녀의 결론은 이러했다. 즉, 기혼 여성은 엄격한 서열법에 따라 남편의 지위를 따르지만, 미혼 여성은 아버지가 차지했던 지위를 그대로 유지한다는 것이었다. 그리하여 크랜포드 숙녀들은 매티 양을 방문하는 것이 허락되었다. 그리고 허락 여부와 관

378

계없이, 크랜포드는 글렌마이어 부인을 방문할 작정이었다. 그러나 우리가 호긴스 씨와 부인이 다음 화요일에 돌아온다는 소식을 들었을 때 느꼈던 놀라움과 당혹감은 이루 말할 수 없었다. 호긴스 부인이라니! 그녀는 정말로 자신의 작위를 내려놓고, 일종의 허세라도 부리듯 귀족 사회와 깨어져 호긴스 가의 '부인'이 되었다는 말인가! 그녀는 죽는 날까지라도 글렌마이어 부인이라 불릴 수 있었을 터였다.

제이미슨 부인은 무척이나 만족해했다. 그녀는 이 일이 처음부터 알고 있었던 바를 다시 한 번 증명해 준다고 말했다. 즉, "그 피조물은 원래 천박한 취향을 가진 존재였다"는 것이었다. 그러나 '그 피조물'은 일요일 교회에서 너무나 행복해 보였다. 그리고 우리는 제이미슨 부인처럼, 호긴스 부부가 앉아 있는 쪽의 보닛 베일을 굳이 내려 얼굴을 가릴 필요성을 느끼지 않았다. 제이미슨 부인은 그 행동으로 인해, 그의 밝게 빛나는 표정도, 그녀의 고운 홍조도 모두 놓쳐버린 셈이었다. 마사와 젬이 그날 오후, 결혼 이후 처음 모습을 드러냈을 때 그들의 얼굴이 더 환

379

15장. 행복한 귀환

했는지조차 나는 확신할 수 없었다. 한편, 제이미슨 부인은 호긴스 부부가 방문객을 맞이하던 날, 마치 장례식날인 양 창문의 블라인드를 모두 내려 영혼의 동요를 달랬다. 그리고 '세인트 제임스 크로니클'이 그 결혼 소식을 실은 것에 워낙 격분한 나머지, 그 신문 구독을 계속하도록 설득하는 데도 적지 않은 애를 먹어야 했다.

매티 양의 가게 개업은 대성공이었다. 그녀는 거실과 침실의 가구만 남겨두었는데, 거실은 마사가 그 방을 원하는 하숙인을 만날 때까지 계속 사용하기로 되어 있었다. 그리고 이 두 방에는, 경매인이 그녀에게 장담했듯, 신원을 알 수 없는 친구가 경매에서 그녀를 위해 사들여 준 온갖 물건들을 죄다 들여놓아야 했다. 나는 줄곧 피츠애덤 부인이 그 주인공이라고 의심했지만, 매티 양이 어린 시절과 관련된 정서 때문에 특별히 애지중지하던 물건들을 정확히 아는 조력자가 그녀 곁에 있었음이 분명했다. 집의 나머지 공간은 다소 휑해 보였다. 단, 매티 양이 병이 났을 때 내가 드물게 머물 수 있도록 아버지가 가구 구입을 허락해 주신 아주 작은 침실 하나만은 예외였다.

15장. 행복한 귀환

나는 매티 양이 그토록 사랑하는 아이들을 끌어모으기 위해, 내 작은 저축을 온갖 과자와 사탕을 사는 데 몽땅 썼다. 밝은 초록 양철통에 담긴 차, 유리잔 속에서 반짝이는 과자들—가게 문이 열리기 전날 저녁, 매티 양과 나는 방안을 둘러보며 작은 자부심을 느끼지 않을 수 없었다. 마사는 널빤지 바닥을 희게 닦아 반질반질하게 만들었고, 그 위에는 손님들이 카운터 앞에 설 수 있도록 화려한 유포 한 장이 깔려 있었다. 석고와 회반죽의 건강한 냄새가 방 안 가득 퍼져 있었다. 새 문설주 아래에는 "마틸다 젠킨스, 차 판매 허가"라는 조그마한 글씨가 은밀히 숨겨져 있었고, 온갖 신비로운 문자들이 적힌 두 개의 차 상자는 양철통 속으로 내용물을 쏟아낼 준비를 끝마친 상태였다. 매티 양은, 미리 말했어야 했지만, 마을에 이미 존슨 씨가 여러 상품 가운데 차를 팔고 있다는 사실 때문에, 자신이 차를 파는 일이 그에게 해가 되지 않을까 하는 양심의 가책을 느끼고 있었다. 그래서 아직 완전히 마음을 정하지 못한 채, 나도 모르게 그의 가게로 총총걸음으로 내려가, 이 새로운 계획을 털어놓고 그의 사업에 방해가 되지 않겠느냐고 정중히 묻고 왔다.

아버지는 그녀의 이런 생각을 "말도 안 되는 소리"라며, "상인들이 서로의 이익을 일일이 배려해야 한다면 세상에 경쟁이란 것이 성립하겠느냐"고 꾸짖었다. 드럼블에서는 분명 통하지 않았을 생각이지만, 크랜포드에서는 오히려 훌륭하게 작동했다. 존슨 씨는 매티 양의 양심의 부담과 걱정을 완전히 가라앉혀 주었을 뿐 아니라, 자신이 파는 차는 평범한 종류뿐이니 특별한 차를 원한다면 젠킨스 양에게 가보라고 하며 손님들을 여러 번 보내주었다는 것을 나는 알고 있다. 그리고 값비싼 차는 부유한 상인들과 넉넉한 농가의 아내들이 특히 좋아하는 사치품이다. 그들은 많은 '신사 숙녀'의 식탁에 오르는 콩고차와 수선차에는 코웃음을 치며, 자신들을 위해서는 건파우더나 페코 이외의 것은 결코 입에 대지 않으려 한다.

하지만 다시 매티 양으로 돌아가 보자. 그녀의 사심 없는 마음과 단순한 정의감이 다른 이들 안에서도 똑같은 선량함을 이끌어내는 모습을 보는 일은 정말 각별한 기쁨이었다. 그녀는 누군가가 자신을 속일 거라고는 결코 생

382

각하지 않는 듯했다. 왜냐하면 자신이라면 그들에게 그런 짓을 저지르게 되면 너무나 슬플 것이기 때문이었다. 그녀가 석탄을 가져온 남자의 장황한 맹세를 조용히 한마디로 멈춰 세우는 것을 나는 들은 적이 있다.

"당신이 제게 틀린 무게를 가져오신다면, 저는 당신이 그것을 슬퍼하리라 확신해요."

만약 그날 석탄이 실제로 부족했다면, 나는 그 후에는 다시는 그런 일이 일어나지 않았으리라 믿는다. 사람들은 한 아이의 선의를 이용하는 것만큼이나, 그녀의 호의를 악용하는 일을 부끄럽게 여겼을 것이다.

하지만 아버지는 말씀하셨다. "그런 단순함은 크랜포드에서는 괜찮을지 몰라도, 세상에서는 결코 통하지 않아." 그리고 나는 세상이 그만큼 나쁜 곳일지도 모른다고 느꼈다. 왜냐하면 아버지는 거래하는 모든 이들을 늘 경계하고, 온갖 조치를 취함에도 불구하고, 작년 한 해에만 사기꾼들에게 천 파운드가 넘는 금액을 잃었기 때문이다. 나는 매티 양이 새로운 생활 방식에 자리 잡을 때까지 머무르며, 교구 목사가 구입한 서재를 싸서 정리하는 데 도

15장. 행복한 귀환

움을 드렸다.

그는 매우 친절한 편지를 보내, "나는 고(故) 젠킨스 씨의 서재만큼 잘 선정된 도서를 어떤 평가액으로든 기꺼이 인수할 생각입니다." 라고 적었다. 그리고 그녀가 이에 동의하자—그 책들이 다시 교구 목사관으로 돌아가 예전처럼 익숙한 벽을 채우리라 생각하며 기쁨과 슬픔이 뒤섞인 마음으로—그는 다시 소식을 보내왔다. 모두를 들여놓을 공간이 부족할 듯하니, 매티 양의 책장에 몇 권을 남겨둘 수 있게 해달라는 것이었다. 하지만 매티 양은 자신에게는 성경과 『존슨 사전』이 있고, 앞으로 책을 읽을 시간이 많지 않을 것 같다며 사양했다. 그럼에도 나는 교구 목사의 친절을 생각해 몇 권의 책을 남겨두었다.

그가 지불한 금액과 경매 수익은 일부는 차 재고를 들여오는 데 쓰였고, 일부는 어려운 날—이를테면 노년이나 병환—에 대비해 저축해 두었다. 물론 아주 작은 액수에 불과했다. 그리고 그 과정에서 몇 가지 사실을 교묘히 돌려 말하고, 하얀 거짓말을 해야 했다. (이론적으로는 그런 모든 거짓이 몹시 잘못된 일이라고 생각하고, 실제로

15장. 행복한 귀환

는 그렇게 하고 싶지 않지만.) 왜냐하면 우리는 알고 있었다. 은행의 빚이 여전히 갚히지 않았는데, 그녀를 위해 작은 비상금이 마련되고 있다는 사실을 알게 된다면, 매티 양은 자신의 의무에 대해 깊이 고민하며 괴로워할 것이라는 것을. 또한 그녀는 친구들이 집세를 보태고 있다는 사정에 대해 결코 알지 못했다. 나는 그것을 그녀에게 말해주고 싶었지만, 그 친절에 약간의 신비가 더해져야 더욱 특별해진다는 이유로, 숙녀들은 비밀을 포기하려 하지 않았다. 처음에 마사는 그 집에서 어떻게 생계를 유지하느냐는 매티 양의 당혹스러운 질문을 여러 번 피해야 했지만, 시간이 흐르면서 그녀의 조심스러운 불안은 점차 사라지고, 지금의 형편을 있는 그대로 받아들이는 평온함이 자리 잡았다.

나는 좋은 마음으로 매티 양을 떠났다. 처음 이틀 동안의 그녀의 차 판매는 나의 가장 낙관적인 기대마저 훌쩍 뛰어넘었다. 온 시골이 한꺼번에 차가 떨어진 듯 보일 정도였다. 다만 내가 매티 양의 장사 방식에서 바랐던 단하나의 변화는, 그녀가 고객들에게 녹차를 사지 말라고

15장. 행복한 귀환

그렇게 애원하듯 간청하지 않는 것이었다. 그녀는 녹차를 신경을 망가뜨리고 온갖 해를 불러오는 느린 독이라며 깎아내렸다. 그녀의 거듭된 경고에도 불구하고 사람들이 굳이 녹차를 고집하는 모습은 그녀를 무척 괴롭혔고, 나는 정말로 그녀가 녹차 판매를 포기해버려서 손님 절반을 잃게 되지 않을까 걱정했을 정도였다.

나는 오래 사는 사람들이 오직 녹차를 꾸준히 마신 덕분에 그렇게 되었노라고 하는 사례를 찾기 위해 궁리를 하느라 진땀을 뺐다. 하지만 마침내 상황을 마무리 지은 결정적 논거는, 내가 에스키모인들이 기차 기름과 수지 양초를 즐길 뿐 아니라 소화까지 한다고 언급한 것이었다. 그 말을 들은 뒤, 그녀는 "정말로 한 사람에게는 음식이 다른 사람에게는 독이 될 수 있는 법이지"라고 인정했고, 그 후로는 녹차가 어떤 체질에는 해롭다는 사실을 알기엔 너무 어리고 순진해 보이는 손님에게만 가끔 충고하는 선에서 멈추었다. 그리고 더욱 현명한 선택을 할 수 있을 나이의 사람들이 굳이 녹차를 고르려 하면, 그때는 언제나 익숙한 한숨을 내쉬는 데 그쳤다.

15장. 행복한 귀환

나는 분기에 한 번은 꼭 드럼블에서 건너와 장부를 정리하고 필요한 사업 서신을 처리했다. 그리고 편지 이야기가 나와서 말인데—나는 내가 아가 젠킨스에게 썼던 편지를 기억할 때마다 얼굴이 화끈거려졌고, 그 글을 누구에게도 말하지 않은 것이 얼마나 다행인지 새삼 느껴졌다. 그저 그 편지가 어딘가에서 사라졌기를 바랄 뿐이었다. 답장은 오지 않았다. 아무 흔적도 없었다.

매티 양이 가게를 연 지 대략 일 년쯤 지났을 때, 나는 마사의 '상형문자 같은' 글씨로 적힌 편지 한 통을 받았다. 가능한 빨리 크랜포드로 와달라는 내용이었다. 나는 매티 양이 아프신 것은 아닐까 걱정되어 그날 오후 바로 떠났고, 문을 열며 나를 본 마사는 완전히 놀란 기색이었다. 우리는 늘 그렇듯 부엌으로 들어가 조용히 이야기를 나누었고, 그제야 마사는 자신이 곧—일주일이나 이주일 안에—출산을 앞두고 있다고 고백했다. 그녀는 매티 양이 그 사실을 전혀 모르고 있을 것 같아, 내가 대신 그 소식을 전해주기를 바란다고 했다.

"정말이에요, 아가씨…." 마사는 히스테리적으로 울며

15장. 행복한 귀환

계속 말했다. "매티 양이 이 일을 좋아하시지 않을까 봐 두려워요. 그리고 제가 누워 있는 동안, 매티 양을 제대로 돌봐드릴 사람이 누가 있을지… 저는 정말 모르겠어요."

나는 그렇게 그녀를 위로한 뒤, 집 문밖으로 살그머니 나와 마치 손님인 양 가게에 나타났다. 매티 양을 깜짝 놀라게 하고, 그녀가 새로운 자리에 어떻게 앉아 있는지 살펴보고 싶었기 때문이다. 5월의 포근한 날씨라, 작은 반쪽 문만 닫혀 있었고, 매티 양은 카운터 뒤에 앉아 정교한 가터 한 켤레를 뜨고 있었다. 내 눈에는 참으로 정교해 보였지만, 어려운 스티치가 그녀의 마음을 조금도 무겁게 하지는 않는 듯했다. 바늘은 재빠르게 오가고, 그녀는 낮은 목소리로 혼자 조용히 무언가를 흥얼거리고 있었기 때문이다.

나는 그것을 '노래'라고 부르지만, 음악가라면 곡조라 부르기 어려운, 그러나 듣기에는 참으로 다정한 허밍이라 할지도 모른다. 나는 곡보다 가사가 더 분명하게 들려서, 그것이 '옛 백 번째 찬송가'라는 것을 알아차릴 수 있었다. 조용하고 끊임없는 그 소리는 그녀의 평온함을 그대로 전

388

해주었고, 문밖 거리에 서 있던 나에게도 5월 아침의 부드러운 빛과 어울리는 포근한 감정을 주었다.

나는 안으로 들어갔다. 처음에 그녀는 나를 알아보지 못해 손님을 맞이하듯 일어섰다. 그러나 곧 경계심 많은 고양이가 뜨개질을 움켜쥐었고, 그녀는 나를 보자 기쁨에 거워 그것을 떨어뜨렸다. 잠시 이야기를 나누고 보니, 마사의 말이 맞았다. 매티 양은 곧 닥칠 집안의 '큰일'에 대해 전혀 알지 못하고 있었다. 그래서 나는 모든 것이 자연스럽게 흘러가도록 두기로 했다. 내가 아기를 품에 안고 그녀에게 갈 때면, 마사가 괜히 겁먹고 있는 그 걱정—즉, 매티 양이 아기의 탄생을 불편해할 것이라는 근거 없는 두려움—따위는 흔적도 없이 사라질 것이 분명했기 때문이다.

그리고 역시나 내가 옳았다. 어쩌면 이런 건 유전적인 성향인지도 모른다. 아버지 말씀이, 그는 거의 틀린 적이 없다고 늘 장담하시니까.

내가 도착한 지 일주일도 되지 않은 어느 아침, 나는 작은 플란넬 보자기 뭉치를 품에 안고 매티 양을 부르러

389

15장. 행복한 귀환

갔다. 그녀는 그것이 무엇인지 보고 크게 놀란 듯 넋을 잃었고, 서랍 위에 있던 안경을 청해 써서 그것을 유심히 바라보았다. 아주 작은 부분까지 완전하게 갖추고 있는 그 생명의 신비로움에, 조심스럽고 다정한 경탄이 어려 있었다. 그날 하루 내내 그녀는 놀라움에서 벗어나지 못한 듯 조용히 발끝으로만 걸었다. 하지만 결국 마사를 몰래 찾아가 둘이 함께 기쁨의 눈물을 흘렸고, 젬에게는 축하의 말을 건네려다 쑥스러움에 빠져 어찌 빠져나올지 몰라 했다. 그 난처함에서 그녀를 구해준 것은 가게의 종소리였다. 그 소리는 수줍고도 자존심 강한 젬에게도 마찬가지로 구원이었고, 내가 그를 축하하자 그는 내 손을 너무나 힘껏 흔들어 주었는데—나는 지금도 그 악력의 통증이 어렴풋이 느껴질 지경이다.

마사가 누워 있는 동안 나는 참 바쁜 시간을 보냈다. 나는 매티 양을 돌보고, 그녀의 식사를 준비했으며, 장부를 계산하고 양철통과 유리잔의 상태를 살폈다. 또한 가끔은 가게 일도 도와주었다. 그리고 그곳에서 그녀가 일하는 모습을 지켜보는 일은 내게 적지 않은 즐거움이 되기도 했지만, 때때로는 약간의 불안도 안겨주었다. 어떤 어린아이가 아몬드 과자 1온스를 달라고 오면(매티 양이 파는 큰 과자 네 개가 그 무게였다), 그녀는 저울이 이미 넉넉히 기울어 있음에도 불구하고 꼭 하나를 더 '덤'으로 얹어주었다. 내가 그 점을 조심스레 지적하면 그녀는 늘 "애들이 그걸 그렇게 좋아하잖아!"라고 말했다. 다섯 번째 과자가 4분의 1온스나 되어, 매번 그녀의 수입을 깎아먹는다고 말해도 소용없었다. 그래서 나는 녹차 때의 교훈을 기억해, 그녀 자신의 방식대로 그녀에게 화살을 돌렸다. 나는 아몬드 과자가 아이들의 건강에 얼마나 나쁜지, 과하면 얼마나 탈이 날 수 있는지를 이야기했다. 이 말은 어느 정도 효과를 보았다. 그 뒤로 그녀는 다섯 번째 과자를 얹어주는 대신, 아이들에게 작은 손바닥을 펴 보라고 하고는, 그 안에 페퍼민트나 생강 사탕을 몇 알씩 떨어뜨려 주었다. 이전에 먹은 과자의 '위험'을 예방한다는 명목으로 말이다.

이런 방식으로 운영되는 사탕 장사는 수익성이 있을 리 없었지만, 나는 그녀가 지난 한 해 동안 차 판매로 스무 파운드가 넘는 돈을 벌었다는 걸 알게 되어 기뻤다. 더욱이 이제는 그 일에 익숙해져, 오히려 여러 사람들과 다정하게 지낼 수 있게 해주는 그 일 자체를 좋아하게 되었다. 그녀가 손님들에게 후하게 무게를 맞춰주면, 그들은 그 대가로 "옛 교구 목사의 딸"에게 작은 시골 선물을 자주 가져왔다. 크림치즈, 갓 낳은 달걀, 조금의 신선한 과일, 꽃 한 다발. 그녀가 그러는데, 때로는 카운터가 이런 선물로 가득 차기도 했다.

크랜포드 전체는 여느 때와 다르지 않게 흘러가고 있었다. 제이미슨 가와 호긴스 가의 불화도 여전히 계속되었는데—다만 한쪽만 크게 마음을 쓰는 상황이라, 불화라고 부르기도 민망할 정도였다. 호긴스 씨와 부인은 서로 매우 행복했고, 대부분의 행복한 이들처럼 누군가와 친히 지낼 준비가 되어 있었다. 실제로 호긴스 부인은 과거의 친분 때문에라도 제이미슨 부인의 호의를 되찾고 싶어 했다. 그러나 제이미슨 부인은 그들의 행복 자체가 자신이 여전히 자부심을 느끼는 글렌마이어 가문에 대한 모욕이라고 여겼고, 완강하게 모든 화해의 손길을 거절했다.

15장. 행복한 귀환

멀리너 씨는 충실한 일족처럼 여주인의 편을 열렬히 들었다. 그가 호긴스 씨나 부인을 보면 곧장 길을 건너, 둘을 지나칠 때까지 마치 인생 전반과, 특히 자신의 발걸음에 깊이 몰두한 사람처럼 보이곤 했다. 폴 양은 종종, 만약 그녀 자신이나 멀리너 씨, 혹은 집안 식구들 중 누군가가 병이라도 나면 제이미슨 부인이 어떻게 할지를 상상하며 혼자 실실 웃었다. 그들에게 그렇게 대하고도 과연 호긴스 씨를 부를 낯이 있겠느냐는 것이다. 그녀는 오히려 제이미슨 부인이나 그 집안에 어떤 가벼운 병이나 사고라도 생기기를 조바심 내며 기다리는 듯했다. 크랜포드가 그 난처한 상황에서 그녀가 어떻게 행동할지를 지켜볼 수 있도록 말이다.

마사는 다시 움직이기 시작했고, 나도 이번 방문의 끝을 멀지 않게 잡아두고 있었다. 그러던 어느 날 오후, 나는 매티 양과 함께 가게 응접실에 앉아 있었다. 3주 전 5월보다 날씨가 더 차가워져 있었고, 우리는 불을 피우고 문을 꼭 닫아두고 있었다. 그때 한 신사가 창문 앞을 천천히 지나가더니, 우리가 그토록 공들여 숨겨둔 가게 이름을 찾는 듯 문 맞은편에 서서 살피기 시작했다. 그는 쌍안경을 꺼내 한참이나 들여다본 끝에야 간판을 발견한 듯했다. 그러고는 문을 열고 들어왔다.

그 순간, 번개처럼 내 머릿속을 스친 생각—그가 바로 아가 그 자신이라는 확신이었다. 그의 옷에는 묘하게 '외국풍'의 기이한 재단이 있었고, 얼굴은 햇볕에 수없이 그을린 듯 깊은 갈색이었다. 그러나 그 짙은 안색은 눈처럼 하얀 머리카락과 묘하게 대비되었고, 눈은 날카로우며, 무언가를 유심히 볼 때마다 눈가를 좁히고 두 뺨에 수많은 주름을 잡아당기는 이상한 버릇이 있었다. 그는 처음 들어와 매티 양을 바라볼 때도 그 표정을 지었다.

그의 시선은 처음에는 나를 잠시 스쳐갔지만, 곧 내가 말한 그 특유의 탐색하듯 날카로운 시선으로 매티 양에게 향했다. 매티 양은 조금 당황하고 긴장한 듯했지만, 그건 어떤 남자가 가게에 들어올 때 늘 보이던 정도였다. 그녀는 아마도 그가 지폐나 적어도 금화를 내밀 것이라 생각하고 있었는데, 그녀에게는 늘 고역이던 '거스름돈 계산'을 해야 할까 봐 걱정했기 때문이었다. 그러나 이번 손님

15장. 행복한 귀환

은 아무것도 요구하지 않은 채, 마치 젠킨스 양이 하던 것처럼 손가락으로 탁자를 두드리며 그녀만 노려보았다. 나중에 들은 바로는, 매티 양은 그에게 무엇을 원하는지 물어보려던 참이었다고 한다. 그때 그가 갑자기 나를 향해 말했기 때문이다.

"당신 이름이 메리 스미스인가요?"

"네!" 내가 대답했다.

그 순간, 그의 정체에 대한 모든 의심이 사라졌다. 이제는 그가 다음에 무엇을 할지, 그리고 매티 양이 그가 전하려는 기쁜 소식을 어떻게 받아들일지 마음속으로 궁금할 뿐이었다. 그는 스스로를 어떻게 밝힐지 망설이고 있는 듯 보였고, 시간을 벌기 위해 사야 할 물건을 찾듯 가게 안을 둘러보았다. 그러다 우연히 눈에 띈 아몬드 과자를 가리키며 대뜸 말했다.

"저것 1파운드 주세요."

매티 양에게 과자 1파운드가 있었는지는 나도 의심스러웠다. 게다가 그 엄청난 양을 먹으면 탈이 날 것이라는 생각에 매티 양은 크게 괴로워했다. 그녀는 충고하려고

15장. 행복한 귀환

고개를 들었다. 그 순간, 그의 얼굴에 잠시 스친 부드러운 표정의 흔적이 그녀의 마음을 단번에 건드렸다. 그녀는 떨리는 목소리로 말했다.

"혹시… 오, 선생님! 피터…?" 그리고 머리에서 발끝까지 떨기 시작했다.

그는 단숨에 테이블을 돌아 그녀를 껴안았고, 그녀는 노년 특유의 눈물 없는 흐느낌을 터뜨렸다. 나는 급히 와인 한 잔을 가져왔다. 그녀의 안색이 너무 변해 걱정이 되었고, 피터 씨 역시 겁먹은 표정이었다. 그는 계속 말했다.

"내가 너무 갑작스러웠지, 매티… 그렇지, 내 작은 소녀."

나는 그녀가 위층 응접실로 올라가 소파에 눕는 것이 좋겠다고 제안했다. 그녀는 거의 기절할 지경에서도 꽉 붙들고 있던 오빠의 손을 애절하게 바라보았지만, 그가 절대로 떠나지 않겠다고 다정히 말하자 비로소 몸을 맡겼다. 그녀는 그의 품에 안긴 채 위층으로 옮겨졌다.

나는 그들에게 잠시라도 둘만의 시간이 필요하다는

생각에, 곧장 부엌으로 달려가 이른 차를 준비하려고 주전자를 올려놓고, 가게는 내가 보아두기로 했다. 오랜 세월의 이별 끝에 서로 나눌 말이 얼마나 많겠는지, 형제에게 맡겨두는 것이 가장 좋을 듯했다. 그 다음에는 마사에게 소식을 전해야 했는데, 그녀는 거의 나까지 울릴 뻔한 눈물을 터뜨리며 받아들였다. 그녀는 정신을 추스릴 때마다, 그가 정말로 매티 양의 오빠가 맞는지 내게 다시 확인했다. 내가 그가 백발이라고 말했기 때문이다. 그녀는 늘 그가 "아주 잘생긴 젊은이"였다고만 들어왔던 것이다.

비슷한 당혹스러움은 차 시간에 매티 양에게도 찾아왔다. 그녀는 젠킨스 씨와 마주 보도록 큰 안락의자에 앉아, 마음껏 바라보라는 듯 자리를 잡았다. 그러나 바라보느라 차는 거의 마시지 못했고, 음식을 입에 대는 일은 애초에 불가능했다.

"더운 나라에서는 사람들이 정말 빨리 늙나 봐요." 그녀는 거의 혼잣말하듯 중얼거렸다. "크랜포드를 떠날 때, 당신 머리엔 흰머리 하나도 없었는데요."

"그게 지금 몇 년 전 일이더라?" 피터 씨가 미소를 지었다.

"아, 그렇죠! 네, 우리 둘 다 늙어가는 거겠죠. 그래도 이렇게나 늙었다고는 생각하지 못했어요. 그래도 흰머리가 당신에게는 참 잘 어울려요, 피터." 그녀는 혹시나 자신의 말이 그의 기분을 상하게 했을까 두려운 듯, 조심스레 덧붙였다.

"나도 날짜를 다 잊고 있었나 봐, 매티. 내가 인도에서 너를 위해 뭘 가져왔는지 아나? 포츠머스에 있는 내 트렁크 어딘가에 인도 모슬린 드레스랑 진주 목걸이가 있을 거야."

그는 그 선물들이 지금의 누이와 얼마나 어울리지 않는지 조금은 우스운 듯 웃었다. 하지만 매티 양에게는 물건의 우아함이 먼저 와 닿았고, 그 어울리지 않음은 한순간 생각나지 않은 듯했다. 나는 잠시 동안 그녀가 그 옷차림을 한 자신의 모습을 상상하며 조용히 기뻐하는 표정을 읽을 수 있었다. 그녀는 본능적으로 목으로 손을 가져갔다. 폴 양 말로는, 그 가늘고 섬세한 목은 젊은 시절 매티 양의 큰 매력이었다고 했다. 그러나 그녀의 손끝은 언제

398

나 턱 끝까지 감싸던 부드러운 모슬린의 감촉에 닿았고, 그 순간 진주 목걸이가 자신의 나이와는 어울리지 않는 다는 자각이 되살아났다.

"저는 너무 나이가 많아요… 하지만 생각해줘서 정말 고마워요. 몇 년 전, 제가 젊었을 때라면 정말 좋아했을 것들이에요."

"나도 그걸 알았지, 내 작은 매티. 네 취향을 기억하고 있었어. 어머니의 취향이랑 닮았었거든."

어머니 이야기가 나오자, 두 남매는 서로의 손을 더욱 애틋하게 맞잡았다. 아무 말도 하지 않았지만, 내가 없었 더라면 더 많은 이야기를 나누고 싶을 것처럼 보였다. 그 래서 나는 그날 밤 피터 씨가 쓸 방을 정리하려고 일어났 다. 나는 매티 양과 침대를 함께 쓸 생각이었고, 피터 씨에 게는 내 방을 내주려 했다.

내가 자리에서 움직이자 그는 갑자기 벌떡 일어섰다. "'조지' 여관에 가서 방을 잡아야겠어. 내 여행 가방도 거 기 있어."

"안 돼요!" 매티 양은 거의 울먹이며 말했다. "가시면

15장. 행복한 귀환

안 돼요. 제발, 사랑하는 피터—메리, 말 좀 해줘요—오! 가시면 안 돼요!"

그녀는 너무나 동요한 나머지, 우리 둘 다 그녀가 원하는 모든 것을 약속했다. 피터는 다시 앉아 손을 내밀었고, 그녀는 그것을 더 놓치지 않으려는 듯 양손으로 꼭 잡았다. 나는 내 준비를 마치기 위해 방을 나왔다.

우리는 밤 깊도록, 아니 아침이 훌쩍 밝을 때까지 이야기를 나누었다. 매티 양은 오빠가 둘만의 시간 동안 들려준 그의 삶과 모험담을 나에게 털어놓았다. 그녀에게는 모든 것이 또렷하고 이해되었다고 했지만, 나는 끝내 전부를 완전히 파악할 수 없었다. 그리고 훗날, 피터 씨에 대한 경외심이 조금 누그러져 직접 그에게 물어볼 수 있게 되었을 때, 그는 내 호기심을 웃어넘기며, 뮌하우젠 남작 이야기처럼 들리는 에피소드만 늘어놓았다. 나는 그가 분명 나를 놀리고 있다고 확신했다. 매티 양에게 들은 바로는, 그는 랑군 포위전에서 자원병으로 참전했고, 버마인들에게 포로로 잡혔으며, 어느 작은 부족의 족장을 위험한 병에서 사혈해 살려준 덕에 어떤 은혜와 결국 자유를 얻었다고 했다. 그렇게 수년의 포로 생활에서 풀려났을 때, 영국으로 보냈던 그의 편지들은 모두 "사망"이라는 불길한 표시가 되어 반송되었다고 한다. 그는 자신이 가문의 마지막이라고 믿고, 인디고 재배자로 정착해 익숙해진 그 나라에서 여생을 보내려 했다고 한다. 그러던 중 내 편지가 도착했고, 젊을 때와 다름없는 성격의 격렬함으로, 그는 토지와 소유물을 첫 번째 사는 사람에게 모두 팔아버리고, 그를 보자 어떤 공주보다 더 기쁘고 부유해진 그의 늙은 누이에게 돌아온 것이었다.

그녀는 결국 나를 잠들게 했고, 한참 뒤 나는 문가에서 나는 작은 소리에 깼다. 그녀는 뉘우치는 얼굴로 조심스레 침대 속으로 들어오며 내게 용서를 구했다. 하지만 내가 더는 '오래도록 잃어버렸던 이가 정말 이 집 안에 있다'는 사실을 계속 확인해주지 않자, 그녀는 그 모든 것이 단지 깨어 있는 꿈이었을지도 모른다고 두려워하기 시작했다. 축복 같던 그 저녁 내내 곁에 앉아 있던 피터는 사실 존재하지 않았고—진짜 피터는 거친 바다 물결 아래, 혹은 먼 동방의 낯선 나무 아래 죽어 누워 있을지도 모른

15장. 행복한 귀환

다는 생각이 그녀를 엄습한 것이다. 그 신경질적인 불안은 그녀를 일으켜 세울 만큼 강했다. 그녀는 문 너머로 들려오는 그의 고르고 규칙적인 숨소리를 확인하려고 갔다. 나는 그것을 코골이라고 부르고 싶지는 않지만, 두 겹의 닫힌 문을 사이에 두고도 그 소리를 직접 들었다. 이윽고 그 숨결은 매티 양을 안심시켰고, 그녀는 그제야 편안히 잠들었다.

나는 피터 씨가 인도에서 나보브처럼 큰 부자가 되어 돌아왔다고는 믿지 않는다. 그는 스스로를 가난하다고 여길 정도였지만, 그도 매티 양도 그것에 대해 크게 개의치 않았다. 어쨌든, 그는 매티 양과 함께 크랜포드에서 "아주 단정하게" 살아가기에는 충분한 재산을 가지고 있었다. 그가 도착하고 하루 이틀이 지난 뒤, 가게는 문을 닫혔다. 그 사이 매티 양의 응접실 창문 아래에는 아이들 무리가 모여, 머리 위로 때때로 쏟아지는 과자와 사탕의 소나기를 들뜬 얼굴로 기다리고 있었다. 때때로 매티 양은 커튼 뒤에 반쯤 숨어서 "얘들아, 너무 많이 먹고 아프지 않게 조심해." 라고 부드럽게 말하곤 했다. 그러나 언제나 강한

15장. 행복한 귀환

팔이 그녀를 뒤로 당겨세웠고, 곧이어 더 요란하고 풍성한 '사탕 폭우'가 아이들 위로 쏟아졌다.

차의 일부는 크랜포드 숙녀들에게 선물로 보내졌고, 또 일부는 그의 장난 많던 젊은 시절의 피터 씨를 기억하는 노인들에게 나누어졌다. 인도 모슬린 드레스는 사랑하는 플로라 고든(제시 브라운 양의 딸)을 위해 따로 간직했다. 고든 가족은 지난 몇 년간 대륙에 머물렀으나, 이제 곧 돌아올 예정이었다. 매티 양은 자매된 사람의 기쁨으로, 그들에게 피터 씨를 소개할 순간을 손꼽아 기다렸다. 진주 목걸이는 어느새 자취를 감추었다. 그리고 얼마 지나지 않아 폴 양과 포레스터 부인의 집에는 멋지고 실용적인 선물들이 하나둘 나타났고, 제이미슨 부인과 피츠애덤 부인의 응접실에는 희귀하고 정교한 인도 장식품들이 빛을 더했다.

나 역시 잊히지 않았다. 나는 구할 수 있는 판본 중 가장 아름답게 장정된, 가장 훌륭한 존슨 박사의 저작집을 선물받았다. 사랑하는 매티 양은 눈물이 가득 고인 채, 그것을 그녀의 언니와 그녀 자신 모두의 선물로 받아주기를

403

간곡히 부탁했다. 요컨대, 잊힌 사람은 단 한 사람도 없었다. 그리고 무엇보다—그것이 하찮은 이라 할지라도, 어느 때고 매티 양에게 작은 친절 하나라도 보였던 모든 사람은 피터 씨의 따뜻하고 성실한 보답을 확실히 받았다.

16장. 크랜포드에 평화를

피터 씨가 크랜포드에서 그렇게 인기를 얻는 것은 전혀 놀라운 일이 아니었다. 숙녀들은 누가 그를 가장 칭찬할지 서로 경쟁했다. 그도 그럴 것이, 인도에서 온 그의 도착은 그들의 조용한 일상에 놀랄 만큼 큰 파문을 일으켰기 때문이다—특히, 도착한 사람이 신밧드 선원보다도 더 기묘한 이야기들을 늘어놓았고, 폴 양이 말했듯 어느 저녁이든 '아라비안 나이트'만큼이나 즐거웠기 때문이다. 나로서는, 평생 드럼블과 크랜포드 사이를 오가며 살아서인지, 피터 씨의 모든 이야기가 아무리 기이해도 실제일 수 있다고 처음엔 믿었다. 하지만 어느 주에 상당히 큰 모험담을 삼켰다 싶으면, 다음 주에는 그보다 훨씬 더 부풀린 이야기가 뒤따랐고, 그때부터 나는 다소 의심을 갖기 시

405

작했다. 특히 그의 여동생이 곁에 있을 때는 인도 생활의 묘사가 비교적 온건해졌고—아마 그녀가 우리보다 더 아는 것은 아니었지만—교구 목사가 찾아오면 피터 씨의 말투가 기묘하리만큼 차분해지는 것도 눈에 띄었다. 아마 크랜포드의 숙녀들이 그 조용한 버전의 이야기를 들었더라면, 그를 그토록 기이한 여행가로 받들지는 않았을 것이다. 그들은 그가 그들 말대로 "아주 동양적"이어서 더욱 좋아한 것뿐이었다.

그를 기리기 위한 어느 날의 소규모 모임—폴 양이 주최했고, 제이미슨 부인이 참석하는 영광을 베풀었기 때문에 호긴스 씨 부부와 피츠애덤 부인은 당연히 제외된—에서, 피터 씨는 딱딱한 등받이 의자에 똑바로 앉아 있는 것이 지겹다며 다리를 꼬아 앉아도 되는지 물었다. 폴 양의 흔쾌한 허락이 떨어지자 그는 최대한의 진지함으로 자리를 잡았다. 하지만 폴 양이 들릴 듯 낮게 나에게 "신앙의 아버지를 떠올리지 않느냐"고 속삭였을 때, 나는 불쌍한 절름발이 재단사 사이먼 존스를 떠올리지 않을 수 없었다. 제이미슨 부인이 그 자세의 우아함과 편리함을 천천

16장. 크랜포드에 평화를

히 칭찬할 때, 나는 우리가 예전에 호긴스 씨가 의자에 가만히 앉아 단지 다리만 꼬았다는 이유로 상스럽다고 비난했던 일을 기억했다. 피터 씨의 식사 습관 또한 폴 양이나 매티 양, 제이미슨 부인 같은 숙녀들 사이에서는 사뭇 이색적이었다. 특히 불쌍한 홀브룩 씨의 저녁 식사 자리에서 맛조차 보지 못하고 돌아온 그 풋완두콩과 두 갈래 포크를 떠올릴수록, 그 모습들은 더 기묘하게 느껴졌다.

그 신사의 이름이 언급되자, 피터 씨가 크랜포드로 돌아온 뒤 어느 여름 저녁, 그와 매티 양 사이에 오갔던 한 대화가 떠오른다. 그날은 무척 더웠고, 매티 양은 날씨에 크게 지쳐 있었으나, 그 더위 속에서 오빠는 오히려 기운을 냈다. 그녀는 요즘 가장 즐거운 일로 삼던 마사의 아기를 돌볼 수도 없었다. 그 아기는 매티 양처럼 연약한 사람도 가볍게 안아 들 수 있을 만큼 작은 존재였고, 어머니의 품만큼이나 그녀의 품에서도 편안해 보였는데, 이날만큼은 그녀가 너무 쇠약해져 감당할 수 없었다. 그날 매티 양은 평소보다 한층 더 힘없고 늘어져 보였다. 해가 지고, 소파가 열린 창가로 옮겨졌을 때에야 비로소 조금씩 기운

16장. 크랜포드에 평화를

을 되찾았다. 창문은 크랜포드의 큰길에 면해 있었지만, 이따금씩 여름 황혼의 둔한 공기를 헤집고 스쳐 지나가는 부드러운 바람이 이웃의 건초밭에서 날아오는 향긋한 냄새를 실어왔다. 무더위 속의 침묵은 여기저기 열린 창과 문에서 흘러나오는 낮은 소음에 묻혀 사라졌다. 심지어 아이들까지도 늦은 시각(10시에서 11시 사이)인데도 거리로 나와, 낮 동안 더위에 눌려 즐기지 못했던 놀이를 만끽하고 있었다. 매티 양에게는, 집집마다 기척이 가득함에도 불빛이 거의 켜져 있지 않은 것을 보는 일이 묘한 만족으로 다가왔다. 피터 씨, 매티 양, 그리고 나—우리는 모두 잠시 동안 각자 다른 생각 속에 잠겨 있었다. 그러다 피터 씨가 문득 입을 열었다—

"알겠니, 작은 매티, 내가 마지막으로 영국을 떠날 때만 해도 네가 곧 결혼할 거라고 확신할 정도였어! 그때 누가 네가 평생 노처녀로 살다가 죽을 거라고 했다면, 나는 그들의 얼굴에 대고 비웃었을 거야."

매티 양은 아무 대답도 하지 않았다. 나는 서둘러 대화를 돌릴 만한 주제를 찾으려 했지만, 떠오르지 않았다.

408

그러는 사이 그는 말을 이었다.

"홀브룩 말이야. 우들리에 살던, 그 씩씩하고 훌륭한 친구. 나는 늘 그가 내 작은 매티를 데려가리라고 생각했지. 지금은 상상이 안 될 거야, 메리. 하지만 이 내 여동생은 한때 아주 사랑스러운 소녀였어—적어도 나는 그렇게 생각했고, 불쌍한 홀브룩도 그랬을 걸. 그가 무슨 권리로 내가 돌아오기 전에 죽어버린 거지? 내가 그에게 나 같은 쓸모없는 풋내기 구해준 친절에 감사할 기회도 없이! 그때 처음 깨달았어, 그가 너를 아꼈다는 것을. 낚시하러 다닐 때마다 우리가 이야기한 건 줄곧 매티, 매티였으니까. 불쌍한 데버러! 그날 내가 홀브룩을 점심에 초대했다는 이유로 나에게 얼마나 긴 설교를 했는지 모른다네. 마침 알리 가문의 마차가 마을에 들어오는 걸 보고, 귀부인이 방문할지도 모른다고 여겼던 거지. 아아, 벌써 오랜 세월이 흘렀구나. 반평생이 넘었는데도 어제 일처럼 생생해! 처남으로 그보다 나은 사람을 나는 알지 못한다네. 어찌 된 일인지 네가 카드를 잘못 쓴 거겠지, 내 작은 매티— 오빠에게 중매 좀 부탁했어야지, 응?"

그는 소파에 누워 있던 그녀의 손을 잡으려 손을 뻗었다. "이게 뭐지? 매티, 네가 떨고 있잖아, 저 빌어먹을 열린 창문 때문에. 메리, 당장 닫아!"

나는 그녀의 말대로 창문을 닫고, 몸을 굽혀 그녀의 뺨에 입을 맞추며 정말로 추위를 느꼈는지 확인했다. 그녀는 내 손을 잡아 꼭 쥐었는데—아마도 무의식적으로였으리라—잠시 후에는 완전히 평소의 목소리로 우리에게 말을 걸었고, 우리가 권한 따뜻한 침대와 연한 네구스 한 잔의 처방을 얌전히 받아들이면서도 우리의 걱정을 미소로 가볍게 흩어버렸다. 나는 다음 날 크랜포드를 떠날 예정이었고, 떠나기 전 그녀에게서 열린 창문으로 인한 여파가 모두 사라졌음을 확인했다. 머무는 마지막 몇 주 동안 나는 집과 살림에 필요한 대부분의 정비를 직접 살폈다. 가게는 다시 응접실이 되었고, 텅 빈 채 울리던 방들은 다락방까지 다시 단정하게 가구가 들어섰다.

마사와 젬을 다른 집에 따로 살게 하자는 이야기가 오갔지만, 매티 양은 귀 기울이려 하지 않았다. 사실 나는 폴 양이 그것이 가장 바람직한 방도라고 여기며 당연하다는

410

듯 말했을 때만큼 그녀가 분명하고 격하게 마음을 드러내는 모습을 본 적이 없었다. 마사가 곁에 있는 한, 매티 양은 그 사실만으로도 더 바랄 것이 없었다. 젬 또한 집에 함께 있어도 전혀 불편함이 없는 사람이었고, 실제로 그녀는 주말이 끝날 때까지 그를 거의 마주칠 일도 없었다. 그리고 앞으로 태어날지도 모를 아이들에 관해서도, 만약 그 아이들이 모두 그녀의 대녀 마틸다처럼 사랑스러운 작은 존재들로 자라난다면—마사가 불평하지 않는 이상—그 수가 늘어나는 것을 개의치 않을 것이라고 했다. 게다가 다음 아이는 데버러라고 부르기로 되어 있었는데, 이는 첫 아이의 이름을 마틸다로 하려는 마사의 완고한 고집 앞에 매티 양이 마지못해 양보했던 사항이었다. 결국 폴 양은 의견을 거둬들이며, 목소리까지 낮춰 이렇게 말했다. 헌 부부가 앞으로도 계속 매티 양과 같은 집에 살 예정이라면, 우리가 마사의 조카를 보조 인력으로 들인 것은 참으로 현명한 결정이었다고.

나는 매티 양과 피터 씨가 가장 편안하고 만족스러운 모습으로 남아 있는 것을 확인한 뒤 떠났다. 그들의 마음

411

을 아프게 한 유일한 근심은, 제이미슨 부인과 평민 출신 호긴스 부부 및 그 주변 사람들 사이에 이어지고 있던 그 불운한 불화였다. 나는 농담 반 진담 반으로, 이 싸움은 제이미슨 부인이나 멀리너 씨 중 누군가 병이 들기 전까지는 끝나지 않을 거라고 예언하곤 했다. 그런 일이 생기면—그들은 누구보다 기쁘게 호긴스 씨에게 도움을 구할 것이라고. 하지만 매티 양은 질병을 예견하며 가볍게 말하는 내 태도를 달가워하지 않았다. 그러나 그해가 채 끝나기도 전에, 모든 일은 내가 예측했던 것보다 훨씬 더 만족스러운 방식으로 마무리되었다.

나는 어느 상서로운 10월 아침, 크랜포드에서 온 편지 두 통을 받았다. 폴 양도, 매티 양도 모두 나에게 와 달라고, 그리고 이제 거의 다 성장한 두 아이와 함께 건강히 영국으로 돌아온 고든 가족을 만나달라고 청하는 편지를 보내온 것이었다. 사랑하는 제시 브라운은 이름도 신분도 변했지만, 예전의 다정한 성정만큼은 그대로였다. 그녀는 자신과 고든 소령이 14일에 크랜포드에 있을 예정이라 전하며, 제발 자신을 기억해달라고—그녀가 아버지와 언니

412

에게 베풀어진 그 친절을 어찌 잊을 수 있겠느냐고—간곡히 적어 보냈다. 그녀는 그 명예로운 지위에 걸맞게 제이미슨 부인의 이름을 가장 먼저 올렸고, 이어 폴 양과 매티 양을 언급했다. 포레스터 부인도, 오래전에 세상을 떠난 이에게 보여준 친절을 다시 암시하며 호긴스 씨도, 그의 새 아내 역시 거론되었다. 새 아내는 그런 이유로 고든 부인이 그녀와 인사하고자 하는 것을 기꺼이 받아들여야 했고, 더구나 그녀는 고든 소령의 오래된 스코틀랜드 친구이기도 했다. 요컨대, 브라운 대위의 죽음과 제시의 결혼 사이에 크랜포드의 교구 목사로 임명된 성직자에서부터, 베티 바커 양에 이르기까지—모든 이가 초대 명단에 이름을 올렸다. 제시 브라운 시절 이후 크랜포드에 들어온 피츠애덤 부인만 제외되었는데, 나중에 보니 그 누락 때문에 그녀가 다소 풀이 죽어 있었다.

사람들은 베티 바커 양이 그렇게 명예로운 목록에 포함된 것에 내심 놀라워했다. 그러나 폴 양이 말했듯, 우리는 불쌍한 브라운 대위가 딸들을 교육할 때 지켜 온 '체면보다는 마음을 중시하는 태도'를 기억해야 했다. 그의 명

16장. 크랜포드에 평화를

예를 위해서라면, 우리의 자존심쯤은 얼마든지 삼킬 수 있는 일이었다. 실제로 제이미슨 부인은 그것을 오히려 자신에 대한 예우로 받아들이기도 했는데, 베티 양(한때 자신의 하녀였던)을 "저 호긴스 집안"과 같은 수준의 위치에 둔 것이었기 때문이다.

그러나 내가 크랜포드에 도착했을 때, 정작 제이미슨 부인이 그 초대에 응할 것인지에 대해서는 아직 아무것도 확정되지 않은 상태였다. 과연 그 귀부인은 갈 것인가, 가지 않을 것인가? 피터 씨는 "그녀는 갈 것이고, 반드시 가게 될 것"이라고 단언했다. 폴 양은 고개를 저으며 실망스러워했다. 그러나 피터 씨는 해결책을 찾아내는 사람이었다. 무엇보다 먼저, 그는 매티 양을 설득해 고든 부인에게 편지를 쓰게 했다. 그리고 피츠애덤 부인의 존재를 알리고, 그렇게 따뜻하고 성실하며 관대한 여인이 그 즐거운 초대 명단에 포함되도록 간청하라고 했다. 곧바로 온 답장에는 피츠애덤 부인에게 전할 예쁜 작은 쪽지가 함께 들어 있었고, 매티 양이 직접 방문해 앞선 누락을 설명해 달라는 요청도 적혀 있었다. 피츠애덤 부인은 말할 수 없이 기뻐하며 매티 양에게 몇 번이고 감사를 표했다.

그리고 피터 씨는 이렇게 말했다. "제이미슨 부인은 내게 맡겨두세요."

그래서 우리는 그를 믿고 맡겼다. 무엇보다, 일단 그녀가 결심해버린 후에는 우리 힘으로는 결코 바꿀 수 없다는 것을 모두가 잘 알고 있었기 때문이었다.

나는 고든 부인이 오기 전날까지—그러니까 폴 양이 나에게 물어오기 전까지—피터 씨와 제이미슨 부인 사이에 무언가 혼담 같은 것이 오가는지 전혀 알지 못했다. 그녀는 내게, "당신은 어떻다고 생각해요? 두 사람 사이에… 그런 일이 있는 걸까요?" 하고 물었다. 왜냐하면 제이미슨 부인이 정말로 '조지' 여관의 오찬에 갈 예정이라는 소식을 들었기 때문이었다. 그녀는 멀리너 씨를 보내어, 자신이 올 생각이며, 그곳 의자들이 매우 높다는 것을 알고 있으니 방에서 가장 따뜻한 자리에 발판을 놓아달라고 요청했다는 것이다.

폴 양은 이 한 조각의 뉴스를 주워듣고는 그로부터 온갖 상상을 펼치며 더욱 한탄했다. "만약 피터가 결혼하게

16장. 크랜포드에 평화를

된다면, 불쌍하고 사랑스러운 매티는 어떻게 되지? 그리고, 이런 일에… 제이미슨 부인이라니!"

폴 양은 분명 크랜포드 안에 피터의 선택에 훨씬 더 어울리는 숙녀가 있다고 생각한 듯했다. 그리고 나는 그녀가 미혼 여성 한 사람을 염두에 두고 있음을 짐작했다. 왜냐하면 그녀는 계속해서 "과부가 그런 일을 생각하는 건… 너무나 섬세함이 모자라지 않아요." 라고 반복했기 때문이다.

매티 양의 집으로 돌아왔을 때, 나 역시 피터 씨가 정말로 제이미슨 부인을 아내로 생각하고 있는지도 모른다는 불안에 사로잡히기 시작했고, 그 점에서는 폴 양만큼이나 마음이 무거웠다.

그는 커다란 포스터의 교정쇄를 손에 들고 있었다. 거기에는 이렇게 적혀 있었다.

"델리 왕, 우드 라자, 티베트의 대라마가 인정한 마술사, 시뇨르 브루노니―단 하룻밤, 크랜포드에서 공연."

바로 다음 날 밤이었다.

그리고 매티 양은 기쁨을 숨기지 못한 얼굴로 고든 가

416

족의 편지를 내게 보여주었다. 그들은 이 큰 잔치를 보기 위해 하루 더 머물겠다고 약속했다. 매티 양은 이것이 모두 피터 씨의 기획이라고 하며 자랑스러워했다. 그는 직접 시뇨르에게 편지를 보내 초청했고, 이 모든 행사의 비용을 전부 부담하기로 했던 것이다. 표는 방이 허용하는 한도까지 모두에게 무료로 보내질 예정이었다.

요컨대, 매티 양은 들뜬 상태였다. 그녀는 내일의 크랜포드가, 자신이 젊은 시절 갔던 프레스턴 길드를 떠올리게 할 것이라고 했다. '조지' 여관에서의 오찬, 사랑하는 고든 가족들, 그리고 저녁에는 집회소에서 시뇨르의 공연―그녀는 기대에 찬 눈으로 말했다. 그러나 나는… 나는 그 모든 것 위에 적힌 치명적인 한 줄만 보았다.

"제이미슨 귀부인의 후원 하에."

그녀가―그러니까 제이미슨 부인이―피터 씨가 마련한 이 오락의 주최자로 선택되었다는 사실은, 곧 그녀가 내 사랑하는 매티 양을 그의 마음에서 밀어내고, 그녀의 삶을 다시 한 번 외롭게 만들 작정이라는 뜻처럼 느껴졌다. 나는 내일을 조금도 즐거운 마음으로 내다볼 수 없었

417

다. 오히려 매티 양이 순수한 기쁨으로 기대하는 모든 일들은, 나에게는 고스란히 짜증을 더하는 요소가 되었다.

그리하여 화가 나고, 짜증이 나고, 짜증을 일으킬 만한 사소한 일들까지 모두 과장하며 마음속에서 되새기며, 우리는 모두 '조지' 여관의 큰 응접실에 모이게 되었다. 고든 소령과 그의 부인, 예쁜 플로라, 그리고 루도빅 씨는 모두 밝고, 친절하고, 한껏 빛나 보였다. 그러나 나는 그들을 제대로 응대할 수 없었다. 피터 씨의 일거수일투족을 살피느라, 그리고 폴 양도 나만큼이나 주의 깊게 그를 지켜보고 있었다.

나는 제이미슨 부인이 그렇게 흥분하고 생기 있어 보이는 모습을 본 적이 없었다. 그녀의 얼굴은 피터 씨의 말에 대한 관심으로 환하게 빛났다. 나는 조심스레 가까이 다가가 들었다. 그리고 내가 들은 말이 사랑의 말이 아니라, 그가 예전과 다를 바 없이 장난스럽게 꾸며낸 허풍이라는 것을 알았을 때, 큰 안도감을 느꼈다.

그는 인도에서의 여행을 이야기하며, 히말라야 산맥의 높이를 묘사했다. 한 번의 묘사가 다음 묘사에 얹혀, 그

418

16장. 크랜포드에 평화를

크기는 점점 더 터무니없이 커져 갔고, 이전보다 더 말이 안 되는 이야기들이 이어졌다. 그러나 제이미슨 부인은 그것을 의심 없이, 완전한 선의로 즐겼다. 아마도 그녀는 무관심을 깨뜨리고 생기를 되찾기 위해 이런 강한 자극이 필요했던 모양이다.

피터 씨는 마침내 이렇게 결론을 내렸다. 그 고도에서는 평지의 동물들은 하나도 살지 않는다고, 사냥감도 전혀 다르다고, 어느 날 날아가는 생물을 향해 총을 쐈는데 떨어지는 것을 보니 체루빔이었다고. 그 순간 피터 씨는 나와 눈이 마주쳤고, 장난기 어린 윙크를 보냈다. 그때 나는 확신했다. 그는 결코 제이미슨 부인을 아내로 생각하고 있지 않다고.

제이미슨 부인은 어리둥절하고 불편해하며 말했다—

"하지만, 피터 씨… 체루빔을 쏘다니—그건… 저는 그게 신성모독이었다고 두려워요!"

피터 씨는 즉시 표정을 단정히 가다듬고, 그 생각이 처음 제시되었다는 듯 놀란 얼굴을 지었다. 그리고 자신이 오랫동안 야만인들—그러니까 이교도들이며, 더 나아가

419

어떤 이들은 비국교도일지도 모른다는 이들—사이에서 살아왔다며 둘러댔다.

이때 매티 양이 가까이 오는 것을 보자, 그는 서둘러 이야기를 바꾸었다. 잠시 후 그는 나를 보며 낮은 목소리로 말했다.

"놀라지 마, 고지식한 작은 메리. 내 이런 이야기들에. 나는 제이미슨 부인을 '정당한 사냥감'으로 보고 있어. 그리고 게다가, 나는 오늘 그녀의 환심을 사려고 마음먹었어. 첫걸음은—그녀를 완전히 깨어 있도록 만드는 것이지. 오늘 저녁 공연을 위해, 그녀의 이름을 후원자로 쓰게 해달라고 부탁해서 여기에 오도록 유인했어. 그리고 나는 호긴스 가족이 들어오는 지금, 그녀가 그들에 대한 원한을 다시 끄집어낼 시간을 주고 싶지 않아. 나는 모두가 친구가 되기를 바라. 왜냐하면 이런 다툼을 듣는 것이 매티를 너무나 괴롭히기 때문이지. 잠시 후 다시 시작할 거야. 그러니 그렇게 놀란 얼굴을 하지 마. 오늘 밤 나는 제이미슨 부인을 한쪽에, 그리고 내 귀부인, 호긴스 부인을 다른 쪽에 두고 집회소에 들어갈 거야. 보라고—내가 그렇게

420

하는지 안 하는지."

그리고 정말로 그는 그렇게 했다. 그들을 자연스러운 대화 속에 이끌어 넣었다. 고든 소령 부부는 크랜포드 안의 미묘한 냉랭함을 전혀 모르고 있었기 때문에, 오히려 더 큰 도움이 되었다.

그날 이후로, 크랜포드 사교계에는 다시 예전과 같은 온화한 다정함이 돌아왔다. 나는 그것을 마음 깊이 감사하게 여긴다. 왜냐하면 사랑하는 매티 양이 평화를 사랑하는 사람이기 때문이며, 우리 모두는 매티 양을 사랑하고, 이상하게도 그녀가 곁에 있으면—우리 모두가 조금은 더 나은 사람이 되는 듯했기 때문이다.

16장. 크랜포드에 평화를

옮긴이의 말

『크랜포드』는 "무슨 일이 일어나는가"보다 "사람들이 어떻게 살아가는가"에 더 가까운 소설이다. 커다란 사건을 중심에 세우지 않고도, 한 공동체의 공기와 규칙, 말투와 시선만으로 세계를 만들어낸다. 이 작품의 무대인 크랜포드는 작은 마을이지만, 그 안에는 사회가 작동하는 방식이 세밀하게 접혀 있다. 누가 먼저 인사를 해야 하는지, 무슨 말을 어느 정도까지 해야 '품위'가 지켜지는지, 어떤 소비가 '사치'로 보이고 어떤 절약이 '미덕'으로 인정받는지—사소한 듯한 판단들이 매일의 생활을 구성하고, 사람들의 마음을 조용히 흔든다.

이 마을의 중심에는 여성들이 있다. 크랜포드의 '사교계'는 숙녀들의 손에서 굴러가며, 그들의 결속은 규칙과

422

예절을 통해 유지된다. 격식을 지키는 일은 때로 우스꽝스럽고, 때로는 숨이 막힐 만큼 엄격해 보이기도 한다. 하지만 이 작품이 탁월한 지점은, 그 격식이 단지 허영으로만 그려지지 않는다는 데 있다. 체면을 지키려는 마음은 흔히 약함을 감추기 위한 방패이기도 하고, 그 방패 뒤에는 서로를 끝내 외면하지 못하는 다정함이 놓여 있다. 작가는 바로 그 순간들을, 조롱이 아니라 애정에 가까운 온도로 붙들어 보여준다. 그래서 『크랜포드』의 웃음은 날카로운 풍자라기보다, 인간을 이해하는 데서 비롯되는 미소에 가깝다.

또한 이 소설이 보여주는 것은 '특별한 인물'이 아니라 '관계의 형식'이기도 하다. 친절과 체면, 동정과 자존심, 가난과 품격, 소문과 배려가 서로 얽힐 때, 인물들은 비로소 입체적으로 살아난다. 번역은 그 얽힘이 끊어지지 않도록, 단어를 지나치게 단정하게 선택하기보다 문맥 속 온도를 우선했다. 어떤 문장은 단정해야 하고, 어떤 문장은 흐릿해야 한다. 크랜포드의 정서는 바로 그 미묘한 경계에서 탄생한다.

423

『크랜포드』는 결국 사람에 대한 이야기다. 조금 웃기고 조금 답답하고, 그럼에도 미워할 수 없는 사람들에 대한. 세상의 크고 빠른 변화 앞에서, 작은 규칙으로 자신을 지키려는 사람들에 대한. 그리고 무엇보다, 서로의 약함을 알아차리는 순간에도 체면을 잃지 않으려 애쓰면서, 결국은 손을 내밀고 마는 마음에 대한 이야기다. 부디 독자 여러분이 이 마을의 느린 걸음에 함께 발을 맞추며, 소란스럽지 않은 문장들 사이에서 오래 남는 온기를 발견하시길 바란다.

2025년 12월

마이너스